Süddeutsche Zeitung Bibliothek – München erlesen | **Herbert Achternbusch** – Die Olympiasiegerin • **Alfred Andersch** – Der Vater eines Mörders • **Friedrich Ani** – Süden und der Straßenbahntrinker • **Ernst Augustin** – Die Schule der Nackten • **Max Bronski** – München Blues • **Lena Christ** – Die Rumplhanni • **Lion Feuchtwanger** – Erfolg • **Oskar Maria Graf** – Wir sind Gefangene. Ein Bekenntnis • **Ödön von Horváth** – Der ewige Spießer • **Wolfgang Koeppen** – Tauben im Gras • **Annette Kolb** – Die Schaukel • **Walter Kolbenhoff** – Schellingstr. 48. Erfahrungen mit Deutschland • **Thomas Mann** – München leuchtete • **Andreas Neumeister** – Salz im Blut • **Gräfin Franziska zu Reventlow** – Herrn Dames Aufzeichnungen • **Josef Ruederer** – Das Erwachen • **Andrea Maria Schenkel** – Kalteis* • **Siegfried Sommer** – Und keiner weint mir nach • **Ludwig Thoma** – Münchnerinnen • **Uwe Timm** – Heißer Sommer • **Karl Valentin** – Die Jugendstreiche des Knaben Karl

Ausgewählt von der Feuilletonredaktion der Süddeutschen Zeitung | 2008

Süddeutsche Zeitung Bibliothek
München erlesen

Walter Kolbenhoff

Schellingstraße 48

Walter Kolbenhoff

Schellingstraße 48

Erfahrungen mit Deutschland

Süddeutsche Zeitung Bibliothek

Bibliografische Information der Deutschen Nationalbibliothek
Die Deutsche Nationalbibliothek verzeichnet diese Publikation in der
Deutschen Nationalbibliografie.
Detaillierte bibliografische Daten sind im Internet über
http://dnb.d-nb.de abrufbar.

Dieser Roman wurde erstmals 1984 veröffentlicht.

Titelfoto: Dennis Schmidt/endusted.com
Autorenfoto: picture-alliance/dpa
Klappentext: Dr. Harald Eggebrecht
Gestaltung: Eberhard Wolf
Grafik: Dennis Schmidt
Projektleitung: Dirk Rumberg
Produktmanagement: Sabine Sternagel
Satz: vmi, Manfred Zech
Herstellung: Hermann Weixler, Herbert Schiffers
Druck und Bindearbeiten: CPI – Ebner & Spiegel, Ulm
Printed in Germany
ISBN 978-3-86615-633-3

Meiner lieben Isolde

1. Januar 1945 Adolf Hitler erklärt in seiner Neujahrsansprache, daß Deutschland in diesem Kampf weder durch Waffengewalt noch durch die Zeit jemals niedergezwungen würde*.

30. April 1945 Bilanz des 2. Weltkriegs in München: Bei 74 Fliegerangriffen zwischen 4. 6. 1940 und 26. 4. 1945 wurden 6632 Personen getötet, 15 800 verwundet. Auf das Stadtgebiet fielen 450 Luftminen, 61 000 Sprengbomben, 142 000 Flüssigkeitsbrandbomben und 3 316 000 Stabbrandbomben. Rund 300 000 Einwohner sind obdachlos, 81 500 Wohnungen zerstört. Die historische Altstadt wurde zu 90 % zerbombt, 50 % der gesamten Bausubstanz der Stadt sind vernichtet. 10 Millionen cbm Schutt bedecken das Stadtgebiet. Die Bevölkerungszahl ist von 824 000 im Jahr 1939 auf 479 000 im Jahr 1945 zurückgegangen.

26. Februar 1946 Viele gehen im Volk umher und sagen, das sei die Schuld der Alliierten, die gar nicht wollen, daß Deutschland wieder hochkomme. Dann verwirklicht sich an uns, am ganzen deutschen Volke, in ihrer grausamen Härte die Wahrheit der Sentenz: »Die Völker sind es, die die Schuld ihrer Führer büßen müssen.«

---

* Die Zitate am Anfang jedes Kapitels stammen größtenteils aus der vom Stadtarchiv München 1980 herausgegebenen ›Chronik der Stadt München‹ und aus meinen Unterlagen. Meist haben sie nicht unmittelbar, sondern assoziativ, manchmal auch kontrapunktisch, mit dem darauffolgenden Kapitel zu tun. Deshalb und weil die Jahre 1945 bis kurz vor der Währungsreform am 20. Juni 1948 für die Menschen vor allem von Hunger und Elend und dem Kampf ums Überleben bestimmt waren und sich insofern wenig voneinander unterschieden, sind sie nicht chronologisch geordnet.

Das Schönste und das Unglaublichste in dieser grausamen Zeit war, daß ich schon im Laufe des Jahres 1947 eine Wohnung bekam. Dreieinhalb Zimmer in der Schellingstraße 48, vierter Stock, rechts, gegenüber der *Neuen Zeitung*, in der ich arbeitete. In jenen Jahren war ich nahezu der einzige mit einer Wohnung in dem Freundeskreis, der sich um die Zeitschrift *Der Ruf. Blätter der jungen Generation* gebildet hatte. Natürlich sprach es sich schnell herum, es kamen viele Gäste. Die Schellingstraße wurde für sie zu einer Art Mittelpunkt. Für mich war sie nach den vielen Jahren, die ich in Dänemark gelebt hatte, nach den Jahren des Krieges und der Gefangenschaft mein erstes richtiges Zuhause wieder in Deutschland. Aber über alles das werde ich später berichten.

Am längsten von unseren Freunden kannte ich Franz Wischnewski, den Graphiker, den wir Fränzchen nannten und den ich schon während des Krieges getroffen hatte. Er war der Jüngste von uns, und er litt noch immer unter den schrecklichen Erlebnissen des Krieges. Manchmal genügte es schon, daß jemand eine Bemerkung machte, und die Erinnerung überwältigte ihn.

Einmal saßen wir, er, Alfred Andersch, Hans Werner Richter, Walter Maria Guggenheimer und ich, kurz nachdem ich die Wohnung bezogen hatte, zusammen und diskutierten über einen Artikel im *Ruf* von Carl August Weber ›Gespräch über Mauern und Grenzen – Frankreich und Deutschland‹, als Guggenheimer zu Richter sagte: »Im Jahre 1943 lagen wir uns noch bei Monte Cassino gegenüber, ich als jüdischer Emigrant bei der französischen gaullistischen Armee, du als deutscher Soldat, in dieser Hölle und ...«

Ich hatte schon eine Weile meinen Freund Fränzchen beobachtet und wußte, was in ihm vorging. Er wurde unruhig und wollte etwas sagen. Ich unterbrach Guggenheimer, weil ich wußte, was jetzt kommen würde, und sagte zu Fränzchen: »Vergiß diesen dämlichen Krieg, freu dich, daß du gesund nach Hause gekommen bist!« Und er? »Wie kann ich diesen Krieg vergessen? Weißt du noch, wie wir am Abkratzen waren? Du erinnerst dich noch an den Schafstall? Damals ...« – »Ja, ja«, sagte ich ... »Die Partisanen waren deutlich zu sehen.« – »Ja, ja«, sagte ich. – »Keine zweihundert Meter ...«

Und er fing an zu heulen.

Mit diesem Jungen war einfach nicht zu reden. Ich hatte ihn schon lange vor der Geschichte mit dem Schafstall getroffen. Irgendwo in Livno. Das ist nicht weit von Split, nicht weit von der Adria. Da geht es gleich nach dem kleinen Kaff einen Berg hoch, steil wie die Dolomiten. Da oben hockten wir und hofften, daß uns Tito in Frieden ließ, meine kleine Funkabteilung und die sieben Infanteristen, die unsere Begleitung bildeten. Dort traf ich Fränzchen zum ersten Mal. Er sah aus, als wäre er fünfzehn, aber siebzehn oder achtzehn mußte er schon gewesen sein. Einen Kopf größer als ich, in einer viel zu weiten Uniform, das Koppel eng um die Knabenhüften gezerrt, um den glatten Kinderhals ein schickes blaues Tuch statt der Binde, wie ein Pfadfinder. Das gleiche Ding hatte er um den Hals, als er dann in Neapel mit ein paar hundert anderen Gefangenen ins Lager spazierte. Mich hatten sie schon ein paar Tage vorher bei Monte Cassino aus dem Loch geholt.

Nachdem Fränzchen sich in dieser miesen, heißen Lavagrube eine Weile umgeschaut hatte, sah er mich, eilte auf mich zu und rief: »Mensch, Vater!« (Alle nannten mich damals so, weil ich der Älteste war.) »Wie kommst du denn hierher? Weißt du noch, in Nettuno?«

Da hatte ich ihn auch getroffen. Er war einer der sieben Infanteristen, mit denen unser kleiner Trupp meistens zusammen war, wenn es mal los ging. Jetzt stand er da im Dreck dieses Riesenloches bei Neapel, in dem man vor Hitze und Staub kaum atmen konnte, hatte das Schiffchen auf dem linken Ohr und natürlich dieses blaue Tuch um den Gänsehals und jammerte, als wären wir jetzt nicht endlich in Sicherheit und könnten diesen ganzen Krieg erst mal vergessen. »In Nettuno«, sagte er, »der Sturm auf Aprilia ...«

Vorsicht, dachte ich, gleich wird er wieder anfangen zu plärren. Und richtig, um seinen Kindermund begann es zu zucken.

Bloß weg, dachte ich, murmelte etwas und verzog mich. Ich hatte noch einen anderen Grund. Ich wollte noch mal in das Office der Amis gehen und mich im Namen meiner Kameraden erkundigen, ob das etwas mit ihrer Demokratie zu tun hätte, wenn sie uns in diesem verdammten Loch einsperrten, in dem man bei jedem Schritt im Lavastaub versank. Wasser bekamen wir jeden Tag nur einen Stahlhelm voll, zum Trinken und zum Waschen, in dieser Hitze und in diesem Dreck. Als ich das erste Mal im Office gewesen war, weil ich glaubte, die Amis mit ihrer Demokratie würden uns besser behandeln, sagte mir irgend so ein Dickwanst von Captain: »Hau ab! – Du weißt wohl nicht, daß wir dieses Dreckscamp direkt von euch übernommen haben? Glotz nur, you son of a bitch! Da, wo ihr jetzt liegt, haben bis vor kurzem *eure* Gefangenen gehaust. Der Stacheldraht wurde von deinen Kameraden gezogen. Kapiert?«
»Stimmt leider«, dachte ich. Aber ich tigerte trotzdem noch einmal in das Office, weil Fränzchens Geschichten mir auf die Nerven gingen. Die Amis ließen mich jedoch gar nicht erst rein, und als ich zurück auf meinen Stinkplatz kam, war Fränzchen noch immer da. »Übrigens«, sagte er wütend, »was ich dir noch sagen wollte, ich bin nicht dein Fränzchen. Ich heiße Franz, Franz, Franz Wischnewski! Verstehst du?«
Es war zum Lachen. Nun ja, er war eben noch jung, kam aus Danzig und wurde gleich von der Schule aus in den Krieg geschickt. Ich hätte diese Geschichte vergessen, wenn er nicht drüben in Camp Ruston, Louisiana, nicht weit vom Golf von Mexico, in der Lagerbaracke mein Bettnachbar gewesen wäre. Wir pflückten Baumwolle zusammen, eine fürchterliche Arbeit, und man sollte meinen, daß wir abends nur noch an Schlaf dachten. Aber nicht Fränzchen. Mir fielen schon die Augen zu, und er begann wieder mit den alten Geschichten.
Der Junge kam von dem Kram nicht los.

Da war Alfred Andersch ganz anders. Kaum hatte er rausbekommen, daß ich bei Captain Mitchel eine große Nummer hatte, weil ich damals englisch sprechen konnte, wie deutsch, und deshalb statt Baumwolle pflücken einen Job im Büro bekam, löcherte er mich Tag und Nacht, obwohl er vom Pflücken ebenso müde sein mußte wie alle anderen: »Geh zu ihm hin und sag ihm, daß alle Kriegsgefangenen das Recht hätten, eine Lagerzeitung herauszugeben. Sag dem ungebildeten Heini, daß er uns Papier beschaffen soll und so einen Vervielfältigungsapparat. Wir ziehen uns das Ding selber ab und verteilen es.«

»Und wer soll die Artikel schreiben?« fragte ich.

»Das tun wir natürlich selber!« Ganz Goethe. Obwohl er gar nicht so aussah mit seiner kahlen Birne. Die Amis hatten uns allen der Läuse wegen noch schnell den Schädel rasiert, bevor wir rüberfuhren über den großen Ozean in God's own country.

Ich ging also zum Captain und erzählte ihm, was Andersch wollte, und er sagte: »Eine Zeitung? Was gibt's denn hier in eurem lausigen Lager zu berichten?«

»Mein Freund sagte, es gäbe da so etwas wie die Genfer Konvention, Sir.«

»Von mir aus. Wenn ihr euch damit amüsieren wollt, dann tut es. Ich besorge euch das Papier und das Gerät und damit hat sich's.«

»Danke, Sir.«

»Noch etwas. Kommt nur nicht auf den Gedanken, für den Kommunismus Reklame zu machen. Ich kenne euch Deutsche – erst seid ihr so und gleich darauf wieder so. Bei euch weiß man nie so richtig Bescheid.«

»Wir werden uns hüten, Sir.«

»Also hau ab, Shorty.«

»Noch einmal, danke, Sir.«

Wir bekamen also das Abziehgerät, und Andersch – dieser faule Sack, der seine hundert Pfund Baumwolle am Tag nicht zusammenbrachte, ein paarmal in den schlauchartigen Leinensack pinkelte und dann unreife Knospen, die so groß wie Kastanien sind und kurz vor dem Aufplatzen auch soviel wiegen, und dazu noch kleine Steine hinterher schmiß –, dieser Andersch entwickelte eine ungeheure Energie. »Keine kommunistischen Faxen, hat der Captain mir gesagt«, erzählte

ich ihm. »Schreibt, was ihr wollt! Aber wie ich euch Deutsche kenne, fangt ihr mit dem Papier an, Mist zu machen. – Paß also auf, dieser Mitchel ist kein Blödmann: Er hat deutsche Literatur und Geschichte studiert und säße lieber in seinem Arbeitszimmer zu Hause bei seinen Büchern, als daß er hier den Oberheini in unserem Lager macht. Dem hängt der amerikanische Barras genauso zum Halse heraus wie uns der deutsche. Er will nur keinen Ärger haben.«
»Hat er das Papier versprochen?«
»Das hat er.«
»Das ist die Hauptsache!«
Und Andersch riß den ganzen Krempel mit jenem ungeheuren Elan, den er hatte, wenn er etwas wollte, an sich. Er kam schon, ehe Papier, Abziehgerät und Bewilligung uns erreichten, mit dem ersten Manuskript angetanzt.
Ich sah ihm an, wie er litt, als er seine eng beschriebenen Seiten hergab. Ich ließ seinen langen Beitrag und die kurzen Lagerberichte auf Matrizen schreiben, und dann erst las ich, was Andersch geschrieben hatte. Es war, was ich aber erst später wußte, der Anfang seines Buches ›Die Kirschen der Freiheit‹. Lange danach, in München, bekam ich das fertige Buch. Andersch sah die Sache also ganz anders als Fränzchen.
»Der Krieg ist aus und vergessen«, sagte er. »Wir müssen die Geschichte hier in Amerika ganz von neuem anpacken. Dieses Land hier ist eine Demokratie, und wir müssen nach dem Hitlerwahnsinn ganz von vorne anfangen. Wir müssen unsere Chancen ergreifen und Washington zeigen, daß es auch in Deutschland Demokraten gab und gibt.«
»Und wie willst du es ihnen zeigen?«
»Also, du und ich waren schon in der sozialistischen Bewegung, als die hier überhaupt noch nicht wußten, was das ist. Ich habe in Dachau im KZ gesessen, und dich haben sie ins Ausland gejagt.«
Ich sagte: »Hör mal zu, Fred. Mein guter Vater sagte immer: ›Der Ochse hat vier Beine und stolpert doch mal.‹ Und mein Vater war schon Sozialdemokrat unter dem Kaiser.«
Aber er ließ nicht mit sich reden. »Dein Vater kannte eben nicht die historischen Voraussetzungen. Nach den fürchter-

lichen Erfahrungen, die das deutsche Volk gemacht hat, und nach den wissenschaftlichen Erkenntnissen, ich meine zum Beispiel die Erkenntnis von der Umwandlung der Quantität in Qualität ... Was verstehen die Amerikaner davon? Die haben ja keine Ahnung ...«

Das war in Camp Ruston, Louisiana, nicht weit vom Golf von Mexico. Ich traf ihn später noch einmal in Fort Kearney, Rhode Island, ganz weit oben im Nordosten, nicht weit von der kanadischen Grenze. Die Amerikaner ließen ihre Gefangenen gewöhnlich nicht länger als sechs Monate in einem Lager, damit sie nicht zu gute Ortskenntnisse und allzu freundschaftliche Beziehungen zur Bevölkerung bekamen und eines Tages ausrücken konnten. Die Amis hätten keine Angst haben brauchen: die meisten Kriegsgefangenen wußten, wie es zu Hause im alten Europa aussah, und niemand von ihnen hatte Lust, vor Ende des Krieges dorthin zurückzukehren. Sie wollten, wie sich später zeigte, auch nach Kriegsende nicht in die alte Heimat. Die meisten versuchten, erst dann zu fliehen, wenn sie in den Staaten bleiben wollten. Sie wurden, bis auf wenige, alle gefaßt.

In Fort Kearney wurden die Gefangenen eingeliefert, von denen ihre Gastgeber überzeugt waren, daß sie durch den Aufenthalt in ihrem Land zu einigermaßen guten Demokraten erzogen werden könnten. Andersch und ich gehörten auch dazu.

Ich wurde im Februar 1946 nach Deutschland entlassen. Andersch war schon früher zu Hause.

München, ach München ...

Ich hatte diese Stadt schon damals gesehen, das war lange her. Damals war ich siebzehn Jahre alt und mit einem Freund auf dem Weg nach Italien. Wir machten für ein paar Tage Pause und wohnten in der Jugendherberge. Aber außer an die stinkige Bierschwemme im Hofbräuhaus und an die Feldherrnhalle konnte ich mich an kaum etwas erinnern. Dann waren da noch die Männer mit den lustigen Hüten und den dicken Bäuchen und ein Mönch in brauner Kutte mit einer weißen

Kordel um die Taille und Sandalen an den nackten Füßen. Diesen Mönch habe ich am längsten in Erinnerung behalten; denn eine solche Erscheinung hatte ich da oben bei uns in Berlin nie gesehen. Mein Freund und ich liefen ihm damals ein Stück durch die Straßen nach, weil er uns ungeheuer faszinierte. Ich hatte gerade Tolstoj und Dostojewski mehr verschlungen als gelesen und nannte mich christlich-revolutionärer Anarchist. War der in der braunen Kutte vielleicht auch so einer? Begann hier schon ein anderes Land, eine andere Welt?

Jahre später faszinierte mich ein anderer Bayer tausendmal mehr als jener sandalenbeschuhte Mönch in der braunen Kutte. Ich lernte diesen anderen Bayern auch nicht persönlich kennen, sondern ich las sein Buch ›Wir sind Gefangene‹. Er hieß Oscar Maria Graf, kam aus Berg am Starnberger See, war gelernter Bäcker, beschloß Dichter zu werden und zog in die Stadt. Er mußte vor Hitler fliehen, hat den Rest seines Lebens in den Vereinigten Staaten zugebracht, und ich konnte ihm, der 1967 in New York gestorben ist, nie sagen, was er mit diesem Buch in mir angerichtet hat – daß sein Buch, daß er mit daran schuld war, daß sich mein Leben veränderte, daß es gerade so verlaufen ist und ich mich seitdem nicht unbedingt nach München, aber nach seiner »verrückten« Welt gesehnt habe. So schicksalhaft kann Literatur sein.

Es war an einem kalten Märztag im Jahr 1946, als ich zum zweiten Mal in meinem Leben nach München fuhr, diesmal von dem kleinen Dorf Dietramszell, nahe Bad Tölz, aus, wohin mich, nach meiner Entlassung aus amerikanischer Kriegsgefangenschaft, ein Zufall geführt hatte.

Das halbverrostete Ungetüm, das knarrend und zuweilen aufheulend vorwärts kroch, nannte man Holzgaser, weil es, da es kein Benzin gab, mit den Abgasen von schwelendem Holz angetrieben wurde. Der Bus hatte aus diesem Grunde einen riesigen Anbau zur Holzgaserzeugung und zur Lagerung des in Würfel geschnittenen Holzes an der Hinterwand. Das Holz wurde wie bei alten Lokomotiven immer wieder in das Feuerungsloch geschüttet, damit der Karren weiterlief. Bei jeder noch so kleinen Steigung mußten wir alle aussteigen, weil die Last der Fahrgäste zu groß war, und die Männer mußten an den Seiten schieben, um dem Bus über einen Hügel zu helfen. Dann durften wir wieder einsteigen, und es ging langsam weiter. Ich weiß nicht mehr, wie lange es bis München dauerte, nach heutigen Vorstellungen muß es eine Ewigkeit gewesen sein, bis wir in München ankamen.

Ich hatte zuvor nur einmal aus der Ferne und bei Dämmerung eine zerstörte Großstadt gesehen, Hamburg, vor über vier Jahren von einem Transportzug der Wehrmacht aus.

Während sich die Fahrgäste des Holzgasers in München, wie in einer ungeheuren, von Schorfkruste, von Grind überzogenen Wüste, zerstreuten und in den gelblichgrauen Trümmern verliefen, stand ich vor Erschütterung still und wußte nicht, was ich tun sollte. Am liebsten wäre ich gleich wieder eingestiegen, aber der Holzgaser fuhr erst um sechs Uhr zurück. Die Trümmer um mich herum waren schlimmer anzusehen als die Trümmer von Monte Cassino. Von dort konnte man (wenn man so dumm war, den Kopf aus dem Loch zu heben), ins weite italienische Land blicken. Gewiß, dort hatte es durch den ewigen Geschützdonner keine Sekunde Stille gegeben, aber die Stille hier war bedrückender als das schlimmste Trommelfeuer.

Es war eigentlich gleichgültig, wohin ich mich wandte. Ich kannte diese Stadt nicht, ihre ehemaligen Straßen, Plätze und Bauten. Ich ging zögernd durch ein paar Pfade, die frei geschaufelt waren, in Richtung einer Kirche und eines großen gotischen Bauwerks, das wohl einmal das Rathaus gewesen sein mochte. Mal konnte man kilometerweit sehen, dann wieder ging man durch Schluchten, zu beiden Seiten ragten die Trümmerhaufen hoch. Wären die leeren Fensterhöhlen nicht gewesen, hätte man glauben können, durch ein verkarstetes Gebiet irgendwo auf dem Balkan zu marschieren. Die Straße, die ich schließlich nahm, war eine dieser Schluchten. Ich ging wie ein Traumwandler durch diese Wüste. Ich suchte nichts. Ich hatte nur die Stadt sehen wollen. Aber es gab keine Stadt. Es gab nur diese, den Geist betäubende Wüste. Die Wesen in dieser Wüste glichen Gespenstern. Männer in zerschlissenen

Uniformen, Frauen in abgetragenen Kleidern und Mänteln. Die Gesichter waren ohne Ausdruck, die Augen tiefliegend und ohne jegliche Regung. Kinder sah ich nicht. Mich ergriff eine ungeheure Einsamkeit und Verzweiflung. Weg von dieser Stätte, nichts wie weg!

Dann kam ich auf einen ehemaligen Platz. Es mußte ein bedeutender Platz gewesen sein; denn direkt mir gegenüber stand ein wie mit Schimmel überzogenes, großes Gebäude in pseudogotischem Stil, das die gesamte Breitseite des Platzes einnahm. Später erfuhr ich, daß es das Rathaus gewesen war. Ein Teil seiner Fenster war mit Brettern vernagelt. Viele Menschen liefen mit gesenkten Köpfen vorbei, andere starrten mit ihren trüben Augen auf Bretterwände auf meiner Seite. An sie waren unzählige Zettel geheftet, kleine, größere, schmutzige, mit Tinte, mit Bleistift beschrieben. Ich stellte mich in die Reihe der Lesenden und las: »Tausche große schöne Puppe gegen Brot.« – »Wer gibt Butter gegen ein gut erhaltenes Fahrrad?« – »Mantel, braun, gegen Lebensmittel gleich welcher Art.«

Wieder dachte ich: »Das ist nicht mehr die Stadt, von der du solange geträumt hast! Das ist kein Ort zum Leben. Nur weg von hier. Aber ich wußte, woanders würde es auch nicht besser sein. Und dann las ich einen sauber mit Schreibmaschine geschriebenen Zettel: »Alle Buchdrucker, Setzer, Stereotypeure, Buchbinder usw. melden sich bei Alfred Andersch, Schellingstraße 39.« Das gibt es doch nicht!? Ich las es mehrere Male, mein Freund Alfred Andersch hat einen so seltenen Namen. »Konnte er es sein? Würde er es sein oder nur ein Namensvetter? Das würde sich herausstellen!«

Schon hatte ich jemanden angesprochen, einen entlassenen Soldaten, unrasiert, mit eingefallenen Wangen und trüben gleichgültigen Augen. Die graue Uniform hing ihm wie ein Sack am Leibe, die Mütze war ohne Schirm. »Schellingstraße?« sagte er unsicher. »Das ist nicht weit. – Hast du was zu rauchen?«

Ich hatte ein paar Zigaretten in der Tasche und gab ihm eine. Gierig zündete er sie sich mit einem riesigen Feuerzeug an. Es war ein selbstgemachtes aus einer Patronenhülse. Nach dem

ersten Zug wurde er vertraulich. »Wo haben sie dich entlassen, Kamerad?« fragte er.
»In Bad Aibling.«
»Und wo warst du vorher?«
»Ach – in Amerika.«
Ich hätte es nicht sagen sollen. Ich habe es auch später, wenn man mich danach fragte, nicht gerne getan. Die Leute waren sofort der Meinung, man wäre ein wohlhabender Mann, etwa wie der reiche Onkel, der vor Jahren ausgewandert ist und es vor seiner Rückkehr zu etwas gebracht hat.
»Hast du einen Feuerstein?«
»Ich habe keine. Wo ist die Schellingstraße?«
Er streckte vage die Hand aus. »Immer geradeaus und dann links rum.« Beinahe kriecherisch fügte er hinzu: »Vielleicht fällt noch eine Zigarette für einen alten Rußlandkämpfer ab?«
Ich gab sie ihm, und er legte die Hand an die speckige Mütze. »Tausend Dank, es stimmt also doch nicht, daß die Kameraden alle in Stalingrad geblieben sind ...« Das war so eine Redensart, die ich später noch öfter hören sollte. Wo mochte er Soldat gewesen sein? Seine Klamotten waren grau und geflickt, die meinen dunkelblau und sauber. Meine waren ursprünglich eine amerikanische Uniform gewesen, die Amerikaner hatten sie von olivgrün in dunkelblau gefärbt – damit wir in Deutschland mit den Uniformen keinen Unsinn treiben konnten, wie sie sagten – und auf den Rücken, die Oberschenkel und Arme hatten sie zusätzlich in weißen Buchstaben PW gestempelt, für »Prisoner of War«, und dieses Weiß hatte sich auch durch sorgfältigstes Abkratzen mit dem Messer nicht entfernen lassen. Einen weiteren Unterschied gab es zwischen uns: ich trug wunderbare gummibesohlte amerikanische Soldatenstiefel, die sich mit seinen ausgelatschten Wehrmachtstretern nicht vergleichen ließen. Mit diesen Stiefeln ging es sich leicht; die Schellingstraße fand ich trotzdem nicht. Der Kamerad, der nicht in Stalingrad geblieben war, hatte mich in die falsche Richtung geschickt. Eine alte Frau zeigte mir schließlich den Weg.
In der Straße, durch die ich jetzt ging, war die eine Seite der Fahrbahn für den spärlichen Verkehr von den Trümmern

befreit worden, auf der anderen lagen Schienen auf dicken Holzbohlen und darauf schob sich ächzend, lärmend eine lange Reihe von trümmerbeladenen Loren, die von einer kleinen, heftig schnaufenden Dampflokomotive gezogen wurde.
Endlich stand ich vor dem Haus Schellingstraße Nummer 39. Es trug ebenfalls Wunden des Krieges. Aber links gab es ein Pförtnerhaus. Was hatte ein Andersch in einem Haus mit einem Pförtner zu tun? Ich klopfte höflich ans Fenster (bei Pförtnern muß man immer höflich sein, wenn man etwas will), und der Mann schob seinen Kopf heraus und brummte: »Sie wünschen?«
»Gibt es bei Ihnen einen Herrn Alfred Andersch? Das ist nämlich ein Freund von mir.«
Der Pförtner schob das Fenster weiter hoch, sein Gesicht nahm einen devoten Ausdruck an: »Herr Andersch? Natürlich, zweiter Stock. Gehen Sie ins Vorderhaus, dort fragen Sie die Sekretärin.«
Ich dachte: »Das kann nicht dein Freund Alfred Andersch sein«, und stieg doch die Treppen hinauf.
Das ganze Haus roch nach Druckerschwärze und Papier. Von irgendwoher tönte das rhythmische Gedröhn schwerer Maschinen. Auf der Treppe gingen lachende junge Mädchen an mir vorbei. So hübsch wie ich jahrelang keine gesehen hatte. Ich wagte nicht, sie zu fragen. Dann, in einem langen Gang fragte ich, und mir klopfte das Herz dabei, endlich eines der Mädchen. »Verzeihung, gibt es hier einen Herrn Andersch?« Sie lachte: »Sie stehen direkt vor seiner Tür, klopfen Sie doch an.« Das tat ich, ein anderes hübsches Fräulein öffnete, ich wurde mittlerweile ganz nervös, aber da stand schon Andersch hinter ihr, brüllte: »Shorty, endlich!«, und ich sah die Freude in seinem Gesicht leuchten: »Bist du endlich da?«
»Was hast du mit den Buchdruckern, Stereotypeuren ...?« begann ich, aber er unterbrach mich.
»Die sind alle verrückt hier, ich habe verlangt, daß sich alle Journalisten, Redakteure, Feuilletonisten und so weiter bei mir melden sollen. Aber die Heinis können kein Deutsch, sie haben es falsch übersetzt. Ist auch egal, du bist ja gekommen!«
»Was soll ich denn hier?«

»Mensch!« sagte er, »kapierst du denn nicht? Wir brauchen Leute: Antifaschisten, Demokraten, Leute eben mit der richtigen Gesinnung. Finde du mir die mal!«
»Und du hast das mit einem Zettel ...?«
»Das ist der einzige Weg. Das lesen alle. Auch solche Landser wie du, die schon immer gegen die Nazis waren.«
»Und was ist das hier?«
»Du befindest dich in der Redaktion der *Neuen Zeitung*, einer amerikanischen Zeitung für die deutsche Bevölkerung. Hier!« Er nahm das großformatige Exemplar einer Zeitung. Dasselbe Format wie der *Völkische Beobachter.* »Erst haben die Alliierten versucht, die Zeitungsgebäude zu zerbomben, trafen aber daneben und haben die Arcisstraße und die Straßenzüge dahinter dem Erdboden gleichgemacht. Diese Gebäude hier haben kaum was abbekommen. Die Rotationsmaschinen blieben intakt. Jetzt haben die Amis alles, was sie brauchen, um eine Zeitung zu machen. Wann fängst du an?«
»Was soll ich denn anfangen?«
Er lief aufgeregt hin und her. Dieser Andersch hatte, wenn er von einer Sache überzeugt war, etwas ungeheuer Zwingendes. Wenn er dann sprach, wurde sein Gesicht todernst, alles, was Humor oder Verständnis andeutet, schien daraus verschwunden zu sein.
Ich erinnerte mich an seine Vorbereitungen für die Lagerzeitung in Camp Ruston, Louisiana. Auch damals ließ er nicht locker, bis wir alles zusammenhatten.
»Begreifst du denn nicht«, sagte er jetzt, »wir brauchen jeden, der eine demokratische Gesinnung hat. Du kannst sofort anfangen. Wir sind dabei, eine neue deutsche Republik aufzubauen, und wir wollen nicht dieselben Fehler machen, die sie damals in Weimar gemacht haben.«
Es war zuviel für mich.
»Ich bin erst so kurz hier«, sagte ich, »ich bin erst heute in diese Stadt gekommen.«
»Das bedeutet überhaupt nichts. Ich kenne dich. Du fängst sofort an. Einen Augenblick, ich bringe dich zum Feuilletonchef, zu Erich Kästner.«
»Zu welchem Erich Kästner?«

»Was, du kennst Dr. Erich Kästner nicht?«
»Meinst du den Dichter?«
»Ja, natürlich. Wen sonst?«
Er sprach von ihm wie von einem ganz gewöhnlichen Menschen. Für mich dagegen war Kästner einer der Götter meiner Jugend, bei deren persönlichem Anblick ich vor Ehrfurcht erstarren zu müssen glaubte. Seit der Zeit, in der ich zu lesen begonnen hatte, hegte ich einen ungeheuren Respekt vor den Schreibenden, eine ehrfürchtige Scheu, die es, so glaube ich, heute nicht mehr gibt.
Ich sagte zu Andersch: »Ich gehe nicht zu ihm.«
Andersch nahm mich beim Arm, sagte kurz: »Red nicht so viel: Du darfst nicht vergessen, du bist auch wer.« Ich wollte protestieren, seine Bemerkung kam mir ungeheuerlich, ja, anmaßend vor, aber er zog mich einfach zu einer Tür und klopfte, von drinnen kam eine leise Stimme: »Herein.« Andersch öffnete die Tür, und da stand er.
Ein nicht großer magerer Mann mit eingefallenen Gesichtszügen und ungeheuer scharfen Augen. Sein Blick schien mich durchdringen zu wollen, ich bekam es fast mit der Angst zu tun. Konnten seine Augen von einem Augenblick zum anderen lustig werden, wie ich gelesen hatte? Er sprach mit leisem sächsischen Akzent: »Wen bringen Sie mir denn da, Andersch?« Und Andersch antwortete, wie mir schien ein wenig herausfordernd: »Einen Freund von mir, Herr Doktor. Wir waren zusammen in Gefangenschaft.«
»Und was will er? Wollen Sie ihn mir nicht vorstellen?« Er blickte auf seinen Schreibtisch voller Manuskripte und Fahnenabzüge. »Sie wissen ...«
»Ja, Herr Doktor«, sagte Andersch. Er stellte mich vor und erzählte kurz etwas von meinen Sprachkenntnissen und von meiner Vergangenheit. Der Doktor, wie sie ihn hier zu nennen schienen, blickte mich eine Weile mit seinen scharfen Augen an, aber ich sah, sie lächelten. »Hört sich ja gut an. Probieren wir's doch mal.« Er wandte sich wieder an mich. »Hätten Sie Lust, neue amerikanische Bücher zu lesen, passende Abschnitte daraus für unser Feuilleton auszuwählen, zu übersetzen und ein paar einführende Worte dazuzuschreiben?«

Ich starrte ihn an.
»Na ja«, sagte er lächelnd, »so wie Andersch Sie mir vorgestellt hat, werden Sie das schon schaffen. Lassen Sie sich Zeit. Es muß nur gute und moderne Literatur sein.« Wieder wandte er sich Andersch zu. »Dann regeln Sie wohl das mit dem Vertrag und so ...« Ich wollte gehen, aber er hielt mich mit einem kurzen Blick seiner scharfen Augen zurück. »Haben Sie schon eine Stelle, wo Sie in München wohnen können?« Und als ich den Kopf schüttelte: »Natürlich nicht. Wie kann ich so dumm fragen. Dann veranlassen Sie das wohl auch, Andersch, Zuzug und so, unangenehme Geschichte. Wir haben extra einen Mann dafür, wie Sie wissen ...« Den Blick hatte er schon wieder auf seinen Schreibtisch gerichtet. Wir waren entlassen.
Draußen begann Andersch zu knurren. »Lange mache ich das nicht mehr mit, immer nur die zweite Hand von ihm zu sein, Andersch hier und Andersch da. Ich habe die Nase voll. Nicht einmal ein richtiges Büro habe ich ...«
Ich war immer noch wie betäubt, auch begriff ich ihn einfach nicht. »Mensch, Andersch«, sagte ich nach einer Weile, »um diesen Posten würden dich Tausende junger Menschen beneiden! Redakteur bei Erich Kästner! Weißt du überhaupt, wovon du redest?«
Aber so war mit diesem Mann schon damals in Camp Ruston, Louisiana, nicht zu reden. »Ich will allein etwas auf die Füße stellen, verstehst du! Ich will nicht immer der zweite sein.«
»Aber das ist Erich Kästner! Wir kommen von der Front, aus der Gefangenschaft. Wer sind wir? Und dann hast du gleich die Chance, bei einem so berühmten Mann mitzuarbeiten. Was willst du eigentlich?«
»Du sagst, um diesen Posten würden mich Tausende junger Menschen beneiden. Aber die gibt es eben nicht, begreifst du? Es gibt sie nicht! Wir haben eine Aufgabe, und die müssen, die werden wir erfüllen!«
Das war Andersch. Damals kannte ich nur den Anfang seines späteren großartigen Romans ›Die Kirschen der Freiheit‹ und hatte keine Ahnung, was von ihm noch kommen würde. Aber seine mir überheblich erscheinenden Worte machten

mich rasend. Konnte ich ahnen, daß er zusammen mit Hans Werner Richter den *Ruf* herausbringen würde, der nach dem Hitler-Krieg die junge Generation ansprechen würde wie keine andere Zeitschrift? Ich folgte ihm an diesem ersten Tag in München in ein anderes Büro und von da wieder in andere Büros, junge Damen nahmen uns in Empfang. Und als ich mich von Andersch verabschiedete, hatte ich meinen Zuzug, hatte ein Zimmer in einer der wenigen von Bomben verschonten Straßen in Schwabing und trug einen Packen Bücher, deren Autoren Faulkner, Hemingway und Steinbeck hießen, unter dem Arm.
»What a day«, dachte ich, als ich wieder draußen in der Schellingstraße stand.

19. November 1947 Im Zuge der Maßnahmen gegen den Schwarzhandel und das in manchen Gaststätten beobachtete Schlemmertum wurde die »Inselbar« geschlossen. In der »Insel« wurden gegen Bezahlung erheblicher Überpreise Speisen ohne Markenforderung verabreicht.

14. November 1946 Auf dem Schwarzen Markt kosten ein Paar Schuhe 500 bis 600 Mark, ein Oberhemd 200 Mark. Legal auf Marken ist kaum etwas zu bekommen. Ein Rentenempfänger bekommt 45 Mark im Monat. 15 Mark kosten ihn die auf Karte ausgegebenen Lebensmittel, das möblierte Zimmer mindestens 30 Mark. Er kann also, nur mit der Rente, weder legal noch schwarz z. B. Heizmittel kaufen. Ein Facharbeiter verdient 200 Mark im Monat. Alle Dinge werden nach zwei Währungen gemessen: in Reichsmark oder in Zigaretten, Stück bis zu 10 Reichsmark.

17. April 1947 Auf einer Tagung der Lebensmitteleinzelhändler gibt der Leiter des Städtischen Ernährungs- und Wirtschaftsamtes, Stadtrat Anton Weiß, bekannt, daß bei den rückgelieferten Marken der letzten Perioden bis zu 73 % gefälschte Marken waren. In der letzten Periode gab es für den Normalverbraucher noch 935 Kalorien. Einbrüche in Lebensmittelgeschäfte häufen sich.

Drüben stand eine Hausruine, Schellingstraße 48, das Nummernschild war noch dran, deren dritter und vierter Stock weggeputzt waren, ich beachtete sie nicht – ich wußte ja nicht, daß ich Monate später in diesem zerbombten (dann wieder aufgebauten) vierten Stock wohnen und dort so viel erleben sollte.
Ich stand da in dieser grausigen Straße, und eine ungeheuere Euphorie ergriff mich. Ich bin bei Erich Kästner gewesen, dachte ich, und ich mußte aufpassen, daß mir die Bücher nicht

unter dem Arm wegrutschten. Ich war in meinen von den Amis gezeichneten Klamotten bei dem großen Mann gewesen, er hatte mir zugelächelt und mich angestellt. Das Höchste, das ich mir nach diesem schrecklichen Krieg gewünscht hatte, war, danach wieder nach Hause zu kommen und in Ruhe zu leben, vielleicht würde ich mir bei irgendeiner Zeitung einen kleinen Reporterposten ergattern.

Sie hatten mir Gott sei Dank eine Schnur um das Bücherpaket gewickelt, es fiel also nicht auseinander, aber schwer war es und eine kostbare Last, die ich da durch die Straßen schleppte. Da war die öde Ludwigstraße, an deren Ende die Feldherrnhalle, dann ging es wieder durch eine freigeschaufelte, furchterregende Schlucht, ehe ich den Platz, der einmal Marienplatz geheißen hatte, erreichte. Und hier mußte ich erst einmal eine Ruhepause einlegen, die Aufregungen des Tages waren zu groß gewesen. Um mich war nichts als Grau in jeder Schattierung. Die kalte Märzsonne schien, alles um mich strahlte Todesnähe aus, die Schluchten gegenüber dem geschundenen Rathaus, die Ruinen, die in Lumpen gehüllten Männer und Frauen. Ich vergaß mein Glück, eine maßlose Verzagtheit ergriff mich wieder. Ich dachte: »Nichts wie weg aus dieser trostlosen Hölle. Pfeif' auf die moderne amerikanische Literatur. Es mußte andere Orte in diesem Land geben. Leben Sie wohl, Herr Doktor Kästner, ich war Ihnen mein Leben lang verbunden, aber ich kann an diesem Ort, der sich München nennt, nicht leben! Ich will fort von hier – nach Kopenhagen, wo ich glücklich war, oder in die Stadt Paris, in der ich hungerte, jedoch atmen konnte.«

Aber ich war zu müde und zu zerschlagen, um mich in dieser Minute zu entscheiden. Der Holzgaser fuhr erst um sechs Uhr, und ich hatte noch jede Menge Zeit. Der Stein, irgendein Brocken eines Hauses, auf dem ich saß, drückte mich nicht. Sie hatten mir in Dietramszell ein Stück Brot mitgegeben, ich holte es aus der Tasche meines Mantels und begann zu essen.

Das hier, dachte ich, während ich kaute, ist einmal die City einer Stadt gewesen, die City der Metropole Bayerns. Thomas Mann hatte bei ihrem Anblick »München leuchtet« ausgerufen. Heute leuchtete München nicht. Es würde nie wieder leuchten!?

Während ich auf dem Stein saß und mein Brot aß, nahm ich den Staub wahr, der überall in meinen Kleidern hing, der mir zwischen den Zähnen knirschte und der die Sicht trübte. Ich blickte nach oben, und da hingen gelbe Wolken, die ich bisher kaum gesehen hatte, und verdeckten den blauen Himmel. Ein Wind mußte aufgekommen sein, denn sie hatten sich zusammengeballt und verzerrten sich zu grotesken Gebilden.

Aus den zerklüfteten Schluchten, die einmal der Viktualienmarkt gewesen waren, herkommend, jagten gelbliche giftfarbene Gebilde. Der Wind hatte einen guten Anlauf, wenn er, von der zerklüfteten Wüste kommend, am Alten Peter vorbei, mit voller Wucht in die Ruinen fuhr und sich, den gelben Grind mit sich führend, durch die Theatinerstraße in die Ludwigstraße stürzte.

Es sah aus, als triebe der Atem eines tollwütigen ungeheuren Zyklopen die wirbelnden Gebilde vor sich her. Die Atmosphäre war giftig, die Menschen wußten es und zogen voller Furcht die Köpfe ein. Manchmal zerrissen die taumelnden gelben Wolken, und man sah ein Stück Himmel von so schreiender Bläue, daß es nicht natürlich schien. Das war der Föhnhimmel, wie ich später erfuhr. Er zeigte sich plötzlich, und manchmal gelang es dann für Sekunden, den krankhaften Schorf, der auf den Ruinen lag und alles Leben verpestete, zu vergessen.

Nun, ich saß vor diesem elenden Bretterzaun mit den vielen Zetteln, den man gegenüber dem Rathaus errichtet hatte, damit die Passanten nicht in die dahinter liegenden, furchterregend aufgerissenen Erdwunden stürzten, ich saß da mit meinem Bücherpaket und kaute an meinem Brot.

Diese Stadt war keine Stadt mehr – sie war eine trostlose Wüste, und der Platz, an dem ich saß, schien eine Art Oase zu sein, in der die Menschen aus allen Richtungen zusammenkamen. Statt Wasser suchten sie nach Nachrichten, lechzten sie nach Verbindungen, nach anderen Menschen, träumten sie davon, mit jemandem sprechen zu können, einen verstehenden Blick zu wechseln. Aber ihre Gesichter waren die von

Feinden, jeder konnte, um eines Vorteiles willen, zum Mörder des anderen werden. Und doch trieben sie sich hier herum. Vielleicht, vielleicht konnte man doch mit jemandem sprechen, ohne daß man sich an die Gurgel fuhr.

Ich saß nicht lange ungestört auf meinem Stein.

Nicht, daß sich jemand für meine Bücher interessiert hätte, die waren damals außer Kurs, und ich wäre, wenn ich vielleicht darauf spekuliert hätte, verhungert. Ich wurde, während ich an meinem Brotkanten kaute, plötzlich von einem früheren Kameraden angerufen, Herbert Scheiß-an-die-Wand. Ich muß seinen eigenwilligen Namen erklären und dazu etwas ausholen.

Er hieß eigentlich Herbert Scholz, aber unter diesem Namen kannten ihn nur wenige. Gleich nachdem er in das Gefangenenlager Olmstead Field, Middletown, in Pennsylvania eingeliefert worden war und die Schreibstube betrat, die ich verwaltete, antwortete er auf irgendeine Frage, die ich vergessen habe: »Scheiß an die Wand, morgen kommen die Maler!« Die Antwort kam nicht gerade passend auf meine Frage, sie kam mir aber so originell vor, daß ich lachen mußte. Herbert Scholz kannte die Wirkung dieser Antwort auf fast alle Fragen, und er bediente sich ihrer mit Bedacht. Die Folge war, daß man ihm diese Worte als Spitznamen gegeben hatte. Er ließ es sich fröhlich lachend gefallen; er war ein äußerst heiterer Mensch und auch sonst bemerkenswert.

So war er der Initiator einer Publikation gewesen, die man nur als einmalig bezeichnen konnte. Lange bevor er nach Olmstead Field, Middletown, kam, hatte er bereits Unmengen eines Manuskripts verscheuert, das von den Landsern mit Begierde gelesen wurde. Als maschinengeschriebenes Manuskript kostete es fünf Dollar, mit der Hand geschrieben fünfundzwanzig Cent. Das Werk nannte sich ›Erinnerungen einer Nonne‹ und war ein Nachläufer der Mutzenbacherin oder ähnlicher literarischer Produkte.

In den Vereinigten Staaten lebten vierhunderttausend deutsche Kriegsgefangene; ich irre mich kaum, wenn ich sage, daß so an die zweihunderttausend Exemplare der ›Erinnerungen

einer Nonne‹ auf dem Markt waren. Herbert Scheiß-an-die-Wand war Autor, Verleger, Grossist und zum Teil auch Direktverkäufer dieser gewaltigen Auflage.
Er war der geborene Spekulant. Jeder Kriegsgefangene, der drüben arbeitete, und das taten sie alle, bekam im Monat zwanzig Dollar ausbezahlt, die er in der Kantine für steuerfreie Waren ausgeben konnte. Eine ungeheuere Summe: ein Päckchen Zigaretten kostete beispielsweise nur vier Cent. Die meisten Landser kauften sich allerlei Zeug, wenn sie von der Arbeit kamen und müde waren, auch vielerlei unnütze Dinge, oder sie sparten ihr Geld. Nicht so Herbert Scheiß-an-die-Wand. Er wußte, wie man sich Papier besorgt, er kannte Kameraden, die in den Büros saßen und ihm seine ›Erinnerungen einer Nonne‹ abschrieben, er hatte nur ein Ziel, das ich erst später kennenlernen sollte.
Dieser Herbert also rief mich an, als ich an jenem Tage in der Münchner City auf einem Stein saß und an meinem Brot kaute. Ich hätte ihn fast nicht erkannt, wäre mir sein offenes – ja, offenes – Gesicht nicht so vertraut gewesen. Er trug einen gut sitzenden Anzug, tadellose Schuhe und auf dem Kopf einen eleganten Hut. Er war, mit anderen Worten, eine auffallende Erscheinung, die wenig zu diesem Platz zu passen schien.
»Mensch, Shorty!« rief er, und seine Wiedersehensfreude war offensichtlich. »Was machst du denn hier? DU? Und wie siehst du denn aus in diesen Klamotten?«
Ich steckte beschämt meinen Brotkanten weg.
»Du«, rief er, weiterhin fröhlich, »der große Mann über Ausweise und Stempel von Olmstead Field. Was tut er, zurückgekehrt in die teure Heimat; er sitzt auf einem Stein und knabbert an einem Stück trockenem Brot! Das nenn' ich Karriere! Was macht die Demokratie? Wie ist der Weg in die Zukunft? Steinig und hart, oder ist das Paradies nahe?«
Das war genau die Tonart, die ich an ihm kannte. Ich wollte mich nicht mit ihm einlassen, aber er gab keine Ruhe, frozzelte weiter und hörte nicht auf mit seinen Sprüchen, bis ich aufbrauste: »Hau ab, wer weiß, was du wieder im Sinn hast!«

Sein Lachen blieb echt. »Was werde ich schon im Sinn haben? Ich will nichts anderes, als dich zum Essen einladen. Was sagst du nun? Zum Essen!«
»Ich will dein Essen nicht.«
»Ach, scheiß an die Wand, morgen kommen die Maler!«
Mich wunderte nicht, daß ich ihn gleich am ersten Tage in München getroffen hatte. An diesem Tage konnte mich nichts mehr verwundern. In dieser Stadt schien alles möglich, das hatte ich in der kurzen Zeit meines Aufenthaltes begriffen. Es war nicht nur natürlich, daß ich Herbert gerade hier traf. Das war der Platz und die Stadt, in der sich einfach alles treffen mußte. Aus allen Himmelsrichtungen kamen sie, hier war der Knotenpunkt einer Völkerwanderung, vielleicht war es auch ihr Ende.
Flüchtlinge vom Kaukasus bis zum Egerland, Zigeuner, Weißrussen, Franzosen, die zu Hause mit den deutschen Besetzern mitgemacht hatten, aus den Niederlanden, aus Polen oder aus Jugoslawien, befreite Juden von überall und dann die deutschen Landser. Sie sahen fürchterlich aus. Sie hatten nichts mehr als ihre geflickten Uniformen, ihre schiefen Mützen über den unrasierten, eingefallenen Gesichtern, und manche hatten auch noch Dinger an den Füßen, die man mit gutem Willen Stiefel nennen konnte. Aber fast alle hatten sie eines gemeinsam: einen Rucksack, der noch von der Wehrmacht übriggeblieben war, oder eine alte Aktentasche. Selten enthielten sie mehr als ein zerbeultes Kochgeschirr, einen Löffel, ein Paar Extrasocken vielleicht, einen Kanten harten Brotes oder etwas auf dem Schwarzen Markt Gekauftes. Die Frauen trugen Kopftücher und einen kleinen schäbigen Koffer, vielleicht auch eine Handtasche oder einen Beutel. Wo mochten diese ungezählten Frauen herkommen? Aus denselben Ländern wie die Männer? Wer hatte sie verjagt, vor welchen Menschen waren sie geflohen? Wie lange würde es dauern, bis sie eine neue Heimat gefunden hatten?
Aber wo waren die Jungen, die Kinder? Waren sie zurückgelassen worden, waren sie verschwunden? Es mußte doch auch Kinder geben in dieser Stadt.

Damals, auf dem berühmten Münchner Marienplatz mit seinem schmutzigen, verwaschenen, durchlöcherten, fensterlosen Rathaus, wußte ich mit einem Mal, daß ich selbst kein Ziel hatte.
Ich starrte Herbert an. »Wo willst du denn mit mir hin?« fragte ich ihn.
»Du wirst schon sehen«, antwortete er fröhlich.
Ich habe keine Ahnung mehr, welche Straßen wir gingen. Aber sie sahen kaum anders aus als alle Straßen in allen zerbombten Städten dieses Landes. Die Besatzer sah man kaum. Selten, daß ein Jeep mit einer darin herumlümmelnden Mannschaft vorbeifuhr, oder ein Lastwagen. Wie fanden die sich in dieser Irrsinnsstadt zurecht?
Ich erinnere mich an einen Pfosten mit der Aufschrift »Türkenstraße«. An der Ecke türmte sich ein riesiger Schutthaufen. Die gab es zwar überall, aber auf diesem Steingebirge lag ein gewaltiger Löwe aus Marmor. Der Himmel mochte wissen, wie er da gelandet war. Er hatte alle viere von sich gestreckt wie ein verendender überdimensionaler Hund. An einer erhalten gebliebenen hellblauen Wand daneben klebte ein Klosett, selbst die Kette zum Ziehen war noch dran. Das mußte früher einmal zu einem Palais oder etwas ähnlichem gehört haben, der Löwe und ein paar Säulenreste sprachen dafür.

Wir hielten an einer breiten promenadenhaft bepflanzten Straße. Hier sahen die Häuser etwas besser erhalten aus. Herbert blieb an der Ecktür eines Hauses stehen. Nichts deutete auf ein Lokal hin. Wir betraten einen halbdunklen Flur und wurden gleich von zwei Herren empfangen. Herbert sagte: »Hallo, ihr beiden«, sie verzogen ihre Visagen, und einer sagte: »Sie haben da einen Gast mitgebracht, Herr Herbert?«, als ob er das nicht sehen konnte. »Der geht schon in Ordnung.« Herbert zog mich weiter nach vorn, ohne sich mit den beiden weiter einzulassen. Er öffnete eine Tür, und wir betraten einen Raum, in dem es nur so nach gutem Essen roch. Ein anderer Herr erschien, verbeugte sich, wies auf einen weiß gedeckten Tisch, Herbert machte eine einladende Geste, und

da saß ich mit meinem Bücherpaket und kam aus dem Staunen nicht heraus. Herbert sagte zu dem feinen Herrn, der mit einem Notizblock neben ihm stand: »Zwei saftige Steaks, Oskar, einen guten Salat und zum Trinken das Übliche. Als erstes einen Aperitif. Was möchtest du haben?« fragte er mich, und, da ich keine Antwort wußte, wandte er sich wieder an den Herrn: »Bringen Sie uns erst einmal zwei trockene Sherrys.« Der Herr sagte: »Jawohl, Herr Scholz«, und verschwand. Herbert drehte sich mir zu: »Nun leg doch erst einmal dein dämliches Bücherpaket auf den Boden. Du mußt den Affen hier nicht unbedingt zeigen, daß du nicht zu leben verstehst, wie es sich gehört.«
Die Sherrys kamen, Herbert prostete mir zu, und ich hatte endlich den Mut, mich ein wenig umzusehen. Da saßen also Leute um uns herum, aßen, tranken und, man konnte es ihren Mienen ansehen, machten Geschäfte. Ich hörte kaum ein deutsches Wort. Ich flüsterte: »Wie ist das zu begreifen ...?«
Herbert lehnte sich in seinen Stuhl zurück und lachte: »Wenn ich kein Köpfchen hätte, äße ich wie du mein trockenes, mieses Brot und liefe in denselben Klamotten herum.«
»Aber du kannst doch unmöglich soviel Marken haben, um das alles hier zu bezahlen ...«
Unsere Steaks kamen, Herbert schnupperte. »Ausgezeichnet, Oskar, habt ihr sie so gegrillt, wie ich sie gern habe? Und ist der Rote gut temperiert?«
»Sie werden zufrieden sein«, sagte der Herr voller Würde und verzog sich.
»Herbert ...«, begann ich.
Aber er unterbrach mich. »Erst wollen wir mal essen und uns des Lebens freuen, teurer Kamerad.«
Ich wäre ein Lügner, würde ich behaupten, daß mir das Steak und das Drumherum nicht geschmeckt hätten. Denn ich wußte da noch nicht, daß Herbert Scheiß-an-die-Wand einen ganz besonderen Zweck mit dieser Einladung verfolgte.
Ich vergaß alle moralischen Bedenken beim Kauen des halb durchgebratenen Fleisches. Ich dachte noch nicht einmal an alle die anderen, deren Marken für einen ganzen Monat nicht ausreichten, sich das zu leisten, was Herbert und ich uns hier

bei einer Mahlzeit leisteten. Ich verputzte einfach ein Steak und trank einen guten französischen Rotwein dazu. Vergessen das Stück Brot in meiner Tasche, vergessen die Bücher auf dem Boden – im Gegenteil, ich begann, mich sauwohl zu fühlen. Das wiederum versetzte Herbert in ausgezeichnete Stimmung. Wohl bei der zweiten Flasche versuchte er, mir klarzumachen, wie verkehrt ich vieles in meinem Leben gemacht hätte.

»Ich will dich nur fragen, was du aus Amerika mit nach Hause genommen hast«, begann er und sah mich dabei an wie ein Meister, der einen ersten kläglichen Versuch seines Lehrlings begutachtet. »Wir hatten eine ausgezeichnete Kantine in Olmstead Field. Was hast du mit den zwanzig Dollar, die du im Monat bekommen hast, angestellt? Wie hast du sie angelegt? Hast du dabei an deine Zukunft gedacht?«

Ich sagte: »Ich habe mir alles mögliche angeschafft. Man konnte ja alles haben. Und dazu noch billig. Free of tax.«

»Was meinst du mit ›alles mögliche‹? Was hast du zum Beispiel mit nach Hause genommen; wie hast du dir die Zukunft vorgestellt?«

»Ich habe mir überhaupt keine Gedanken gemacht. Ich war froh, daß dieser Mistkrieg zu Ende war, das war für mich die Hauptsache. Und dann das Geld – eine anständige Zigarre kostete einen Nickel. Das andere und die Bücher waren so billig ...«

Er unterbrach mich und begann höhnisch zu lachen. »Sag nur, daß du dir auch Bücher gekauft hast!«

»Auch, die waren spottbillig.«

»Dann mußt du ja sogar noch Dollar übrig haben?«

»Hab ich auch«, sagte ich. »Achtzig Dollar.«

»Aber die sind ohne Wert bei uns!« schrie er, und ich sah, daß er in diesem Augenblick wirklich wütend war. »Das sind Dollarscheine, die extra für die Kriegsgefangenen gedruckt wurden und nur in der Kantine eingelöst werden konnten. Hier kriegst du keinen Cent dafür. Du wirst sehen, sie werden sie euch einwechseln, gegen Reichsmark natürlich. Das heißt, daß du für deine achtzig Dollar noch keine fünfhundert Papiermark bekommst. Und was kannst du Rindvieh dir dafür kaufen? Zwei Schachteln amerikanische Zigaretten. Für achtzig eingelöste Dollar! Wie kann man nur so blöd sein?«

»Was hast du denn mit deinen Dollars gemacht?«

Er trank einen Schluck Rotwein, lehnte sich in seinen Stuhl zurück und sagte freundlich: »Ich werde dir verraten, wie ich den Grundstein für meinen zukünftigen Wohlstand gelegt habe.« Sein Gesichtsausdruck wurde milde, er blickte mich gütig an wie ein Kind etwa, dem man auf gutwillige Art und Weise eine Lehre erteilen möchte.

»Ihr habt euch drüben also alles mögliche gekauft«, begann er, »und in eurer Blödheit habt ihr es auch noch rüber nach Deutschland geschleppt. Eine Erinnerung für die Oma vielleicht oder eine Brieftasche für den Onkel? Vielleicht sogar Schuhe und einen Schlafanzug? Ich kenne welche, die sich drüben zehn Schlafanzüge und zehn paar Schuhe gekauft haben, dazu zwei Koffer, um das die ganze Zeit zu transportieren. Ihr habt euch ein Deutschland vorgestellt, in welchem man nach dem Krieg bald alles wieder haben könnte, und die mitgebrachten Souvenirs würden sich gut machen.« Er lachte.

»Der reiche Onkel aus Amerika als Weihnachtsmann!« Wieder lachte er.

»Und jetzt kommt das Entscheidende«, fuhr Herbert fort. »Auch ich habe in Amerika eingekauft, als der Endsieg für uns nicht mehr in Frage kam.« Er tippte sich gegen die Stirn. »Aber ich habe mit Verstand eingekauft. Ich habe überlegt: was brauchen die drüben in der alten Heimat, wie die meisten Amerikaner sagen? Ich schwankte lange zwischen Schokolade und Zigaretten – bis ich auf die richtige Lösung kam. Ich war, ehe sie mich in Afrika gefangennahmen, noch einmal in der Heimat, in Berlin, auf Urlaub gewesen, ich wußte also, was los war. Millionen Obdachlose überall, kein eigener Herd mehr, nicht einmal ein Raum für die gesamte ausgebombte oder geflüchtete Familie, Klamotten, die einem vom Leibe fielen, weil man nichts Neues mehr hatte. Und dann nichts mehr zu rauchen, oder, was ebenso wichtig war, kein Feuer, kein Streichholz, kein Feuerzeug, um es anzuzünden.

Was also kaufte *ich* ein, um der wirkliche Weihnachtsmann zu sein?«

Er zog ein winziges Päckchen aus der Tasche, nicht größer als ein Streichholz-Heftchen, und hielt es mir unter die Nase.

»Weißt du, was das ist? Das sind Nähnadeln, zehn Stück für fünf Cent in den Kantinen in Amerika eingekauft.« Er zauberte ein anderes, kaum größeres Päckchen hervor. »Und das? Feuersteine. Ebenfalls zehn Stück für fünf Cent. Diese zwei Dinge, von unschätzbarem Wert für die bedarfte Hausfrau wie für den Mann, kaufte ich ein – allerdings erst, nachdem ich mir zwei Riesenkoffer gediegener Qualität angeschafft hatte.«

Er grinste und fragte mich: »Hast du eine Ahnung, wieviel von diesen Päckchen in zwei Riesenkoffer gehen?«

»Keine Ahnung«, sagte ich erschlagen.

»Du kannst es dir ja mal ausrechnen, wenn du Zeit dafür hast. Ich kaufte diese preiswerte Handelsware in sechs verschiedenen Lagern ein – von Mississippi bis Pennsylvania. Alle sagten, ich hätte eine Macke. Aber ich hatte keine Macke.« Wieder grinste er. »Wenn die Kantinenheinis fragten, wozu ich das Zeug brauchte, erzählte ich ihnen irgendein Märchen. Die sind bestimmt heute noch der Ansicht, daß ich wirklich eine Macke hatte. Aber, was meinst du, sind diese Dinge heute in Deutschland wert? So ein einfaches Ding wie eine Nähnadel, was kostete die in normalen Zeiten? Ich weiß es nicht. Aber heute kostet das Päckchen bei mir fünfzig Mark. Und die Feuersteine? Das Stück für fünf Mark. Genauso viel wie ein Präservativ, aber damit habe ich mich nicht abgegeben. Fünf Steine also zu fünfundzwanzig Mark ...«

»Was tust du mit diesem Geld?« rief ich leise, aber doch so, daß der feine Herr, der uns nun schon die dritte Flasche brachte, den Kopf hob.

»Ach«, sagte Herbert, »mit dir ist nicht zu reden. Du bist einfach zu blöd. Umgewechselt habe ich es über den schwarzen Markt natürlich! In harte Währung. Meinst du, du kannst hier essen und trinken und dann mit lausigen Reichsmark bezahlen? Und außerdem –«, er hatte sich wieder beruhigt, »außerdem kann ich mich ohne Unbescheidenheit einen

Wohltäter der Menschheit nennen. Wo kriegt die brave deutsche Hausfrau heutzutage eine Nähnadel her, wenn die abgewetzte Uniform des Herrn Gemahls aufplatzt? Wo der brave ehemalige Landser einen Feuerstein für sein selbstgebasteltes Feuerzeug, wenn er die aufgesammelten Kippen der Amerikaner anzünden will? Von dir oder den anderen Klugscheißern mit ihren Büchern und ihrer Kultur? Du mußt einmal praktisch und ökonomisch denken, mein Freund. Es gibt ein Gesetz, das Gesetz von Angebot und Nachfrage. Kapiert? Die Amis wollen uns zu einem demokratischen Volk mit freier geistiger und ökonomischer Entfaltung erziehen. Voilà! Ich bin mit dabei.«

»Du hast ja schon einmal mit den ›Erinnerungen einer Nonne‹ den Vogel abgeschossen«, sagte ich giftig. »Diesmal machst du es mit Nähnadeln und Feuersteinen, alles nur Schwindel. Meinen Segen hast du. Aber ich verschwinde jetzt aus diesem Lokal.«

»Einen Augenblick noch«, sagte er und beugte sich vertraulich über den Tisch. »Du warst doch bestimmt auch in Fort Kearney?«

»Na und?«

»Jetzt spiel doch nicht gleich den Beleidigten!« Er wurde noch vertraulicher. »Als ihr von da aus nach Deutschland abtransportiert wurdet, haben sie euch doch so eine Art Ausweis mitgegeben, daß ihr garantiert astreine Antifaschisten seid?«

Ich wurde mißtrauisch. »Was geht das dich an?«

»Immer dieses Beleidigtsein! Ich wollte dir nur einen Vorschlag machen.«

»Mit dir mache ich keine Geschäfte.«

Es schien ihn überhaupt nicht zu interessieren, daß ich mit ihm nichts zu tun haben wollte. Auch ärgerte ich mich, daß ich überhaupt seiner Einladung gefolgt war. Sein ganzes Auftreten hätte mich warnen sollen. Ich bückte mich, um mein Bücherpaket aufzuheben, aber er versuchte, mich daran zu hindern.

»Hör mal, ich mache dir einen Vorschlag. Du leihst mir das Ding für ein paar Wochen, und ich kompensiere es auf meine Art. Das ist ein schlichter und gerechter Handel ...«

»Erstens«, sagte ich, schon mit den Büchern unter dem Arm, »ist das ein ganz wertloser Ausweis. Die schreiben darin nur, daß du ein guter Demokrat bist. Aber ich habe schon herausbekommen, daß das heutzutage ein jeder ist. Kein Mensch will mit Hitler auch nur das geringste zu tun gehabt haben. Die Persilscheine kannst du an jeder Straßenecke kaufen. Zweitens habe ich schon gesagt, daß ich mit dir keine Geschäfte mache.«
»Dann eben nicht«, sagte er freundlich. »Scheiß an die Wand, morgen kommen die Maler.«
»Du bist ein schlechter Menschenkenner«, sagte ich, »die Investition mit dem Essen hättest du dir bei mir sparen können. Natürlich, ich hätte es auch besser wissen müssen: du bist ein ganz gewöhnlicher Schieber, einer, der die Not der anderen ausnutzt. Ich will mit dir nichts mehr zu tun haben!«
Wahrscheinlich hatte ich etwas zu laut geredet. Die Umsitzenden und die Kellner blickten mir mißtrauisch nach, als ich hinausging.
Der Rotwein hatte mich ein wenig benommen gemacht, ich fand eine Kneipe in der Türkenstraße, die den lustigen Namen »Allotria« hatte, und ging hinein. Aber dieses »Allotria« war alles andere als lustig, es war nachmittags eine Wärmstube für Alte und Gebrechliche, und es stank nach Elend und verbrauchter Luft. Allein der Anblick dieser Leute, denen das Grauen und die Angst der vergangenen Jahre noch anzusehen waren, machte mich krank.
Bald ging ich wieder und machte mich auf die Suche nach der Bushaltestelle, fand sie auch, hockte mich auf einen Mauerbrocken und wartete auf den Holzgaser. Ich war seltsam müde. Vielleicht war es der Rotwein, den ich mit Herbert getrunken hatte, aber wahrscheinlich waren es die Erlebnisse dieses ganzen Tages, die mich so müde gemacht hatten. Doktor Kästner hatte mit mir gesprochen, Alfred Andersch hatte mir einen Arbeitsplatz vermittelt, und dann war eben da noch dieses Treffen mit Herbert, das in mir einen unangenehmen Nachgeschmack hinterließ. Ich machte mir schwere Vorwürfe, daß ich überhaupt mit ihm in das Lokal gegangen war, das offensichtlich ein Treffpunkt der Haie des Schwarzmarktes war.

Und dennoch konnte ich insgesamt mit diesem Tag durchaus zufrieden sein.
Langsam kehrten die Fahrgäste des Holzgasers von allen Seiten zurück. Sie blickten müde nach einem ganzen langen Tag in dieser Stadt vor sich hin. Manche trugen Päckchen unter dem Arm. Sie hatten irgendwo etwas eingehandelt. Was hätten sie auch sonst hier zu tun gehabt?
Der Holzgaser kam fauchend um die Ecke. Alles drängte sich, um als erster einsteigen zu können. Mir war es gleich, ich stieg als letzter ein und bekam auch einen Platz. Die Leute saßen ermattet auf ihren zerschlissenen Sesseln oder redeten aufgeregt miteinander. Es interessierte mich nicht. Ich wollte nach Hause, nach Dietramszell. Meine Bücher hatte ich unter meinem Sitz verstaut, denen konnte nichts mehr passieren. Anderthalb Stunden später waren wir zu Hause.
Ich war nicht der einzige, der vor dem Gasthof abgeholt wurde, aber vielleicht war ich derjenige, der sich am meisten darüber freute: Eine junge Studentin, dürr wie eine Zaunlatte, stand da und winkte mir zu. Es war meine Freundin Isolde, die ich erst vor kurzer Zeit kennengelernt hatte und die ich später unter höchst merkwürdigen Umständen heiraten sollte.

31. Dezember 1946 Der Präsident der Vereinigten Staaten, Truman, proklamiert das offizielle Ende des Krieges. Die Bekanntgabe tritt um 18.00 Uhr deutscher Zeit in Kraft.

31. Dezember 1946 Seit August hatte das Münchener Zuzugsamt über 250 000 Zuzugsanträge zu bearbeiten, von denen mehr als 70 % abgelehnt wurden.

1946/47 Der bayerische Landwirtschaftsminister erklärt in einer Rede vor Betriebsräten: »Lieber bayerisch sterben, als zentralistisch verderben.«

Es war ein langer Weg von Camp Ruston, Louisiana, der mich – über viele andere Lager der Vereinigten Staaten – nach Dietramszell geführt hatte. Nie zuvor hatte ich den Namen Dietramszell gehört. Aber im Lager Olmstead Field, Pennsylvania, hatte ich einen Kumpel, der mir viel davon vorschwärmte, es war seine Heimat.
Wer erzählt nicht die tollsten Geschichten, wenn er mal von zuhause weg ist. Mindestens die Hälfte meiner Kameraden, mit denen ich im Krieg und in der Gefangenschaft zusammen war, hatten zuhause vielleicht ein kleines Häusel, zwei Kühe und ein Dutzend Hühner. Sie wurden zum Rittergut mit Viehbestand und Gesinde. Und wer einen Postbeamten zum Vater hatte, wurde zum Sohn eines Postrates. So war es überall und so wird es auch immer sein.
Mein Kumpel in Olmstead Field also, Sepp hieß er, erzählte auch so einiges, aber seine Erzählungen hatten irgendwie etwas Glaubwürdigeres. Natürlich, man weiß nie so genau. Da er gut aussah und ein sehr gutes Benehmen hatte, besorgte ich ihm eine Stellung in einem Club für die Frauen der amerikanischen Offiziere, die mit ihren Familien in der

Nähe wohnten. Er bekam eine weiße Uniform mit vergoldeten Achselstücken und sah aus wie ein Obersteward auf einem Luxusdampfer. Er erhielt, was eigentlich nicht gestattet war, von den Damen gute Trinkgelder, aber er machte sich nichts daraus. Er blieb der gutmütige Sepp, der mit mir viele Abende hinter unserer Küche auf einer Bank saß und von Zuhause sprach. Da er nicht allzusehr angab und angenehm im Umgang war, ließ es sich sehr gut mit ihm plaudern.
An dem Tag, an dem ich in ein anderes Lager versetzt wurde, vertraute er mir einen Brief an, den ich, sollte ich vor ihm in die Heimat zurückkehren, bei seiner Familie abgeben sollte. Er sagte: »Erzähl ihnen, daß es mir gut geht, und grüße alle.« Das Dumme war, daß er eben in Dietramszell beheimatet war, und ich nicht wußte, wo das lag. »Nicht weit von Bad Tölz«, war seine Auskunft, die mich nicht klüger machte. »In Oberbayern halt«, erklärte er dann noch. Und das war immerhin etwas.
Ich wollte nach meiner Entlassung von Deutschland weiter nach Kopenhagen, oder Paris. In Deutschland, dachte ich mir, steckst du Sepps Brief in einen anderen Umschlag und adressierst ihn an seine Frau; das wird auch gehen. Sepp wußte damals recht gut, weshalb er erst später entlassen werden würde – er war bei der SA gewesen, wenn auch kein großes Tier.
Wir wurden von New York nach Le Havre in Frankreich verschifft. Von dort aus ging es dann – nach einem kurzen Aufenthalt in einem Lager – in Viehwagen nach Bad Aibling in Oberbayern, wo wir entlassen wurden. Noch immer wollte ich Sepps Brief einfach von irgendwo aus an seine Familie schicken. Da ich aber in Rosenheim in den falschen Zug stieg, landete ich in Holzkirchen. Der Bahnhofsvorsteher, den ich auf gut Glück nach Dietramszell fragte, sagte: »Mensch, da haben Sie wirklich Glück, es liegt nur zehn Kilometer von hier. Wenn Sie eine Stunde warten, nimmt Sie ein Fuhrwerk mit, das zweimal in der Woche hierher kommt und Medikamente und andere Sachen für den Arzt nach Dietramszell bringt.«
So führte mich der Zufall in einem Zweispänner nach Dietramszell. Der Kutscher, dem ich ein Päckchen Zigaret-

ten schenkte, setzte mich vor einem riesigen schloßartigen Gebäude ab: »Hier wohnt der Herr Baron Joseph von Schilcher, aber er ist noch in Gefangenschaft, und niemand weiß, wann er zurückkehren wird.«

Sepp also hatte im Gefangenenlager wahrhaftig nicht aufgeschnitten, sondern eher untertrieben. Jetzt stand ich in meinen gefärbten Klamotten mit dem Brief vor einem richtigen Schloß und wurde wie ein Fürst empfangen, als die Frau Baronin erfuhr, wer mir den Brief mitgegeben hatte. Hier im Schloß, in dem bei Gott nichts vom Krieg und von der Nachkriegszeit zu spüren war, lebte ich eine Weile wie die Made im Speck. Der Krieg war über den adeligen Besitz hinweggegangen, ohne auch nur die geringste Spur zu hinterlassen. Ich ließ es mir eine Weile gefallen. Dann bekam ich ein Zimmer in einem der zum Schloß gehörenden Häuser und genoß meine Freiheit nach zwei Jahren Krieg und zwei Jahren Gefangenschaft. Ich wanderte tagelang durch die Wälder und über die blühenden Wiesen. Ich bekam von der Schloßherrin reichlich zu essen und wäre wohl dort noch ein Weilchen geblieben, wenn ich nicht die bereits erwähnte junge Studentin, Isolde, kennengelernt hätte. Sie war aus Köln mit ihrem Sohn Dietram vor den Bomben zu ihren Verwandten geflüchtet. So kam eines zum anderen.

Nachdem ich Alfred Andersch in München getroffen hatte, veränderte sich alles. Zwei Tage nach unserem ersten Zusammentreffen fuhr ich wieder nach München, und da lag schon alles für mich bereit: eine Zimmerzuweisung und der sonst fast nicht zu bekommende Zuzug. Die Sieger hatten es veranlaßt.

Es gibt Worte, die etwas Schicksalhaftes haben. Dazu gehört auch das Wort Zuzug. Man konnte sich gleich nach dem Krieg nicht irgendwo einfach niederlassen, wenn man keinen Zuzug hatte. Das heißt, daß man nicht dort wohnen konnte, wo man wollte. Es gab in den Städten nur wenige unbeschädigte oder wenigstens bewohnbare Häuser. Zahllose Menschen, Vertriebene und aus den verschiedensten sonstigen Gründen Heimatlose: aus Konzentrationslagern befreite, aus Kriegsgefangenenlagern entlassene Menschen, DPs

(Displaced persons, das waren sowohl von den Nazis verschleppte Fremdarbeiter wie Kollaborateure aus der ganzen Welt) irrten umher auf der Suche nach einer Bleibe, einem schützenden Dach. Wenn sie schließlich etwas fanden bzw. von den Amis zugewiesen bekamen, wohnten sie mit vielen anderen in Räumen zusammengepfercht, die ursprünglich nur für eine Familie gebaut worden waren. Und dieses schicksalschwere Wort »Zuzug«, von irgendeinem Bürokraten erfunden, verwehrte den meisten das, worauf sie hofften. Es war ein fürchterliches Wort! Tausende schliefen in Kellerlöchern, auf erhalten gebliebenen Dachböden, auf Treppen, in Bahnhofshallen oder hausten noch in Lagern, weil sie keinen Zuzug hatten. Menschen, deren Haus oder Wohnung im Krieg unbeschädigt geblieben war und die noch ein unentdecktes Zimmer oder eine Kammer hatten, selbst wenn sie diese früher untervermietet hatten, verrieten diese nicht. Es könnte ja jemand, dem das Wort Zuzug zuerkannt worden war, von den Behörden dort eingewiesen werden: die Verwaltung griff da erbarmungslos zu. Zuzug bekam man nur schwer, außer man war eine wichtige Persönlichkeit oder hatte die richtigen Beziehungen.
Siehe da, ich hatte die richtigen Beziehungen! Die Sieger hatten schon am zweiten Tag meines Münchner Aufenthaltes ein Zimmer für mich bereit. Es war in der Rossinistraße, nicht allzu weit von der *Neuen Zeitung,* bei der ich arbeiten sollte. Ich stellte mich meinen Vermietern vor. Es waren brave Leute zwischen fünfzig und sechzig mit einer Tochter, die das Gymnasium besuchte und später einmal etwas Besseres werden sollte. Dabei hatte der Mann so ziemlich alles erreicht, was man in seinem Beruf erreichen konnte. Er war Rektor einer Volksschule gewesen. Dann hatten ihn die Eindringlinge, so nannte er die Amerikaner, um seine Honorigkeit und damit um sein Lebensglück gebracht.
»Hören Sie, junger Freund«, sagte mir Herr K., als ich mit ihm und seiner Frau, die nickend seinen Erzählungen zustimmte, in der Küche saß. Er kam mir ungeheuer dick vor und keuchte beim Sprechen. »Ich bin mein Leben lang ein anständiger Beamter gewesen, habe alles getan, was gut und recht ist. Ich

wäre in fünf Jahren mit der mir zustehenden Pension in den verdienten Ruhestand getreten. Aber was geschah?«
Seine Frau unterbrach ihn und zupfte ihn am Ärmel.
»Das interessiert doch den Herrn nicht, Joseph.«
»Und ob es ihn interessiert!« sagte der ehemalige Rektor.
»Der Herr ist doch von der Presse, er soll sich die ganze Geschichte anhören.«
»Bitte, bitte«, warf ich ein.
»Siehst du, es interessiert den jungen Mann!« sagte der ehemalige Rektor und wandte sich wieder mir zu. »Fast vierzig Jahre war ich im Dienst, und dann dieser Fußtritt!«
Jetzt war er beinahe am Weinen. Ich versuchte, ihn zu trösten: »Es wird ja alles wieder besser werden. Was wir heute erleben, geht wieder vorüber«, und ähnliches, was man so sagt, wenn man einen so niedergedrückten Menschen vor sich hat.
»Und was habe ich getan?« fuhr er fort, ohne auf mich zu hören. »Ich habe von den Untaten der SS nichts gewußt. Ich habe sogar einmal gesagt, daß wir den Krieg nicht gewinnen können. Da sitzen ganz andere feine Herren, die Dreck am Stecken haben, in ihren guten Positionen, und niemand kümmert sich um ihre Vergangenheit.« Er sah mich prüfend an, sein Gesicht rötete sich zusehends. »Was habe ich getan? Ich, der es mit seinem Amt sehr genau nahm und immer nur das Gute wollte?«
Es sei hier kurz erzählt, was Herr K. Ungutes getan hatte, ehe die Amerikaner kamen und man ihn disqualifizierte. Er hatte die Totenglocken nicht gehört, den Untergang des Dritten Reiches nicht kommen sehen, obwohl vor seinen Augen Deutschland zu einem Scherbenhaufen zerfiel; er hatte die Siege der Alliierten nicht wahrhaben wollen, bis die Amerikaner durch seine heil gebliebene Straße marschierten. Er hatte fleißig und unbeirrbar an einem Rechenbuch für die unteren Schulklassen gearbeitet, von dem er sich den Erfolg seines Lebens versprach. Herr K. hatte in seinem Buch keine einfachen Aufgaben gestellt, etwa: sieben und drei ist zehn, sondern sieben SA-Mützen und drei SA-Mützen sind zehn SA-Mützen. Oder: zwölf Hitlerjugend-Fähnlein weniger drei Hitlerjugend-Fähnlein sind neun Hitlerjugend-Fähnlein.

Jetzt jammerte er: »Was habe ich damit Böses angerichtet? Antworten Sie mir! Warum hat man mich meines Amtes beraubt? Habe ich einen Juden umgebracht oder einen Nachbarn denunziert? Nichts! Sie können sich selbst überzeugen, ich war immer ein treuer Beamter und habe mich an die Richtlinien gehalten!«

»Aber«, wagte ich einzuwerfen, »haben Sie denn wirklich nichts bemerkt, oder haben Ihre Kollegen Sie nicht darauf aufmerksam gemacht, daß ...«

»Nichts! Sie steckten vielleicht schon mit dem heranrückenden Feind unter einer Decke, was weiß ich, oder sie gönnten mir meine Arbeit nicht. Die Welt ist so schlecht geworden, daß man seinem besten Freund nicht mehr trauen kann.«

Sein dickliches, rotes Gesicht zitterte, er war wieder den Tränen nahe. Ich hätte nie geglaubt, daß es so etwas geben könnte, aber jetzt hatte ich den lebenden Beweis vor mir. Und doch tat er mir leid.

Als er nicht aufhörte, über sich und sein Unglück zu jammern, unterbrach ich ihn und bat ihn, mir das zugewiesene Zimmer – das ehemalige Zimmer der Tochter wahrscheinlich – zu zeigen. Es war ein verhältnismäßig kleines Zimmer, aber es enthielt alles, was ich brauchte: einen kleinen Schreibtisch, einen Stuhl, ein Sofa zum Schlafen und einen Schrank. Und das allerwichtigste war: es hatte eine Tür, eine richtige Tür mit einem Schloß und einem Schlüssel dazu, mit dem man sie hinter sich abschließen konnte. Es war ein ungeheures Erlebnis, das ich da plötzlich hatte. Ich konnte allein sein, niemand konnte, ohne vorher anzuklopfen, herein kommen. Wenn ich nicht wollte, durfte überhaupt niemand herein kommen. Es war eine Tür, eine richtige Tür, hinter der ich bestimmen konnte, was ich zu tun gedachte, ohne daß sich jemand einmischen durfte.

Ich setzte mich auf das Sofa. Beinahe hätte ich geheult vor Glück.

Ich erfuhr schon am ersten Abend, daß ich nicht der einzige Untermieter der Familie K. war. Da war noch ein schönes junges Mädchen, Maria, dessen Zimmer am Ende des Ganges lag. Sie war gerade achtzehn geworden und hatte die letz-

ten zwei Jahre auf abenteuerliche Weise verbracht. Maria war mit ihrer Schulklasse in ein Jugendlager in der Tschechoslowakei verschickt worden. Kurz bevor die Russen kamen, war sie geflohen und über Wien nach München gekommen. Auf welche Weise ihr die abenteuerliche Flucht gelang, erfuhr ich nie genau. Sie erzählte, besonders wenn sie getrunken hatte, nur verworrene Ereignisse.
Das Erstaunliche war, daß sie in dieser halbtoten Stadt ihren Zuzug erhalten hatte. Den Grund erfuhr ich auch bereits am ersten Tag: Sie arbeitete beim Amerikaner, wie auch ich. Natürlich hatte sie einen amerikanischen Freund, einen GI namens Peter. Das war ein riesiger, immer lächelnder freundlicher Bursche, adrett gekleidet wie alle GIs, und er hatte immer wieder etwas zum Mitbringen dabei. Deshalb war er – überkommene moralische Bedenken hin oder her – von der Familie K. äußerst wohlgelitten.
Unsere Treffs, die Familie K. mit der sechzehnjährigen Tochter Gertrud, Maria, Peter und ich, fanden immer in der großen warmen Küche statt, und es ging gewöhnlich sehr fröhlich zu. Peter brachte in der Regel Whisky, Schokolade und Zigaretten mit. Er war aus Little Rock, Arkansas, und gab sich große Mühe, uns zu verstehen. Mich schätzte er ganz besonders, weil ich seine Muttersprache beherrschte.
Einmal kam er in mein Zimmer, natürlich nachdem er vorher angeklopft hatte, und überreichte mir ein Päckchen. Es waren zweihundert Präservative darin. Zweihundert! Für ein Präservativ gab es auf dem Schwarzen Markt zwei Feuersteine. Zündhölzer bekam man auch nur unter der Hand und nicht gerade billig. Zweihundert Präservative! Ich konnte damit außer Feuersteinen massenhaft Tabak für meine Pfeife eintauschen. Wirklich. Dieser Peter war ein feiner Kerl.
Ich hatte Glück mit meiner Schlafstelle gehabt.
Die *Neue Zeitung* erschien zweimal in der Woche, ich hatte also reichlich Zeit für meine Arbeit. Ich übersetzte wesentliche Abschnitte aus modernen amerikanischen Werken, manchmal auch Kurzgeschichten oder Essays, die kaum ein Mensch in Deutschland kannte. Ich schrieb die Übersetzungen mit der Hand und diktierte sie dann einer Sekretärin

in der Redaktion. Kein schlechter Job also. Mit den anderen Kollegen in der Zeitung sollte ich erst später, als ich regelrechtes Mitglied der Redaktion wurde, bekannt werden. Bis dahin hatte ich fast nur mit Dr. Kästner und Andersch zu tun. Es wunderte mich, daß Erich Kästner bei der Anrede soviel Wert auf den Doktortitel legte. Vielleicht wollte er sich mehr Abstand und Respekt bei den Amerikanern verschaffen, was weiß ich.
Bald geschah etwas, was meine Position in der *Neuen Zeitung* grundlegend änderte. Ich hatte schon bis dahin kleine und größere Feuilletons auf Dr. Kästners Seite veröffentlicht, und ich gebe zu, daß es mich sehr stolz machte. Es gab kaum einen bedeutenden zeitgenössischen Schriftsteller, der nicht auf dieser Seite gestanden hat.
Eines Tages kam auf ein von mir im Dezember 1946 veröffentlichtes Feuilleton eine überraschende Reaktion. Weil es für mich so viel bedeuten sollte und eine charakteristische Schilderung jener Zeit ist, gebe ich es hier noch einmal wieder:

Ein kleines oberbayrisches Dorf

Die Natur ist unverändert geblieben, die letzten Jahre haben ihr nichts antun können und auch die Häuser, diese schönen bemalten Bauernhäuser, die zur Natur zu gehören schienen, sind ohne Schaden durchgekommen. Steht man auf einem der Hügel und schaut ins Tal hinab, dann fällt es einem leicht, zu glauben, daß der Krieg und die bange Unsicherheit unserer Tage in diese Gegend nicht eingedrungen sind. Aber es sieht nur von weitem so aus.
Das Dorf ist klein, die Gemeinde besteht noch aus einigen anderen kleinen Dörfern, die nur wenige hundert Schritte von dem ersten entfernt sind und schöne romantische Namen haben. In der Mitte des Hauptdorfes steht das gewaltige alte Gebäude, halb Kloster, halb Schloß. Sein Turm ist weithin zu sehen. Im klösterlichen Teil dieses mittelalterlichen Gebäudes sind eine Menge Flüchtlingskinder untergebracht, ihr Schreien und Lachen dringt bis auf die Straße hinaus. Sie scheinen mit den frommen Schwestern gut auszukommen. Im anderen Teil wohnt der adelige Herr, dem die

großen Wälder gehören, die ihm sein Geld einbringen, in denen seine Vorfahren schon jagten, und in denen er auch heute noch gerne jagen würde, hätte ihm die Besatzungsmacht die Flinten und die Erlaubnis zum Schießen gelassen. Aber geht man vom Schloß aus nur wenige Schritte über die Dorfstraße in eines der kleinen Häuser hinein, wird man stickige dunkle Zimmer finden, in denen eine Mutter mit drei Kindern haust, oder in die sogar zwei Familien zusammengepfercht sind. Es ist kein fließendes Wasser da, der ganze obere Raum riecht nach Pellkartoffeln und Rauch und Windeln – hier wohnen Flüchtlinge, die nie daran gedacht hatten, die Gastfreundlichkeit dieses kleinen, idyllischen oberbayrischen Dorfes in Anspruch zu nehmen. Das Elend ist herzzerreißend, es ist das Elend dieser Jahre, das man aus der Entfernung nicht gewahr wurde.

In der ganzen Gemeinde wohnen 1177 Menschen und davon sind allein 511 »Zugereiste«. Die entstandene Mischung ist phantastisch: Aus der Sammlung thomascher Bauern, die tagsüber die Äcker bestellten, des Sonntags in die Kirche gingen und abends Bier trinkend und Karten spielend im Wirtshaus saßen, ist ein bunt gewürfelter Haufen aller möglichen Menschen aus allen Teilen und aus allen Gesellschaftsklassen des früheren Reiches geworden. Gestrandete Soldaten wohnen dort, Intellektuelle aus Berlin, Handwerker aus dem Sudetenland, ungarische Adelige, Bauern aus Schlesien, die Gattin eines in Nürnberg angeklagten Generals, Menschen ohne bestimmte Heimat, Arme und Reiche, Intelligente und Dumme, Fleißige und Faule.

Diese Fremden können dreißig Jahre im Dorf wohnen, sie werden nie dazu gehören. Sie wohnen dort, das ist wahr, aber sie können dreißig Jahre dort wohnen und werden immer noch die Fremden sein, welche die Bauern dorthin wünschen, woher sie gekommen sind. Widerwillig räumen sie ihnen ihre Zimmer ein – wer hat gerne fremde Menschen in seinem Hause wohnen? – und verschließen sich. Diese Bauern haben nie in Luftschutzkellern gesessen, als es Bomben hagelte, und das Leben der Angehörigen erlosch. Sie sind nie frierend und hungernd über fremde Landstraßen gezogen. Sie haben, als die anderen jeden Tag, den ihnen das Leben erneut schenkte, wie eine Gabe begrüßten, auf ihren Höfen gesessen und Geld verdient. Aber dieses Schicksal hat sie nicht demü-

tig gemacht. Es ist, als wäre alles nicht gewesen, oder als ginge alles sie nichts an.
Mehr als zehn Kilometer ist der nächste Bahnhof entfernt. Das Dorf ist ein idealer Ferienort. In der guten alten Zeit der Weimarer Republik kam Hindenburg jeden Sommer hierher, er wohnte im Schloß. Die Schulkinder brachten ihm unter Leitung des Herrn Lehrers ein Ständchen, er hob dankend den Hut und ging in den Wald spazieren. Manchmal setzte er sich zu den Bauern auf die Hausbank. Dann ließ er Hitler regieren und starb. In der Nähe des Dorfes ließen sich zwei Koryphäen des tausendjährigen Reiches nieder. Sie fuhren mit ihren schnittigen Wagen durchs Dorf und hoben grüßend die Hand. Manchmal ließen auch sie sich mit den Bauern in Gespräche ein. Die Bauern saßen des Abends in der Wirtschaft und sonnten sich in der Erinnerung dieser Gespräche. Zehn Kilometer weiter in einem anderen Dorf steht ein Stuhl. Auf diesem Stuhl hatte Adolf Hitler höchstpersönlich gesessen. An diesen Stuhl wurde eine Serviette gehängt, mit der er sich höchstpersönlich die Hände getrocknet hatte, und auf diesen Stuhl durfte sich niemand mehr setzen. Die Bauern kamen aus der Umgegend zusammen und starrten ergriffen den Stuhl an.
Jetzt rast die Entnazifizierungswelle durch die Dörfer. Die Bauern fragen sich gegenseitig: »Was hast du gekriegt?« – Niemand will es gewesen sein. Niemand hat die zwei Koryphäen auch nur gekannt. In deren Häusern sitzt jetzt die Militärregierung. Der Stuhl ist plötzlich verschwunden. Der Hindenburgkopf von Thorak, den die eine der Koryphäen am Schloß anbringen ließ, wurde vom Landrat entfernt. Im Dorfbach schwimmt ein Schild: »Hier wird mit deutschem Gruß gegrüßt!« Der Bürgermeister mußte gehen. Der Lehrer mußte gehen. Die »Großen« sind entweder interniert oder mit Geldbußen bestraft. Aber so träge fließt der Strom der Umwälzung, daß der neue Bürgermeister – es ist der frühere Kanzleischreiber – den alten immer noch mit »Guten Morgen, Herr Bürgermeister!« begrüßt. Das ist die Macht der Gewohnheit. Wenn sich die Leute über etwas ärgern, dann darüber, daß sie aufs falsche Pferd gesetzt haben.
Das politische Gesicht des Dorfes verändert sich scheinbar. Die Menschen verändern sich nicht. Hier wehten einst, wie überall, viele Fahnen, und die Jugend spazierte in Uniformen herum. Kein

Mensch könnte jetzt sagen, wo die Fahnen hingekommen sind. Geschimpft wird wieder wie vor dreiunddreißig – wozu haben wir die Demokratie? Manchmal ist am Sonntag Tanz. Die Jugend versammelt sich in ihren bunten Trachten und tanzt jodelnd Schuhplattler. Das Bier ist schlecht, das ist richtig, aber sie platteln trotzdem. Die Ortsfremden tanzen schüchtern mit. Manche von ihnen wohnen schon über ein Jahr da, aber sie haben immer noch nichts mit den Dörflern gemein. Sie werden nie etwas mit ihnen gemein haben. Es sind keine Ortsansässigen. Ist das nicht genug?
Die Menschen aus Schlesien und die aus dem Sudetenland fühlen nur zu deutlich, daß sie nicht gern gesehen sind. 511 Menschen in einer Gemeinde! Wen interessiert es, daß sie nicht freiwillig gekommen sind, daß sie ärmer als Kirchenmäuse sind? Vielleicht haben sie, als sie das Dörfchen vor sich sahen, gedacht: Die Menschen, zu denen wir gehen, haben das Grauen dieses entsetzlichen Krieges nicht erlebt, es sind Deutsche wie wir, sie werden uns entgegengehen, sie werden uns hilfreich die Hände entgegenstrecken! – Das haben sie vielleicht gedacht. Hier und da ist auch einer, der es tut. Aber in der Regel drehen ihnen die Bauern den Rücken zu. Man duldet sie. Man muß sie dulden. Man wünscht aber, sie wären dort, woher sie gekommen sind.
Im Sommer grasen die Kühe auf den Feldern, ihre Glocken läuten melodisch. Des Abends klingt von den Höfen Harmonikamusik, in der Ferne erglüht der Gipfel der Zugspitze. Am Sonntag gehen die Menschen in ihren kleidsamen Trachten zur Kirche, des Abends sitzen die Bauern im Wirtshaus und spielen Karten. Es sieht alles so aus, als wäre nichts geschehen. Der reiche adelige Herr sitzt auf seinem Schloß und wartet auf die Jagderlaubnis. Die Bauern sitzen sicher auf ihren Höfen. In einem der winzigen Zimmer wohnt die fremde Frau aus Schlesien mit ihren drei Kindern. Zwischen zwei Betten ist gerade soviel Platz, daß man darin stehen kann. In der Ecke blakt ein rauchiger Ofen. Das Zimmer ist erfüllt von Essens- und Windelgerüchen.
Wie kommt diese Frau in diesen idyllischen oberbayrischen Winkel? Es ist doch etwas geschehen? Der Krieg ist verloren – Millionen Menschen haben keine Heimat mehr! Nein, die Natur hat sich nicht verändert, und die Häuser haben sich nicht verändert, aber die Menschen darin sind andere. Von weit her kamen die

neuen Bewohner, müde und hungrig, noch immer die Schrecken der Erlebnisse in den Gesichtern. Sie wollen nicht viel, sie fragen nur nach Unterkunft und Verständnis. Das, was sie nicht verstehen können, ist die Gleichgültigkeit der Menschen, deren Gastfreundlichkeit sie in Anspruch nehmen müssen. Was sie schmerzt, ist die Verständnislosigkeit der anderen ihren Problemen gegenüber. Die Umstände haben sie gezwungen, die Heimat zu verlassen und eine neue Heimat zu suchen. Jetzt sitzen sie hier unter Fremden und fühlen sich wie Ausgestoßene. Sind sie in ein fremdes Land geraten – nicht nur die Landschaft sieht anders aus als zuhause. Sie wollen nichts als eine neue Heimat haben – das ist sehr viel verlangt. Ist es zuviel verlangt?

Am nächsten Morgen, es mochte zehn Uhr sein, rief mir mein Kollege Olaf Meitzner, dessen Sekretärin ich meine Manuskripte diktierte, gleich, als ich hereinkam, zu:
»Du sollst sofort zum Chef!«
»Zu welchem?« Ich dachte an Dr. Kästner.
»Zu Wallenberg natürlich«, sagte er. »Er hat schon ein paarmal angerufen.« Meitzner machte ein Kreuz über mich. »Glück und Segen, alter Knabe!«
Ich ging mit unsicheren Gefühlen zum Chefredakteur Hans Wallenberg. Als ich zur *Neuen Zeitung* kam, war sein Vorgänger, Hans Habe, gerade gegangen. Die Gründe dafür kannte ich nicht, sie interessierten mich auch nicht. Ich hatte den neuen Chef, Hans Wallenberg, schon ein paarmal in den Gängen der Redaktion an mir vorbeisausen gesehen. Er war immer in Eile und hatte bisher keine Notiz von mir genommen.
Die Sekretärin empfing mich: »Da sind Sie ja endlich! Los rein!«
Ich klopfte und trat ein.
Hans Wallenberg, bekannt geworden als Journalist der berühmten Ullstein-Zeitungs-Dynastie, sah aus wie eine Kugel mit Beinen. Er war kaum größer als ich, trug die Khakiuniform der Army mit den Abzeichen eines Majors und hockte hinter einem gewaltigen, mit Zeitungen und Manuskripten überladenen Schreibtisch. Er beugte sich vor, stützte sich auf seine kurzen, ungeheuer kräftigen Unterarme und

sagte grob: »Haben Sie das hier geschrieben?« Dabei zeigte er auf mein Feuilleton ›Ein kleines oberbayrisches Dorf‹.
In meiner Aufregung begann ich englisch zu sprechen, aber er ließ mich nicht zu Wort kommen. »Hörn'se uff, ich bin Berliner. Also haben Sie das geschrieben?«
Ich bejahte.
Er blickte mich eine Weile mit scharfen Augen an, dann fragte er: »Wat verdien' Sie hier?«
Ich sagte es ihm.
»Das ist unerhört!« schrie er, rief dann die Sekretärin. »Schreiben Sie sofort einen neuen Vertrag, aber 'n bißchen dalli!«
Er kam hinter seinem Schreibtisch hervor und umkreiste mich. »Wo komm' Sie her? Auch aus Berlin. Hör ick an der Sprache. Wo haben'se denn da jewohnt?«
»Im fünfzehnten Bezirk. Adlershof.«
»Proletenjejend. Kenn ick. Wie sind Sie zum Schreiben gekommen? Wo haben Sie sonst schon geschrieben?«
Ich stammelte irgend etwas.
Wallenberg sah mich noch eine Weile prüfend an, dann sagte er: »Von heute an erhalten Sie genau noch einmal so viel wie Sie vorher hatten. Verstanden? Genau noch einmal so viel. Außerdem gehören Sie dem festen Stab an, und Sie bekommen jeden gezeichneten Artikel extra bezahlt ...«
Er machte eine Pause. Dann sagte er: »Ein tüchtiger Reporter muß sehen können. Ich habe Ihre Reportage gelesen und gespürt, daß Sie sehen können. Also los. Gehen Sie auf die Straßen, fahren Sie dorthin, wo Sie glauben, etwas sehen zu können. Schreiben Sie es auf. Es gibt tausend Themen in so einer Zeit. Packen Sie zu! Es gibt wenige in dieser Zeit, die die Dinge richtig sehen, die hinsehen können; ich glaube, Sie sind einer davon ...« Das Telefon klingelte, er nahm den Hörer ab, wandte sich – bereits im Telefongespräch – noch einmal mir zu: »Was stehen Sie hier noch herum. Sehen Sie sich um, schreiben Sie was!«

Aber das war nur der erste Teil der Geschichte, die mit diesem Feuilleton zusammenhing. Ich hatte nicht daran gedacht, daß

es auch in Dietramszell Leute gab, die die *Neue Zeitung* lasen. Zwei Tage nach Erscheinen des Feuilletons, ich war zufällig in der Redaktion, rief mich der Bürgermeister an:
»Sie! Sie – dees kennan'S garnia wieda richt'n, den Schadn, den'S da angerichtet ham!« schrie er in den Apparat. »Blamiert ham'S uns, die ganze Gmoa ham'S blamiert. Lassen'S Eahna ja net wieder blickn!«
»Was wollen Sie eigentlich«, antwortete ich. »Ich habe das Dorf in meinem ganzen Artikel nicht ein einziges Mal erwähnt.«
»A Schmarrn! A jeda woas doch, wer g'moant ist. Mia kenna'S do nix vormacha. Lächerlich ham'S uns gmacht. Für nix ko i garantiern, wennS' Eahna da noch oamoi blickn lassen. Für nix!«
»Habe ich etwas für die Gemeinde Ehrenrühriges geschrieben, Herr Bürgermeister?«
»Woos? Nix Ehrenrühriges? Namma habn'S genannt. Namma! Mi zum Beispui. Oda ham S' vielleicht ned g'schriebn ›Das ist die Macht der Gewohnheit‹? Ha? Wo S' genau wissen, daß i mi Macht schreib!«
»Ich habe mir nichts Besonderes bei dem Satz gedacht, bedaure ...«
»Und des mit de Thoma? Abends sitzen sie wie Thomasche Bauern beim Bier. Sie, dees sag i Eahna, die Thoma san fei achtbare Leit, die genga fast nie in a Wirtschaft. Und daß s' in der Zeitung stehgn, dees mögn dee übahaupt ned!«
Jetzt mußte ich lachen. »Ich meinte die Leute, die wie Thomasche Bauern aussehen«, versuchte ich ihn zu beruhigen. »Ludwig Thoma, kennen Sie den denn nicht?«
»Schläg kriag'n S', wennS' Eahna da sehgn lassn. Schläg, sog i Eahna.«
»Ich bin morgen abend da.«
»Ja, san S' denn ganz narrisch wordn? Oiso, ich in meiner Eigenschaft als Bürgermeister werde jedenfalls dafür sorgen, daß nix passiert. Mehra ko i ned doa. Aba wenn Eahna wos gschicht, san S' selbst schuid. Da huift Eahna koana. Koana, sog i!«

Was so ein Artikel alles anrichten kann! Ich hatte doch nur kommentarlos aufgeschrieben, was ich gesehen hatte.
Was mich bei dieser ganzen Geschichte am meisten erstaunte, war die Tatsache, daß keiner der Menschen, mit denen ich zusammentraf, sich auch nur der geringsten Schuld bewußt war. Hitler mußte in ihnen etwas Atavistisches angesprochen haben, das längst vergessene, barbarische Reaktionen weckte. Und als sich mit dem zu Ende gehenden Krieg alles als falsch, ja als böser Wahnsinn erwies, wollten sie es nicht mehr wahrhaben. Sie verdrängten es. Sie löschten es aus ihrem Gedächtnis. Ein Phänomen: wie schnell kann man Geschichte vergessen.
Ich setzte mich am Samstag Nachmittag in den Holzgaser und fuhr nach Dietramszell. Die Leute im Bus blickten mich teils neugierig, teils mit unverhohlenem Widerwillen an. Natürlich hatten inzwischen alle meinen Artikel gelesen und ihn als ungeheuere Nestbeschmutzung empfunden. Ich machte mir aber nichts daraus.
Ich muß schon sagen, ich hatte einen sehr großen Bahnhof vor der Wirtschaft, an der der Holzgaser hielt. In der Menge, die mich wohl am liebsten wie eine dreckige Laus zerquetscht hätte, stand auch der Herr Bürgermeister und neben ihm ein Gendarm. Kaum war ich ausgestiegen, kam er auf mich zugeeilt, der Bürgermeister, und herrschte mich an: »Habe ich Sie nicht etwa gewarnt? Wollen Sie Ärger bei uns machen?« Er sprach hochdeutsch, das machte mich stutzig. Ich warf einen Blick auf den Gendarm, und der Affe soll mich lausen, wenn es in seinen Augen nicht blinkte. Er brauchte jedenfalls nicht einzuschreiten, als ich mich in die Wirtschaft begab.
Die Wirtsstube war, wie mir der Lärm schon verraten hatte, brechend voll. Aber als ich eintrat, verstummte sofort jedes Geräusch. Die Männer saßen da wie aus Erz gegossen, sie hielten ihre Bierkrüge in den Fäusten und starrten vor sich hin. Ich erspähte einen freien Platz am anderen Ende der Stube und ging ruhig darauf zu. Bei jedem Schritt glaubte ich, einen Bierkrug von hinten an die Birne zu kriegen. Aber es geschah nichts.
Ich erreichte den Platz, setzte mich und rief laut: »Ein Bier, bitte!« Dann erst brach mir der Schweiß aus.

Die Männer an den Tischen erwachten aus ihrer jähen Erstarrung, die Bierkrüge – gefüllt mit Dünnbier – hoben und senkten sich, und sie begannen wieder miteinander zu sprechen. Sie warfen mir sogar verstohlene Blicke zu.
Eine Viertelstunde später vielleicht, als ich auf der Toilette stand, stellte sich ein weißhaariger Riese neben mich und sagte: »Magst an Schnaps?«
Diesen riesigen Bauern kannte ich schon vom Aussehen her. Er zog einen Flachmann aus der Hosentasche, drehte den Verschluß auf und reichte mir die kleine Flasche. »Trink nur tüchtig«, sagte er, »so was muß belohnt werden ...«
»Was denn?« fragte ich, nachdem ich einen ordentlichen Schluck aus seinem Flachmann genommen hatte.
»I moan halt so«, antwortete er.
Wir gingen zusammen in die Wirtsstube zurück. Es herrschte der übliche Lärm, die Männer erzählten sich, was sie so im Krieg gemacht hatten. Wollte man ihnen glauben, hatte ihn jeder einzelne gewonnen.
Nicht mehr alle blickten mich finster an. Unter denen, die mich absolut nicht mochten, war natürlich auch der Bürgermeister.
Ich sollte bald erfahren, was er sich ausgedacht hatte.

16. Oktober 1946 In Nürnberg werden die am 1. Oktober zum Tode verurteilten Hauptkriegsverbrecher hingerichtet. Göring entzog sich der Hinrichtung durch Selbstmord.

24. November 1946 Hauptredner einer Wahlversammlung der SPD auf dem Königsplatz ist Kurt Schumacher. Er erteilt der von der KPD vorgeschlagenen Vereinigung von SPD und KPD eine Absage, warnt vor dem Entstehen eines neuen Nationalismus als Folge von Hunger und Not und bezeichnet die Grenzziehung im Osten als »Unmöglichkeit«.

23. September 1947 Auf der Tagung des Deutschen Verbandes für Wohnungswesen, Städtebau und Raumplanung erklärt Stadtrat Fischer, CSU, der Wiederaufbau der Stadt sei eine Angelegenheit von 30 bis 50 Jahren.

Im Frühsommer des Jahres 1946 – wir hatten uns nach Krieg und Gefangenschaft gerade versucht, so einigermaßen einzurichten – wurde Alfred Andersch unruhig. Er war, solange ich ihn kannte, immer ein Mensch gewesen, dem man anmerkte, daß er auf etwas wartete; aber was es war, konnte kaum einer seiner Freunde sagen. Sein Geist war unruhig, und doch schien sein ganzes Sinnen und Denken auf ein festes Ziel gerichtet zu sein. Es schien immer, als stünde er für etwas bereit, als warte er auf einen Ruf. Die *Neue Zeitung* war nicht das, auf das er gewartet hatte. Er erledigte seine Arbeit nur so nebenbei. Sein Job in der Redaktion füllte ihn nicht aus, die Vorschläge, die er seinen Vorgesetzten machte, wurden oft nicht angenommen, er fühlte sich die meiste Zeit fehl am Platze.
Ich wußte, daß er schrieb. Er hatte es schon drüben in Amerika getan, und er schrieb weiter, hier in München, in seinem kleinen Zimmer und in der Redaktion.

Nie in meinem Leben habe ich einen Mann härter und hingebungsvoller arbeiten sehen als Alfred Andersch – ausgenommen meinen Freund den Psychoanalytiker, Wilhelm Reich, von dem später noch die Rede sein wird. Andersch arbeitete an drei, vier Projekten zugleich. Er war besessen von seiner Arbeit, dieser Abschnitt seines Lebens war für ihn einer der glücklichsten, glaube ich heute. Er reiste (und das bedeutete viel in diesen Jahren) von hier nach dort, sammelte Stoff und schrieb in zugigen Wartesälen und trüben Notunterkünften. Er schriebe, spaßten seine Freunde, auch noch im Schlaf.

Alfred Andersch fühlte sich zu politischer Aufklärung und Erziehung der Nachkriegsgesellschaft berufen. Obwohl er in der *Neuen Zeitung* arbeitete, fehlte ihm ein publizistisches Forum, wo er das, was er sagen wollte, auch wirklich sagen konnte. Und zur Gründung einer Zeitschrift benötigte man eine Lizenz der Amerikaner, allein schon um Papier zugeteilt zu bekommen.

Da erhielt einer von uns, die wir in Fort Kearney gewesen waren, nach zähen Verhandlungen die Lizenz für eine Zeitschrift, die »so ähnlich« wie die Zeitschrift für die Kriegsgefangenen *Der Ruf* drüben in Fort Kearney geschrieben und redigiert werden sollte. Er hieß Curt Vinz. Ein paar von uns sollten auch hier in Deutschland die Redaktion bilden. Curt Vinz war sich sofort klar darüber, daß der Chefredakteur Alfred Andersch heißen mußte, aber er war sich vollkommen im Unklaren, was er damit anrichtete.

Andersch wollte gegen die Kollektivschuldthese und für einen europäischen demokratischen Sozialismus kämpfen. Schon während er seinen berühmten Artikel ›Das junge Europa formt sein Gesicht‹ schrieb, hatten wir immer wieder Diskussionen. Zum Beispiel über die Nürnberger Prozesse. Und darüber, ob es nicht wieder, wie bei der Weimarer Republik, ein schlechter Start für eine deutsche Demokratie wäre, weil sie nicht vom deutschen Volke erkämpft, sondern nach einem verlorenen Krieg einfach konstituiert wurde. Nicht »Umerziehung« war uns wichtig, sondern im deutschen Volk das Verlangen nach Demokratie zu wecken. Und dabei bewegte uns die Sorge, daß die Amerikaner dieses Problem gar nicht begriffen, ja, nicht begreifen konnten. Sie hatten doch ganz andere Vorstellungen (»Sozialismus ist dasselbe wie Bolschewismus«). Auch von Europa und seiner Geschichte wußten sie nicht allzu viel. Vor allem die Militärs nicht (»Warum wollt ihr nicht leben wie wir, bei uns kann jeder sagen und tun, was er will, bei uns wird es nie einen Hitler geben!«).

Alfred Andersch, der so viele Ideen hatte, der pausenlos arbeitete, wurde die Aufgabe, alleiniger Chefredakteur dieser neuen Zeitschrift zu sein, einfach zu viel. Er konnte nicht alles schaffen.

Wir saßen zusammen, Curt Vinz, Andersch und ich, und die beiden warfen die Frage auf: »Wir brauchen einen zweiten Redakteur. Nur, wer von unseren Freunden ist der geeignetste?«

Da sagte ich: »Es gibt nur einen, und der heißt Hans Werner Richter.«

»Wer ist das?« fragte Andersch.

»Er war nach dir in Fort Kearney.«

Curt Vinz meinte: »Ich kenne ihn nur flüchtig von drüben, wer sagt uns, daß er der richtige Mann ist? Wo wohnt er überhaupt? Auch in München?«

»Nein, aber er hat mir drüben die Adresse seiner Frau Toni gegeben. Sie wohnt in Bad Pyrmont.«

»Auch das noch«, sagte Curt Vinz. »Wenn wir ihn hierher kommen lassen, müssen wir uns zuvor um eine Zuzugsgenehmigung, um ein Zimmer und um eine Arbeitserlaubnis kümmern, und dann stellt sich heraus, daß er gar nicht der Richtige ist für uns.«

»Verlaßt euch drauf«, sagte ich, »er ist der Richtige.« Und ich ging in die Redaktion der *Neuen Zeitung* und diktierte der Sekretärin einen Brief.

Als ich Richter in München wiedersah, wußte ich sofort: es würde klappen; mit diesem Mann mußte es klappen. Dennoch befürchtete ich ein wenig, daß die beiden so verschieden voneinander waren, daß sie sich nicht verstehen könnten. Alfred Andersch und Hans Werner Richter waren nicht nur physisch zwei ganz verschiedene Menschen. Andersch war groß und Brillenträger. Er hatte manchmal einen selbstbewußten, wenn nicht arroganten Zug im Gesicht. Wenn ihm etwas gelungen war, etwas, um das er gekämpft hatte, dann war er glücklich. Wer ihn länger kannte, wußte, daß er einen feinen, etwas sarkastischen Humor besaß. Andersch war geborener Bayer, liebte es aber sehr, sich englisch zu geben. Es fiel ihm schwer, zu jemandem Kontakt zu bekommen, auf manche wirkte er eher abweisend. Das, was ihn auszeichnete, waren seine Ehrlichkeit, seine Zielstrebigkeit, sein Fleiß, seine Begabung.

Hans Werner Richter war ein ganz anderer Typ. Körperlich eher klein und gedrungen, war er jederzeit zu einem Spaß aufgelegt, machte, wenn er nicht arbeitete, alle Albernheiten mit und freute sich auf jede Gelegenheit, bei der man irgendein Fest feiern konnte, der geringste Anlaß genügte. Er hatte das angeborene Glück, auf alle Menschen anziehend zu wirken.

Ich habe Andersch nie bewußt beim Essen beobachtet, weder in der Gefangenschaft noch zu Hause. Wenn ich jedoch an Richter denke, sehe ich ihn mit Lust kauen, trinken; es war das reine Vergnügen, ihm dabei zuzuschauen. Er war der Sohn eines pommerschen Fischers.

Ich hatte mich geirrt, wenn ich befürchtete, daß sich die beiden nicht verstehen könnten. Andersch und Richter ergänzten sich auf eine wunderbare Weise. *Der Ruf. Unabhängige Blätter der jungen Generation* wurde das Werk der beiden, niemand sonst hätte es geschafft.

Zwischen den beiden entwickelte sich eine kritische Freundschaft. Selbstverständlich gab es des öfteren Diskussionen: Andersch war eher gewillt, die Reeducation-Politik der Amerikaner zu unterstützen, obwohl auch er keineswegs mit allem einverstanden war. Richter dagegen wünschte einen härteren Ton und verband mit dem Wunsch nach allen demokratischen Rechten eine härtere Kritik des neuen Deutschland an den Zielen der Besatzungsmächte. Die divergierenden Meinungen der beiden gereichten der neuen Zeitschrift nur zum Vorteil.

Der *Ruf* wurde über Nacht in allen Zonen zum Sprachrohr der heimkehrenden Jugend. Sofort waren hunderttausend

Exemplare verkauft, weitergegeben und von noch viel mehr Menschen gelesen. Richter und Andersch hatten den Nerv dieser Zeit getroffen. Es war ein Triumph!

In dieser Zeit erschien die deutsche Übersetzung eines Buches von Sigrid Undset, in dem sie gegen Kriegsende völlig unreflektiert ihren Haß gegen die Deutschen niedergeschrieben hatte.
Als Reaktion auf dieses Buch veröffentlichte der *Ruf* im August 1946 einen Brief von mir an Sigrid Undset. In ihm ist das ausgedrückt, was wir von der »Kollektivschuld« hielten und mit dem *Ruf* sagen wollten, und was der jungen Generation trotz Niederlage, Bekanntwerden der unmenschlichen Verbrechen, Zerstörung des Landes, Hunger und Elend, Hoffnung gab. Deshalb sei dieser Brief hier noch einmal gekürzt wiedergegeben:

Sehr geehrte Frau Sigrid Undset!
Nur zögernd mache ich mich daran, Ihnen zu schreiben. Ich habe soeben Ihr letztes Buch ›Wieder in die Zukunft‹ gelesen, und der Ton, die Stimmung des Buches haben mich zutiefst erschreckt und beunruhigt. Ich fühle, ich muß Ihnen schreiben, als ein jüngerer Mensch jener Nation, von der Sie in Ihrem Buch so leidenschaftlich erklären, daß Sie sie hassen, und von der Sie glauben, sie sei an und für sich schlecht und hoffnungslos, und es lohne sich nicht, sich irgendwelchen Illusionen über die Wandlung der Deutschen zu modernen Kulturträgern hinzugeben.
Mein Zögern entspringt der Tatsache, daß Sie in Ihrem Buch gefühlsmäßig argumentieren, und daß ich Ihre Gefühle als Mutter und Patriotin respektiere – meine Landsleute haben Ihr Land überfallen, in dem Ihre Vorfahren seit tausend Jahren frei lebten, sie haben Ihnen Ihren Sohn erschossen, und die Scheußlichkeiten begangen, die die Welt jetzt kennt. Ihr Schmerz und Ihre Empörung sind gerecht, Ihr Zorn und Ihre Trauer sind tausendfach berechtigt. Auch Ihr Haß, der Sie gefühlsmäßig zum Schreiben des letzten Teiles Ihres Buches veranlaßt hat, ist menschlich begreiflich. Aber das, was Sie der Welt in Ihrem Haß sagen, ist durch eben diesen Haß verzerrt und, verzeihen Sie, daß ich es Ihnen als weitaus jün-

gerer Mensch der von Ihnen angeklagten Nation sage: Sie hätten es nicht tun sollen, Sie haben weder der Welt noch sich selbst einen Dienst damit erwiesen.
Die Welt kennt Sie, Sie sind Nobelpreisträgerin und eine berühmte Frau. Ihr Roman ›Kristin Lavranstocher‹ ist in der ganzen Welt von ungezählten Menschen gelesen worden. Die Welt und besonders die Menschen in den Vereinigten Staaten werden auch dieses, Ihr letztes Buch lesen.
Sie sagen ihnen: »Ich weiß, daß es vielen Amerikanern, die gewohnt sind, vom ›internationalen guten Willen‹ sprechen zu hören, als unklug erscheinen muß, daß ich so viel über den Haß gegen Deutschland und alles Deutsche geredet habe, obwohl dieser Haß eine Tatsache ist, der nach dem Krieg bei allen Plänen für den Wiederaufbau und allen Bemühungen, eine internationale gerechtere und bessere Ordnung zwischen den Völkern zu schaffen, Rechnung getragen werden muß.«
... In welch ungeheurem Gegensatz stehen Ihre Worte zu den Worten des verstorbenen Präsidenten Roosevelt, der gesagt hat: »Ich würde meinen tiefsten religiösen und politischen Überzeugungen untreu werden, wenn ich je die Hoffnung, ja, den Glauben aufgäbe, daß in allen Völkern, ohne Ausnahme, ein Sinn für die Wahrheit, ein Streben nach Gerechtigkeit und eine Sehnsucht nach Frieden lebt – wenn auch dies alles im Falle Deutschlands von einem brutalen Regime unterdrückt sein mag. Wir klagen nicht das deutsche Volk als solches an; denn wir können nicht glauben, daß Gott irgendein Volk auf ewige Zeiten verdammt hat.«
Was wollen Sie mit Ihrem Haß erreichen? Auch ich bin ein Deutscher, aber ich schäme mich über die Schandtaten der Gangster, die unser Volk diskriminiert haben, mehr als Sie es je verstehen werden, und ich verurteile die Infamie und die Teufelei, mit der sie die Welt ins Unglück stürzten, ebenso entschieden wie Sie. Mich trifft Ihr Haß nicht. Ich und Millionen anderer Deutscher haben schon gegen Hitler und seine Bande gekämpft, als Sie noch nicht daran dachten, es zu tun. Uns kann, wie gesagt, Ihr Haß nicht erreichen. Aber Ihr Haß ist dazu angetan, den Hunger und das Elend von Millionen unschuldiger Kinder, die nichts für die Stupidität ihrer Eltern können, zu verlängern, und deshalb taten Sie Unrecht, dieses Buch zu publizieren ...

... Sie erklären, daß die beispiellose Barbarei des Hitlerismus eine logische Folge dessen sei, was Sie die »deutsche Gedankenwelt« nennen.
Aber Sie vergessen dabei, daß die »deutsche Gedankenwelt« auch mitgeholfen hat, die Kultur Ihres Landes zu formen. Die sozialistische Arbeiterbewegung, die Ihrem Lande das fortschrittliche politische Gesicht der letzten Jahrzehnte gab, ist in Deutschland entstanden. Marx, Engels, Lasalle, Liebknecht waren Deutsche, und diese Männer waren mit den Philosophen und Dichtern der letzten Jahrhunderte Träger eines Gedankengutes, das heute der ganzen Welt angehört. Sie haben zum Teil den deutschen Militarismus, dieses unser geschichtliches Unglück, heftiger bekämpft als alle anderen, weil sie ihn am besten kannten. Sie wissen das alles ganz genau, Frau Undset, aber Ihr Haß läßt Sie nicht klar sehen. Sie sehen nur die eine Type, wenn Sie von den Deutschen sprechen, die Type, die Heinrich Heine, die Gebrüder Mann und der Maler George Grosz so genial porträtierten, und verallgemeinern in der Art, in der es in der letzten Zeit modern geworden ist, zu verallgemeinern. Man klagt immer ganze Völker an, ganze Rassen und Klassen: die Rothaarigen, die Krummnasigen, die Schwarzen, die Juden, die Jungen, die Alten.
Auch Sie tun es. Sie glauben, das deutsche Problem sei hoffnungslos, die deutsche Mentalität werde sich nicht ändern. »Die Charaktereigenschaften des Herrenvolkes« sind »statische Züge, die beweisen, wie erstaunlich wenig sich die Deutschen in den letzten tausend Jahren verändert haben«, sagen Sie ...
Sie zitieren, um Ihre These von der Unveränderlichkeit der deutschen Mentalität zu bekräftigen, einen alten Schloßkustoden, der Ihnen einmal mit Tränen in den Augen sagte: »Wir Deutsche können nicht leben ohne Herren, zu denen wir aufschauen.« Ich könnte Ihnen Italiener, Franzosen, Polen und sogar Skandinavier zitieren, deren Chauvinismus nicht angenehmer dadurch wird, daß er kein deutscher ist.
Verstehen Sie mich nicht falsch: Ich kenne unser Grundübel nur zu gut. Und ich weiß, daß die bösen Gefahren mit dem Zerschlagen des Nationalsozialismus keineswegs beseitigt sind. Aber ich sehe gerade in der letzten Zeit eine unvergleichliche Chance, die geistige Einstellung eines Teiles unseres Volkes zu ändern ... Ich bin

optimistisch genug, zu glauben, daß es uns diesmal, wenn auch langsam und unter ungeheuren Schwierigkeiten, gelingen wird ...
Falls Ihre Anschauung von der unveränderlichen, hassenswerten Mentalität der Deutschen an sich und von der Zwecklosigkeit jeden Bemühens, sie umzuerziehen, wahr sein sollte, falls also Ihr Pessimismus siegen sollte, stünde es schlecht – nicht nur um uns, sondern auch um Sie. Wir sind immerhin sechzig Millionen Menschen und wohnen im Herzen Europas. Wie sollte Ihrer Meinung nach dieses Problem gelöst werden? Ich habe in Ihrem Buch keinerlei Anhaltspunkte dafür gefunden. Man kann uns nicht auf ewig versklaven oder eine ewige Wacht an unseren Grenzen halten. Die einzige Lösung des Problems ist die, daß wir uns einordnen in das Leben der anderen Völker. Ich versichere Ihnen, daß jetzt schon wieder, wie auch früher, in einem großen Teil unseres Volkes die heiße Sehnsucht steckt, dies zu tun ...
Zu Anfang dieses Briefes sagte ich, daß ich mich nur zögernd daran mache, Ihnen zu schreiben. Ihre Gefühle als Mutter und Patriotin sind mir zutiefst verständlich, und ich achte Ihren Schmerz und Ihre Trauer ...
Wenn Sie in Ihrem Buche schreiben: »Die Nachbarvölker hatten immer das Gefühl gehabt, daß die Deutschen unsere Auffassung von Aufrichtigkeit, von persönlicher Verantwortung anderen gegenüber, von Wahrheitsliebe, Bescheidenheit, Zurückhaltung und Selbstbeherrschung, kurz, alle unsere Ideale der menschlichen Lebensführung, nicht zu teilen schienen«, – dann tun Sie dem besten Teil dieses Volkes Unrecht. Diese Menschen versuchen jetzt unter unsäglichen Mühen, nach bitteren Enttäuschungen und schmerzenden Schlägen, einen neuen Weg zu finden. Sie haben die Hoffnung nicht verloren und werden sie nie verlieren. Sie tragen den Teil ihrer Schuld und, glauben Sie es mir, sie tragen ihn tapfer und ohne zu murren ...
Sie, Frau Undset, glauben nicht an die guten Kräfte im deutschen Volke, Sie haben es mit Ihrem Buch bewiesen. Aber die guten Kräfte werden sich trotzdem durchsetzen; denn wenn sie es nicht täten, lohnte es sich für sie nicht mehr zu leben. Dann wären alle Anstrengungen der Menschheit, das Leben schöner und wertvoller zu machen, vergeblich gewesen. Wir sind optimistisch genug zu glauben, daß sie nicht vergeblich gewesen sind.

Auf diesen Brief erhielt ich nie eine Antwort.

Während ich drüben mit Andersch in verschiedenen Lagern zusammen war, kannte ich Hans Werner Richter nur von Fort Kearney her.

In Fort Kearney lebten etwas mehr als hundert Kriegsgefangene. Die Amerikaner hatten durch ihr raffiniertes Ausleseverfahren in den Lagern (»Sind Sie Nazi oder Antinazi?«) die Leute so lange gesiebt, bis zuletzt noch dieses Häuflein übrig geblieben war. Die ›Crème de la Crème‹ sozusagen, garantiert nazifrei, ausgesucht demokratisch: *reeducation* nicht mehr nötig. Zu diesem Häuflein gehörten die Redakteure, die den *Ruf. Blätter für deutsche Kriegsgefangene,* machten, der dann über das ganze gewaltige Land in fast allen Lagern verteilt wurde.

Richter war einer der *Ruf*-Redakteure in Amerika. Aber nicht lange, er wollte nicht. Er hatte den Untergang der deutschen Demokratie erlebt, davor noch die Weimarer Zeit. In Fort Kearney hatte er zu Anfang versucht, seine Artikel gegen die Kriegsschuld aller Deutschen und gegen die Vorbereitung des Nürnberger Tribunals zu veröffentlichen. Er forderte eine deutsche Gerichtsbarkeit, die in ihren Urteilen nicht minder streng sein würde. Seine Artikel wurden in Washington entweder in den Papierkorb geworfen oder zusammengestrichen und umredigiert. Ihm wurde von den amerikanischen Presseoffizieren mit dem Straflager gedroht. Er resignierte. Er blieb noch etwas länger als ich in Fort Kearney. Das war doch ein merkwürdiger Kerl, dieser Richter. Er konnte sich über alles freuen und liebte schon hier nichts so sehr wie improvisierte Feste. Ich habe ihn kaum einmal ohne sein hintergründiges Lächeln gesehen. Das muß ein pommersches Lächeln sein. Wenn er eine Geschichte erzählte, dachte man an Fritz Reuter, dessen Heimat auch die seine war.

Da sich in diesem Lager jeder mit zukunftsträchtigen Ideen beschäftigte oder seinem intellektuellen Hobby nachging, war es dort sehr viel interessanter und anregender, als ich erwartet hatte. Andersch hat hier zum Beispiel an seinen ›Kirschen der Freiheit‹ weitergearbeitet, einen Titel, den er damals allerdings selber noch nicht wußte. Er sprach kaum mit jemandem, und ich nahm an, daß er mit seinen Gedanken schon in der Heimat war. Camp Ruston, Louisiana, erwähnte er in meiner Gegenwart nie. Er machte unentwegt Aufzeichnungen von diesem und jenem. – Ob er damals bereits von einem neuen *Ruf* in Deutschland träumte?

In den Kriegsgefangenenlagern in den Vereinigten Staaten hatte ich es mit vielen jungen Leuten zu tun, und da ich ihr Dolmetscher war und meist gut mit den amerikanischen Offizieren und den Bewachungsmannschaften auskam, gab es wenig Reibereien. Das erstaunliche war die Sturheit der jungen deutschen Gefangenen, mit der sie immer noch an den Führer glaubten. Sie hatten meist ihre Lehre gerade beendet oder das Notabitur gemacht und waren dann auf dem schnellsten Wege an die Front gekommen. In Baton Rouge, Lousisiana, traf ich einen unvorstellbar fanatischen Jungen.
Er betrachtete mich bereits deshalb als Verräter, weil ich überhaupt mit den Amerikanern sprach. Er behauptete, daß die amerikanischen Zeitungen, die wir bekamen, extra für unser Lager gedruckt wurden; denn das, was darin stände, wäre alles Lüge. Die Russen stünden nicht in Deutschland, die Invasion der Westmächte wäre erlogen, Goebbels Wunderwaffe würde in Kürze jeden feindlichen Gegenschlag zum Scheitern bringen ...
Er hieß Paul, war in der Hitlerjugend gewesen und nach kurzer Ausbildung direkt an die Front geschickt worden. Seinen Heldenmut, den er zweifellos besaß – obwohl man über diesen Begriff streiten kann –, hatte er nicht mehr beweisen können. Schon nach ein paar Tagen wurde er von den Amerikanern gefangen genommen und über den Ozean verfrachtet.
»Wenn es nach mir ginge«, sagte er, »würde man dich und das ganze Gesindel, das mit diesen Waldheinis überhaupt spricht, an die Wand stellen. Aber wir werden nach dem Krieg mit euch abrechnen. Ihr werdet euren Verrat büßen müssen!«
Vor allem die alten Frontsoldaten versuchten, ihn zu necken. »Was würdest du denn tun, Kleiner, wenn du jetzt in der Heimat wärst, im Bombenregen in Hamburg, Berlin, Frank-

furt ...? Was würdest du denn tun? Hier bist du wenigstens sicher, drüben nicht.«
»In der Heimat«, antwortete Paul, »würde ich kämpfen bis zum Tode. Ich würde die Schmach nicht so hinnehmen wie ihr.«
Die Landser lachten, weil sie sich von seinem Fanatismus peinlich berührt fühlten und Worte wie »Schmach« oder »kämpfen bis zum Tode« nicht mehr hören konnten. Sie gaben es bald auf, mit ihm darüber zu reden.
Mich aber interessierte der Junge ungemein, ich sah in ihm ein politisches Problem, und als ich dann in anderen Lagern viele von diesen jungen Burschen, eigentlich waren es ja fast noch Kinder, kennenlernte, beschloß ich, darüber ein Buch zu schreiben.
In meinen Freistunden hatte ich in der Regel das Büro für mich allein, und der Captain hatte nichts dagegen, daß ich schrieb. Dieser Typ, wie Paul in Baton Rouge, interessierte mich ungeheuer. Ich versuchte, ihn zu ergründen. Was für eine Art Wahnsinn war das? Würde das sich geben, wenn er wieder in der Heimat war?
Ich schrieb dieses Buch, ohne zu wissen, wo und wie ich es nach dem Krieg würde veröffentlichen können.

Am 5. September des Jahres 1945 war Captain Hockoly, der Lagerkommandant in Ohmstead Field, Pennsylvania, ausgesprochen nett und zuvorkommend zu mir. Während ich mich darüber noch verwunderte, eröffnete er mir: »Hier ist Ihr Marschbefehl für Sie, Gefreiter.« Er machte eine Pause und nahm dann, mit den Augen zwinkernd, einen großen braunen Briefumschlag. »Mail concerning you. Aus Washington. Wissen Sie, was das bedeutet?«
Ich wußte es nicht.
Er konnte sich gar nicht beruhigen. »In Washington sitzen nur hohe Leute: Generäle, Staatssekretäre und der Präsident. Das ist der Regierungssitz. Und die schreiben uns, uns in diesem kleinen bedeutungslosen Kaff. Und warum schreiben sie uns? – Wegen Ihnen?!« Er tat ganz feierlich: »Sie kommen in ein anderes Lager. Fort Kearney, Rhode Island. Nicht irgend-

wohin, sondern nach Fort Kearney. Sie müssen sich ja gut mit den hohen Herren in Washington stehen. Wissen Sie, was das für ein Lager ist?«

Ich hatte noch nie von diesem Lager gehört.

»Da kommen nur ausgesuchte Leute hin, die sind ausgesiebt worden: Intellektuelle, Künstler, Hochschullehrer, Wissenschaftler ...«

»Und warum komme ich dahin? Ich bin keiner von denen. Muß ein Irrtum sein«, war meine verwunderte Reaktion.

»Die in Washington werden schon wissen, weshalb sie Sie dorthin schicken«, antwortete er sarkastisch, so daß ich über seine Eröffnung wenig begeistert war.

Fort Kearney, ein Lager, das eigentlich kein Lager war – ich war überrascht, als ich dort eintraf. Keine Wachen, kein Tor, kein Stacheldraht.

Alfred Andersch war bereits nach Deutschland entlassen. Aber hier lernte ich Hans Werner Richter kennen. Dieses Fort Kearney hatte nur wenige Lagerinsassen, wenn man es denn als Lager bezeichnen will.

Ein ehemaliger Amtsrichter aus Kiel, Walter Mannzen, gab zusammen mit Hans Werner Richter und noch ein paar anderen den *Ruf* heraus, eine Zeitschrift für die deutschen Landser in amerikanischer Gefangenschaft. Sie war der eigentliche Vorläufer des später in Deutschland erscheinenden *Ruf*. Aber weil die Artikel alle erst den Militärs in Washington vorgelegt werden mußten und dort zunehmend einer strengen Zensur unterzogen wurden, war die Zeitschrift schließlich nur noch eine Art demokratisches »Scheinblatt«, das die Männer in den Kriegsgefangenenlagern zudem manchmal gar nicht erreichte, weil einige deutsche nazistische Lagerführer die Zeitungssendungen vernichteten, ehe sie verteilt wurden.

Unter den deutschen Kriegsgefangenen in Fort Kearney waren die unterschiedlichsten Menschen aus allen Schichten, aus den verschiedensten Berufen, darunter viele Künstler und Journalisten. Es gab auch einige ganz gewöhnliche Opportunisten darunter, die es verstanden hatten, zur rechten Zeit die

richtige Weltanschauung zu haben und sich jetzt demokratisch gaben.
Die meisten jedoch waren von der Demokratie überzeugt, sie gehörten in das Lager und sollten später in Deutschland wichtige Positionen übernehmen, wie es den Vorstellungen der Amerikaner entsprach. Ich möchte unter meinen Mitgefangenen nur ein paar Personen erwähnen, die in diesen Kreis paßten, aber durchaus politisch ganz verschiedenen Richtungen angehörten.
Da waren zum Beispiel ein Professor der Rechtswissenschaft, Walter Hallstein, der spätere Begründer der Hallstein-Doktrin, oder ein Mann namens Bott, der Staatssekretär im Bundespräsidialamt bei Theodor Heuss wurde. Da gab es auf der anderen Seite auch Menschen wie Gerhard Schildt, in deren Lebenslauf sich der ganze Wahnsinn jener Jahre widerspiegelte. Als junger Mann Mitglied des Reichsbanners Schwarz-Rot-Gold hatte sich Gerhard Schildt schon vor dem Jahr 1933 mit der SA herumgeprügelt, kam ins KZ, konnte fliehen, nahm am Bürgerkrieg in Spanien teil, floh nach der Niederlage der Republikaner nach Frankreich, kam dort zu Kriegsbeginn in ein Lager, und es sah so aus, als sollte er dort mit nur 40 Kilo Gewicht sterben. Die Deutschen holten ihn nach der Niederlage Frankreichs nach Deutschland zurück und setzten ihn zunächst als Dolmetscher in einem französischen Kriegsgefangenenlager ein. Als die Soldaten knapp wurden in Deutschland, wurde er zur Waffen-SS eingezogen. Er kam in Gefangenschaft, wurde als SS-Mann, der er eigentlich nicht war, behandelt und sollte in den französischen Kohlebergwerken arbeiten. Es gelang dem Journalisten und Essayisten Gustav René Hocke, den ich gleichfalls in Fort Kearney traf, die Unschuld Gerhard Schildts zu beweisen und durchzusetzen, daß er nach Fort Kearney kam.
Ich benutzte diese wunderbar freie Zeit, mein Buch ›Von unserem Fleisch und Blut‹ fertig zu schreiben.
Es gab in diesem Lager noch nicht mal einen Appell, jeder konnte tun und lassen, was er wollte. Die paar Stunden sogenannter »gehobener Demokratie-Lehre« belegte ich gern, weil da so viele interessante Professoren von der Harvard-

Universität Vorträge hielten. Auch der mir so viel bedeutende bayrische Schriftsteller Oscar Maria Graf kam einmal, wie sein Leben lang in Lederhosen, aber ich hatte nicht den Mut, ihn anzusprechen.

Im Ganzen war es eine schöne Zeit. Ich konnte amerikanische Bücher lesen, Sinclair Lewis, William Saroyan, Francis Scott Fitzgerald und all die anderen. Ich konnte gute Zigarren rauchen und brauchte mich um nichts zu kümmern. (Oft denke ich an die armen Kerle, die in Rußland in den Lagern gehungert und gefroren haben, und glaube, in meinem Leben eine gute Portion Glück mit auf den Weg bekommen zu haben.)

Wie beim Militär, so galt auch für uns Kriegsgefangene, daß man auf Befehle und Termine keinen Einfluß hat. Anfang Februar bekam ich den Befehl, mich am nächsten Tag bereit zu halten: zur Abreise in die Heimat. (Ich wäre gern noch dageblieben.) Ich nahm mein fertiges Romanmanuskript und gab es Hans Werner Richter. In der *New York Times* hatten wir gelesen, daß der emigrierte Bermann-Fischer Verlag einen Preis für den besten Roman, der in der Kriegsgefangenschaft entstanden war, ausgeschrieben hatte. Ich sagte zu Hans Werner Richter: »Ich muß mein Zeug packen, willst du so nett sein und das Manuskript an den Verlag schicken?« Er versprach es mir, doch auch er wußte nicht, wann er für die Heimreise bereit sein mußte. Im Innersten glaubte ich gar nicht mehr daran, daß das Manuskript noch rechtzeitig an die richtige Adresse kommen würde.

Sie verfrachteten uns über Providence in die Nähe New Yorks und von dort per Schiff über den Ozean nach Europa. Als unsere Liberty Ship an New York vorbeifuhr, und ich staunend zu seiner Skyline hinüberschaute, hörte ich hinter mir: »Achtzehn!« – »Zwanzig!« – »Und die drei!« – »Und die dreißig!« – »Picus, der Waldspecht!«

So waren meine Kameraden in ihren Skat vertieft.

3. März 1946 Auf Veranlassung der *Neuen Zeitung* findet im Rathaus eine Konferenz von ehemaligen Kriegsgefangenen statt, um die Probleme der entlassenen Kriegsgefangenen zu besprechen. Besprochen werden Probleme nach der Heimkehr, Berufsprobleme, Probleme der Invalidenfürsorge und politische Probleme. Zur Tagung kommen auch Vertreter der amerikanischen Militärregierung, Ministerpräsident Hoegner und OB Scharnagl.

1. März 1946 Als Zeichen der Zeit ist vielfach eine »Weltuntergangspsychose« festzustellen. Eine Auslese aus solchen Gerüchten: Die Welt geht unter; die Venus stürzt mit rasender Geschwindigkeit auf die Erde zu; Venus und Mars stoßen zusammen.

19. Dezember 1946 Im Hauptbahnhof wird eine Großrazzia durchgeführt. Rund 2000 werden überprüft, 300 verhaftet, bei denen zum Teil Einbruchswerkzeug und große Lebensmittelmengen gefunden werden. Ein lange gesuchter Schwerverbrecher wird auf der Flucht erschossen.

Die Amerikaner (oder waren es die Engländer) hatten gegen Ende des Krieges versucht, mit ihren Bomben das Druckhaus des *Völkischen Beobachters* in der Münchner Schellingstraße dem Erdboden gleich zu machen. Die Bomben streiften die Gebäude aber nur. Als sie dann als Sieger in München einrückten, fanden sie die riesigen modernen Rotationsmaschinen in den Kellerräumen unzerstört vor, ebenso die Büroräume. Ein Grund zur Freude also; denn jetzt konnte man gleich einziehen und eine andere – die *Neue Zeitung* machen. Als einen der ersten holten sie sich den in allen Sätteln gerechten Hans Habe für die Leitung dieser Zeitung. Mein Chef, Hans Wallenberg, war sein Nachfolger. Mit ihm verband mich, von mir aus gesehen, ein ziemlich gutes Verhält-

nis, vielleicht weil wir beide Berliner waren. Er kam aus dem gut situierten Bürgertum, seine Jugend hatte er, vor der Emigration, in den zwanziger Jahren in Berlin erlebt, genau wie ich.
Aber ich gehörte einer anderen Klasse an und verachtete damals »seine« Zeitungen, obwohl ich in jenen Jahren gerade als junger Journalist zu arbeiten begonnen hatte.

Vor dem Jahr 1933 gab es in Berlin zwei lebendige, schmissige Boulevardblätter mit ausgesprochen linker Tendenz und hoher Auflage: *Die Welt am Morgen* und *Die Welt am Abend*. Ich war überglücklich, für diese beiden Blätter herumrennen zu dürfen und ihnen meine aktuellen Artikelchen verkaufen zu können, fünfzehn Mark pro Beitrag.
Die Partei mit der höchsten Stimmenzahl in Berlin war damals die kommunistische Partei. Auch ich und meine Freunde gehörten ihr an. Mein Arbeitsgebiet waren hauptsächlich die Bezirke Wedding und Neukölln. War das damals eine Zeit! Jeder von uns glaubte, die proletarische Revolution würde spätestens in vierzehn Tagen oder drei Wochen ausbrechen. Wenn ich nicht weit von Hitler oder Goebbels oder Göring auf der Bühne am Pressetisch saß, hatte ich meinen Artikel schon fertig. Es war fast immer dasselbe. Die hier oben kreischten gegen die jüdische Bolschewistenpest, und die da unten gröhlten. Es war jedes Mal ein Heidenlärm. Wenn die SA und die vom RFB, vom Roten Frontkämpferbund, aufeinander loszudreschen begannen, konnte ich mich verziehen. Mein Bericht bedurfte keiner Ergänzung, die harten Fäuste der Arbeiterklasse hatten gesiegt.
Eines Tages, im Frühjahr 1931, ging einer meiner Träume in Erfüllung: ich kam zur *Roten Fahne*, dem Zentralorgan der Partei. Das war in der Tat ein großes Ereignis in meinem Leben. Ich stand vor dem »Karl-Liebknecht-Haus« am Bülowplatz, keine drei Minuten vom Alexanderplatz entfernt, und da oben, in dem mit roten Spruchbändern geschmückten Gebäude, arbeiteten die Führer der revolutionären Arbeiterklasse, da saßen die Genossen Ernst Thälmann, Heinz Neumann, Wilhelm Pieck, Walter Ulbricht und Willy Münzenberg,

die Geschichte machenden Heroen einer kommenden deutschen Sowjetrepublik, da arbeiteten die Garanten des weltumspannenden sozialistischen Friedens. Und ich durfte sie sehen, durfte vielleicht sogar ein wenig mitarbeiten an ihrem gewaltigen Werk. In der Tasche bewahrte ich den kurzen Brief auf, den mir der Geschäftsführer der *Roten Fahne* geschickt und den ich hundert Mal gelesen hatte: »Wir haben Ihre Erzählung ›Das Hinterhaus‹ mit Interesse gelesen und möchten sie gerne in Fortsetzungen bringen.« Dazu die Einladung, an dem und dem Tag in der Redaktion vorzusprechen.
Die Redaktion befand sich im zweiten Stock, dort saß in einem Vorraum ein Mann, der erst, wenn man irgendeinen Ausweis vorzeigen konnte – ich hatte den Brief des Geschäftsführers – auf einen Knopf drückte. Es schnarrte und die Tür öffnete sich, ich durfte passieren.
Noch am gleichen Tag wurde ich eingestellt. Es war ein großer Augenblick, als mir der Lokalredakteur Hermann Grosse den ersten Auftrag erteilte: eine Demonstration in der Invalidenstraße. Vorher stellte er mich noch seinem Kollegen von der Innenpolitik vor, einem lebhaften jungen Mann, der sich Albert Norden nannte. Für die in Fortsetzungen gedruckten sechs Kapitel meiner Erzählung ›Das Hinterhaus‹ erhielt ich an der Kasse vierhundert Mark, für mich eine Riesensumme. Ich war noch nicht ganz dreiundzwanzig Jahre alt.
Das geschah vor über fünfzig Jahren.
In allen Redaktionen hängt derselbe Geruch; jene Mischung aus Druckerschwärze, Geschäftigkeit, dem schwachen Kölnisch-Wasser Duft der Sekretärinnen, dem Duft von Kaffee und dem Mief der Zigaretten. Hinzu kommt das dumpfe Gedröhn der fernen Rotationspressen, an das man sich gewöhnt wie der Seemann an das Stampfen seiner tief im Bauch des Schiffes liegenden Maschinen. Immer herrscht eine gewisse Gereiztheit; denn niemand hat Zeit. Das Lachen ist selten, die Gespräche sind kurz, pausenlos klingelt das Telefon. Aus den Zimmern klingt Gemurmel und das Klappern der Schreibmaschinen.
Das war in der *Neuen Zeitung* nicht anders. Es ist immer eine herrliche Zusammensetzung von Geräuschen und Gerüchen

gewesen, ich kann mir nicht vorstellen, daß es etwas Schöneres gibt.

Aber die Amerikaner haben ihre eigene Art, die Arbeitsplätze in den Redaktionen zu verteilen. Außer dem Chef selber hatten nur Dr. Kästner (Feuilleton mit Vorzimmer), Frau Hildegard Brücher (Wissenschaft), sie war noch nicht verheiratet, und Dr. Hans Lehmann (Wirtschaft) ein Zimmer für sich. Robert Lembke (er nannte sich damals Robert E. Lembke) saß in einer Art Glasverschlag. Die Reporter und die Sportredaktion hockten alle zusammen in einem großen Raum mit nur zwei Telefonen, um die ein täglicher Kampf geführt wurde. Briefonkel Olaf Meitzner und ich hatten gemeinsam ein Zimmer und eine Sekretärin. Wir verstanden uns gut.

Der einzige Uniformierte in der Redaktion war ein gewisser Lieutenant Schulz (»Schalz, please!«), dessen Aufgabe es war, aufzupassen, daß man pünktlich kam und ging, eine merkwürdige Anordnung für einen Redakteur, besonders gegen Abend, aber Dienst ist Dienst. Außer Walter Kiaulehn, der manchmal erst nachmittags kam, wurde niemand gemahnt oder gar entlassen. Kiaulehn ging seufzend: »Dieser Schulze kann mich mal ...«

Mit allem kann man zurecht kommen, mit dem Hunger nicht. Von dem, was ihnen die Besatzungsmächte in jenen Jahren als tägliche Speise verordneten, wären die Menschen verhungert. Die lächerlichen Rationen auf Lebensmittelmarken, für einen ganzen Monat berechnet, reichten kaum eine Woche. Es war anstregend, am Leben zu bleiben. Viele gingen aufs Land, sie nannten es hamstern, und kauften den Bauern gegen über den Krieg hinweggerettete Kostbarkeiten einen Sack Kartoffeln, ein Kilo Speck oder ein Pfund Butter ab. Andere tauschten auf dem Schwarzen Markt ihre Habseligkeiten gegen Eßbares, Zigaretten und Bekleidung. Trotzdem war die Not groß.

Da ich beim Ami arbeitete und dort eine tägliche Mahlzeit erhielt, reichte es bei mir so gerade. Aber wenn wir die Lebensmittelmarken erhielten, hätte ich am liebsten die ganze

Monatsration von zweiundsechzig Gramm Butter auf eine Scheibe Brot geschmiert und alles auf einmal aufgegessen. Vor allem meine Frau Isolde, die damals wie ein dürrer Stekken aussah, hatte permanenten Hunger. Ich gab ihr die Hälfte meiner kärglichen Lebensmittelmarken-Nahrung, was ihren Hunger auch nicht stillen konnte. Wir kauften Lebensmittel auf dem Schwarzen Markt, aber sie nahm nicht zu. Sie war eine der ungezählten Studentinnen, die die Universitäten in jenen Jahren übervölkerten, hungernd und frierend die meisten.

Eines Tages hatte ich einen guten Einfall: obwohl ich nicht zu den Ressortleitern der *Neuen Zeitung* gehörte, also nicht bis zwölf Uhr nachts in der Redaktion zu hocken brauchte, bis nämlich die erste Seite aus der Setzerei nach oben gebracht wurde, blieb ich trotzdem da; denn wenn der kleine, dicke Wallenberg sich wie ein Chirurg über das Blatt beugte und sein übliches »Na, jetzt wollen wir mal sehen!« ausstieß, wurde Kaffee ausgeschenkt. Aber das war nicht die Hauptsache für mich: dazu wurden Doughnuts gereicht, ein amerikanisches Gebäck des Himmels. Ich nahm mir seelenruhig ein paar davon und verschwand, ohne mich für den Aufmacher oder sonst irgendeinen Artikel zu interessieren. Der Mundraub sei mir verziehen – Hunger tut weh, und er schmerzte besonders meine Frau.

So oft ich den Chef, Hans Wallenberg, in der Redaktion traf, wiederholte er: »Gehen Sie hinaus! Was hocken Sie hier herum? Schreiben Sie, was Sie draußen sehen. Was finden Sie hier in den Büros? Nichts. Ein Reporter muß beweglich sein, sonst taugt er nichts.«

Ich fuhr nach Flensburg, um eine Reportage über das deutsch-dänische Verhältnis nach dem Kriege zu schreiben. Ich fuhr ins Allgäu, um die Bauern zu fragen, wie sie über die Ernährungslage dachten, ich befragte die Leute, was sie von der Entnazifizierung hielten, ich fuhr ins Rheinland, ins Württembergische und Gottweißwohin, um zu recherchieren, wie sie dort mit den ungeheuren Flüchtlingsströmen zurechtkamen, ich sah mir Berlin an mit seinen vier Besatzungssektoren.

Aber am liebsten strich ich durch die Münchner Straßen. Die Stadt wurde mir immer vertrauter, die Ruinen immer bekannter. Jetzt wußte ich auch, zu wem der steinerne Löwe auf den Ruinen Ecke Brienner-/Türkenstraße gehört hatte. Das war einmal ein Palais gewesen, und die Herren da drinnen waren von der GESTAPO. Nun, auch der Löwe hatte sie nicht retten können.

Am interessantesten fand ich die Gegend um den Bahnhof herum. Mein Gott, war das ein Bahnhof! Die gläserne Decke der riesigen Halle war weggefegt, durch das bizarre Gebilde der stehengebliebenen Stahlträger konnte man den Himmel sehen. Gerümpel lag in Bergen herum. Ganze Züge standen da, ohne Lokomotive, die Waggons ohne Dächer, von Fensterscheiben ganz zu schweigen. Manchmal fuhr ein Zug – bis unters Dach voll Menschen, auch draußen hingen Menschentrauben. Ich muß gestehen, daß ich Bahnhöfe liebe, so lange ich zurückdenken kann. Das Hin und Her auf den Bahnsteigen, die Nervosität an den Schaltern, das Wittern der Ferne. – Nun, das gab es in diesen Tagen nicht mehr. Aber dafür gab es ganz anderes zu sehen.

Im Bahnhof und in dem ganzen umliegenden Gebiet wimmelte es von Gaunern, Geldwechslern, Betrügern und Wegelagerern. Dazwischen Flüchtlinge, die Einsamen, Verlorenen, Verlassenen, die nicht wußten, wohin. Jede Mauernische war ein Bordell, jeder türlose Hauseingang eine Markthalle für alles, was der Mensch brauchte. Diese Ansammlung von Krüppeln, Huren, Strichjungen, von Heimatlosen, Suchenden und Gehetzten war die Masse, in der ich mich bewegte.

Jeden Tag liefen Frauen an den wenigen einlaufenden Zügen entlang. Sie hielten Tafeln mit Fotos und Aufschriften hoch: »Wer kennt einen Feldwebel namens Johannes Mayer, zuletzt gesehen an der Stalingrad-Front?« – »Wer weiß, wo sich der Gefreite Andreas Sommerfeld, geb. 2. 7. 1922 aufhält?« – »Wer hat Wolfgang Weber aus Breslau gesehen?« – »Kann einer Auskunft geben über ...« Die Frauen trugen diese Pappschilder an Stangen über ihren verhärmten Gesichtern.

»*Sehen Sie sich um*«, hatte Hans Wallenberg gesagt.
Ich stand am Bahnhof und sah mich um.
Ein Mann stellte sich vor mir auf und sagte: »Kamerad, willst du mir nicht eine Zigarette anzünden?«
Er hatte keine richtigen Hände. Aus seinem Jackenärmel staken zwei roh nachgeformte Hände aus Holz. Er sagte:
»Die Zigarette ist in meiner linken Brusttasche.«
Ich griff in seine linke Brusttasche und fand die Zigarette.
»Steck sie mir in den Mund«, sagte er.
Ich steckte sie ihm in den Mund.
»Die Streichhölzer sind in der rechten Hosentasche«, sagte er.
Ich holte die Streichhölzer heraus und zündete ihm die Zigarette an.
»Danke«, sagte er, die Zigarette zwischen den Lippen.
Wir standen eine Weile da und sahen uns an.
»Ich kann fast alles mit den Prothesen machen« sagte er, »aber die Zigarette aus der Tasche zu holen, ist noch zu schwierig, und die Streichhölzer rutschen mir immer weg.« Er lächelte.
»Kann ich noch was tun?« fragte ich. »Nichts«, antwortete er.
»Ich muß jetzt zur Straßenbahn.«
»Der Rauch wird dir in die Augen beißen, wenn die Zigarette kleiner wird«, sagte ich.
»Oh, kein Problem. Ich kann sie herausnehmen, das kann ich.«
Er hob den Arm, der Holzdaumen und ein Holzfinger nahmen die Zigarette unbeholfen aus dem Mund, er hielt sie steif vor sich. »Ich kann sie nur nicht anzünden«, sagte er bedauernd. »Granateinschlag?« fragte ich.
»Nein«, antwortete er, »abgequetscht. Der Zug flog in die Luft, und die Hände waren futsch. Ade, du mein lieb Vaterland. Es waren Titos Partisanen.«
»Ein Glück, daß du sie herausnehmen kannst«, sagte ich.
»Der Rauch beißt einen in die Augen ... Ich kann es mir vorstellen.«
»Ich habe mich daran gewöhnt«, sagte er. »Der Mensch gewöhnt sich an alles. Ich kann sie bis zu Ende rauchen, ohne sie herauszunehmen. Da kommt meine Straßenbahn.«
»Ich möchte noch etwas für dich tun«, sagte ich ziemlich verlegen. »Kannst du allein einsteigen?«

»Das ist kinderleicht«, antwortete er. »Dankeschön, Kamerad, du brauchst dich nicht weiter bemühen. Ich kann nur nicht die Zigarette anzünden. Da muß ich immer andere fragen.«
Er lächelte wieder.
»Verdammter Mist«, sagte ich.
»Ach«, sagte er, »es ist nicht so schlimm. Man gewöhnt sich an alles. Da ist meine Bahn.«
»Servus«, sagte ich.
»Ja, Servus«, sagte auch er. »Bleib nur hier, ich komme schon allein rein. Du brauchst dich nicht weiter bemühen, wirklich nicht.«
Er ging mit der Zigarette im Munde davon. Die Prothesen schob er in die Hosentaschen. Von hinten sah es aus, als hätte er richtige Hände; niemand würde auf die Idee kommen, daß die richtigen Hände schon vor Jahren irgendwo auf dem Balkan verfault waren.

Zuweilen fühlte ich mich wie jemand, der einen unbekannten Erdteil durchstreift und dabei immer Neues entdeckt. Hinzu kam, daß ich die Sprache der Einwohner zuerst nur schlecht verstand, und sie meist schnell mißtrauisch wurden, wenn ihnen mein Idiom fremd vorkam. Es war ein seltsames Gefühl, als Fremder mit Zuzug durch diese ins Mark getroffene Stadt zu streifen, um Beobachtungen zu machen.
Schreiben Sie auf, was Sie draußen erleben!
Die Menschen waren einfach erschöpft vom Hungern und Frieren. Aber es fielen keine Bomben mehr auf sie herab. Jetzt sollte eine neue Zeit beginnen. Der Krieg war aus, man hatte ihn überlebt, das war die Hauptsache.
Faschismus, Machthunger, Massenmord und Länderraub, schon damals begann das totale Vergessen. Niemand wollte mit den Ungeheuerlichkeiten der nationalsozialistischen Herrschaft etwas zu tun gehabt haben. Jeder hatte nur seine Pflicht getan und suchte Vergessen für sich und bei den anderen, die doch nicht vergessen konnten. Das unfaßbare Phänomen, sich des Geschehenen nicht mehr erinnern zu wollen, es zu verdrängen, legte sich wie eine Schutzhülle über meine

Mitmenschen. Sie begannen das neue Leben mit unsagbarer Tatkraft.
Hans Wallenberg wurde rot vor Wut, als ich einen Leserbrief aus einem fränkischen Nest bekam, in dem der Satz stand: »Der Ast ist schon ausgesucht, an dem du Judensau hängen wirst!« Er befahl mir, augenblicklich in das Nest zu fahren, den Schreiber oder die Schreiberin zu finden und Strafanzeige zu erstatten.
Natürlich fand ich den Verfasser dieses Schreibens nicht. Eine freundliche ältere Bäuerin wollte mich trösten: »Sie können gar nicht die Judensau sein. Sie sind so blond und haben so hübsche blaue Augen ...«

Eine Art Verzückung ergriff die Menschen, die, noch das Grauen des Kriegs um sich, in eine schönere Welt zu flüchten versuchten. Sie mochten hungern und frieren – aber es mußte auch eine Welt geben, die mit dieser Realität nichts zu tun hatte. Ohne diese Hoffnung hätten sie die Wirklichkeit nicht ertragen können.
Da war der Volksempfänger, der Abend für Abend Schnulzen in die kalten Stuben trug. Sie saßen in Decken gehüllt, schlürften bitteren Brombeerblättertee und lauschten auf Stimmen, die von Capri und der Adria sangen. Die Künstler und Intellektuellen aber hatten ihren »Zustand«, sie hatten ihr Schwabing, dieses Dasein der Schwerelosigkeit, in das sich schon früher Generationen versetzt hatten. Wie Pilze schossen sie aus dem Boden, die »Kabaretts«, die »Brettl«, die Theaterchen und andere Bühnen. Eine wahre Besessenheit erfaßte vor allem die jüngeren Menschen. Der Krieg war aus, das Leben sollte weitergehen. Eintritt zu diesen Brettln mußte mit Briketts oder in Naturalien entrichtet werden. Unter den unzähligen Schuppen dieser Tage ragte die »Schaubude« hervor, die unter der Ägide Erich Kästners eine Blütezeit sondergleichen erlebte. Ich erinnere mich noch genau des Abends, an dem Ursula Herking Kästners Lied ›... denn wir haben, wir haben den Kopf ja noch auf dem Hals!‹ sang. Die Menschen rasten, es war eine Kundgebung, wie ich sie selten erlebt habe. Viele wein-

ten, auch ich. Jeder fühlte, jetzt muß eine neue Zeit beginnen.

Ich erlebte auf meinen Streifzügen genug zum Schreiben und lernte die merkwürdigsten Menschen kennen. Aber auch in die Redaktion kamen Menschen, und sie waren nicht weniger interessant. Zu der Zeit etwa, als mir Hans Wallenberg den eindringlichen Rat gab, nach draußen zu gehen und alles aufzuschreiben, tauchte ein Mann bei uns auf, der mich in der ersten Sekunde verwirrte. Er hieß Henry Meyer-Brockmann, war Zeichner, Schüler Olaf Gulbranssons, und er war ein Genie. Jedenfalls war er davon überzeugt. Aber auch ich wurde davon überzeugt.

Er gehörte zu den wenigen Menschen, die es verstehen, das Charakteristische eines Menschen mit einem Blick zu erfassen. Gleichzeitig war seine Betrachtungsweise nicht frei von Bosheit. Kein Wunder, daß sich seine, mit knappen Strichen hingeworfenen Zeichnungen immer mehr zu großartigen Karikaturen entwickelten.

Im Umgang mit Menschen hatte er eine weniger glückliche Hand und verkrachte sich oft schon in den ersten Minuten einer Begegnung. Mit mir zum Beispiel verfuhr er kurz und bündig. Er sagte: »Du kannst überhaupt nicht schreiben, das rieche ich.« (Er sprach mit wenigen Ausnahmen jeden anderen Menschen mit Du an.) Als ich ihn fragte, was er denn von mir gelesen hätte, antwortete er: »Ich brauche von dir überhaupt nichts zu lesen, ich rieche es.« Nun gut, das war seine Sache, und ich machte mir nichts daraus. Aber einigen meiner Freunde hat er mit seinem naßforschen Wesen sehr weh getan. Trotzdem, ich bewunderte diesen Meyer, weil er ein fabelhafter Zeichner war. Und wenn man seine Art hinnahm, ließ es sich mit ihm reden.

Er kam aus der Gegend um Hannover, glaube ich. Im Krieg war ihm sein einer Fuß zur Hälfte abgefroren, und er verbrachte den Rest des Krieges und den anschließenden Frieden in Schwabing. Als die Bomben auch in die Akademie fielen, verkroch er sich in deren Keller und lebte dort als eine Art Einsiedler. Frieren brauchte er dort nicht, die Bretter, mit denen die Skulpturen, die im Keller lagerten, geschützt waren, lieferten ihm genügend Heizmaterial. Wie er zu seinem Essen kam, weiß ich nicht, aber er hatte immer etwas bei sich. Vom Trinken ganz zu schweigen. Das wurde ihm später leider zum Verhängnis. Er hatte Diabetes, machte sich aber nichts daraus und ist schließlich früh gestorben.

Die merkwürdigsten Vögel ließen sich in diesen Jahren in der Stadt nieder. So tauchte ein Mann auf, der mit seinen langen Haaren und mit seinem Anspruch eine Art leibhaftigen Jesus verkörperte. Er hatte einen ungeheuren Kropf, was die Leute in anderen Zeiten vielleicht daran gehindert hätte, so blind an ihn zu glauben. Er ließ kleine Kugeln aus Stanniolpapier durch seine Finger gleiten und versprach jedem Heilung, sei er nun an Krebs, Asthma oder sonst etwas erkrankt.
Dieser Mann mit seinen Kugeln fand Zulauf wie sonst kaum ein anderer in dieser Stadt, außer vorher Adolf Hitler vielleicht. Die Leute beteten ihn an, drängten sich in solchen Massen zu ihm, daß sie sich gegenseitig beinahe erdrückten. Ihr Krebs, ihr Asthma waren vergessen, wenn er zu ihnen sprach und dabei mit seinen Stanniolkugeln spielte. Der Zudrang wurde so groß, daß Gröning, so hieß der Mann, eines Tages aus der Stadt fliehen mußte. Irgendwelche Persönlichkeiten hielten ihre schützende Hand über ihn. Er zog irgendwohin aufs Land und widmete sich nur noch ausgesuchten und betuchten Kranken mit seinen Stanniolkugeln.
Doch gegen die steile Karriere eines anderen Vogels vor ihm, der es in diesem Lande schaffte, sich bis zum Minister hinauf zu schreien, konnte er nicht mithalten. Alfred Loritz hieß der.
Wallenberg ließ mich kommen und fragte: »Was ist denn das eigentlich für ein Mann, dieser Loritz?«
»Ich kenne ihn auch nicht weiter.«
»Dann gehen Sie mal hin und hören sich diesen Heini an!« Er feixte: »Vielleicht ist es euer neuer Führer!«
Aber dieser Vogel war kein neuer Führer, er war nur gerissen genug, die Unsicherheiten dieser Zeit und die allgemeine Verwirrung auszunützen. Er wollte Kommunismus und Kapitalismus abschaffen, doch ließ er auch verlauten, daß er, hätte

er als Minister nur mehr Vollmachten, die Entnazifizierung innerhalb eines Jahres durchgeführt haben würde. Denn nicht die zahllosen kleinen würden bei ihm das Verfahren aufhalten, er würde sich an die großen Tiere heranwagen. »Innerhalb eines Jahres, meine lieben Freunde, wäre der ganze Spuk vorbei.«
Ich stand auf den Treppen der Propyläen und blickte auf die Tausende von Menschen auf dem Königsplatz hinab.
Sie brüllten, sie jauchzten und schrien »Heil Loritz!«
Was konnte dieser Scharlatan den Hungernden und Frierenden da unten überhaupt bieten? Warum schrien sie so begeistert? Ich sah ihren Gesichtern an, daß sie ein paar Jahre zuvor ebenso geschrien hatten. »Wer ist schuld an den heutigen Zuständen? Die neue Verfassung – ein Schlag gegen das bayrische Volk!« Ach, wie kam mir die Melodie vertraut vor. »Die meisten Pg's sind nach dem Jahre 1933 nicht freiwillig in die Partei gegangen, sie wurden dazu getrieben!« Wie gerne hörten es die jubelnden Leute da unten, wie oft hatten sie es sich selber gesagt?
Noch ein Vogel tauchte in München auf und suchte Futter, fand aber nicht viel. Der Mann, ein Professor namens Max Lenschke, rief zur Gründung einer »Bayerischen Heimat- und Königspartei« auf, aber niemand wollte ihm so recht folgen. Verglichen mit den anderen war er von vorgestern, aber eine ehrliche Haut. Der letzte König war doch schon 1918 getürmt, in einer Kutsche nach Tirol. – Ja, wenn es wenigstens Ludwig der Zweite gewesen wäre. – Schirmherr der Rechte des Menschen und Schutzherr vor Mißbrauch der staatlichen Gewalt sollte der König sein. Welcher König? Nun, der Herr Professor hatte keine großen Chancen. Außerdem hielten die Amerikaner nichts von der Wiedereinführung der Monarchie und verboten kurzerhand seine Partei.
Immerhin, im Gegensatz zu Loritz und Gröning landete er nicht im Gefängnis.

7. Januar 1947 Eine zweite Kältewelle bricht – bis zu 26 Grad – über die Stadt herein. Brennstoffmangel führt zu Erkältungskrankheiten. Die Straßenbahnen verkehren nur unregelmäßig und mit großen Verspätungen, wegen Knappheit an Glühlampen fällt ein Großteil der Wagen in den Nachtstunden aus.

28. Oktober 1947 In Haushaltswarengeschäften nahm der Absatz von Kartoffelstampfern in letzter Zeit erheblich zu. Viele Kunden verwenden das Küchengerät als »Kartoffelkeule« zur Selbstverteidigung bei nächtlichen Ausgängen.

18. August 1946 Die katholischen Arbeiter- und Angestelltenvereine führen eine Wallfahrt nach Maria Eich durch. Rund 4000 Teilnehmer danken für die wiedergeschenkte, langentbehrte Freiheit.

Von meinem Zimmer in der Rossinistraße über den Kurfürstenplatz brauchte ich keine Viertelstunde, immer die Barerstraße entlang, bis zur Redaktion in der Schellingstraße. Manchmal nahm ich auch die Straßenbahn, die durch Weiß Ferdl so berühmt gewordene Linie acht. Aber da sie nur unregelmäßig fuhr und immer überfüllt war, ging ich meistens lieber zu Fuß. Das sollte sich ändern, als der Herbst 1946 allzu schnell verging und es plötzlich bitterkalt wurde. Ich glaube, es war der kälteste Winter überhaupt, den ich je erlebt habe. Das Wohnen bei dem Rektor K. wurde immer ungemütlicher. Kam meine Isolde vom Land, dann schlurfte er während ihres Besuchs auf dem Gang herum und hustete. Zwar hatte er mit seinem Rechenbuch Pech gehabt, das hinderte ihn jedoch nicht, auf Sitte und Moral zu achten. Allerdings nur bei uns. Bei seiner anderen Untermieterin Maria und ihrem amerikanischen Freund, der immer etwas mitbrachte, schien er eine großzügigere Auffassung zu haben. Bei mir konnte es des Morgens sogar vorkommen, daß er plötzlich die Tür des Badezimmers aufriß, mißtrauisch hereinblickte und dann nervös murmelte: »Entschuldigen Sie, bitte ...« Dabei zeigte er ein halb verlegenes Lächeln. Nur zu oft habe ich sein unterdrücktes Atmen vor meiner Tür und das Flüstern seiner Frau gehört: »So komm doch schon, er hat bestimmt niemanden bei sich ...«, während ich im Bett lag und las, wenn gerade mal keine Stromsperre war.

Aber wo konnte ich mit Isolde zusammen sein? Die Atmosphäre im »Allotria« und anderen Lokalen mußte einen trübsinnig machen, wenn man es nicht schon war. So beschlossen wir eines Tages, zu heiraten. Einfach heiraten. Die K.s mußten einen Vorhang zwischen ihrem Schlafzimmer und der Verbindungstür in meiner Bude anbringen und mein Sofa an eine andere Wand stellen. Es ließ sich alles machen. Ich hatte schon vorgefühlt. Herr K. war zuerst dagegen, aber Frau K. ließ mit sich reden. Ich hatte ihr in Aussicht gestellt, ihr nicht nur meine Nährmittelmarken (Graupen, Haferflocken, Maisgries) zu überlassen, sondern auch die meiner zukünftigen Frau.

Frau K. ließ sich überzeugen.

»Und wo werden Sie feiern?« fragte sie.

»Keine Feier«, antwortete ich.

Herr K. versuchte, zu lächeln. »Schade. Aber so sind eben die Zeiten. Wenn Sie an mich denken ...«

»Und die Trauzeugen haben Sie wohl?« fragte Frau K. Die Trauzeugen hatte ich schon gefunden. Es waren mein alter Freund Fränzchen und ein ehemaliger Major, Hans Joachim von Goertzke, den ich auch von der Gefangenschaft her kannte (»Mein idealer Politiker ist und bleibt Gustav Stresemann«). Aber, ich hatte keine Papiere. Außer meinem Soldbuch besaß ich nichts, keine Geburtsurkunde, kein Dokument von mir oder meinen Eltern, nichts. Doch dieses Problem ließ sich verhältnismäßig leicht lösen. Ich ging mit dem ehemaligen Major zu einem Notar, gab ihm die benötigten Daten an, so wie ich sie eben erinnerte, schwor, daß das die reine Wahrheit sei, und bekam die benötigten Papiere. Es war eigentlich kinderleicht.

Die Trauung – war das ein Theater!
Die Gemeinde Dietramszell, ›Ein kleines oberbayrisches Dorf‹, hatte mir das amtliche Aufgebot verweigert. (»Beleidigt ham'S uns. In den Dreck zogn ham'S uns. Das ganze Land lacht über uns!«) Wir mußten ein anderes Standesamt suchen. In München lag das für uns zuständige Standesamt etliche Kilometer von der Rossinistraße entfernt. Das war deshalb kein geringes Problem, weil es in diesen ersten Tagen des Jahres 1947 bitterkalt war.
Am 4. Januar sank das Thermometer auf siebenundzwanzig Grad unter Null. Wir trabten durch die riesige, eisige Trümmerlandschaft zur Straßenbahn. Die Linie acht ließ sich Zeit, aber schließlich erreichten wir das Standesamt und fanden erst einmal im Flur Unterschlupf vor der Kälte. Hier war es zwar fast so kalt wie draußen, aber der eisige Wind konnte uns nichts mehr anhaben. Zwei vermummte Gestalten empfingen uns und begrüßten uns wortlos: Fränzchen und der ehemalige Major Hans Joachim von Goertzke. In einem halbdunklen Raum, dessen Fenster mit Brettern vernagelt waren, traute uns ein Mann in dickem Uniformmantel mit hochgeschlagenem Kragen. Seine Stimme war so heiser, daß wir sie kaum vernehmen konnten. Schnell noch die Unterschriften, und wir waren verheiratet.
Auch den Rückweg schafften wir, ohne zu erfrieren.
Zu Hause bei den K.s riß sich meine Isolde den Mantel vom Leib, bekam die alten Skistiefel von den Füßen, warf sich, vor Kälte zitternd, ins Bett, zog sich die Decke über den Kopf und weinte. Nun ja, ich hatte mir eine Hochzeit auch anders vorgestellt.

Es war trotzdem ein Anlaß zum Feiern. Dafür sorgte schon Hans Werner Richter. Er ließ auch in dieser Zeit keine Gelegenheit dazu aus, und wäre sie noch so absurd gewesen. Und eine Hochzeit war ja nun wirklich ein Anlaß.
Richter schlug vor, die Hochzeit bei ihm zu feiern, auch seine Frau Toni würde sich darüber freuen. Bei den K.s wäre es unmöglich gewesen; allein der Anblick des ehemaligen Rektors einen ganzen Abend lang hätte mich schwermütig

gemacht. Die Einladung Richters hatte zwei Vorteile: erstens einmal war ihr möbliertes Zimmer bedeutend größer als das unsere; zweitens, und das war noch wichtiger: sie besaßen einen Spirituskocher.

Es gelang mir, auf dem Schwarzen Markt für ein Sündengeld eine Flasche Rübenschnaps, zweihundert Gramm Hackfleisch, eine Art Semmel und ein Stück Butter zu besorgen.

Wir hofften alle, daß ein plötzlicher Föhneinbruch über das Alpengebiet kommen und die Wetterlage verändern würde. Aber es kam kein Föhn. Es blieb eisig.

Trotzdem wagten wir die Expedition von Schwabing nach Nymphenburg, wo Richters wohnten; denn das war dieser Weg für uns an einem dieser schrecklich kalten Tage, an denen die Straßenbahn nur unregelmäßig oder gar nicht fuhr.

Im Sommer und im Herbst war ich mit Hans Werner Richter unzählige Male durch diese Stadt gewandert und zwar meist nachts. Der eine brachte den anderen nach Hause. Und weil wir wie besessen über Deutschlands Zukunft oder die nächste Ausgabe des *Ruf* diskutierten und damit nicht aufhören konnten, brachten wir einander an manchem Abend mehrfach nach Hause.

Aber dieser Winter mit jeder Menge Schnee war der kälteste der ganzen Nachkriegszeit. Die Elenden, Halbverhungerten wagten sich nicht mehr aus ihren Löchern. Die Gleise und Weichen der öffentlichen Verkehrsmittel vereisten. Die Kinder bekamen schulfrei. Das Leben drohte zu erstarren.

Die Holz- und Kohlezuteilungen waren so gering, daß es kaum Sinn hatte, sie abzuholen, sie waren zudem so kümmerlich, noch grünes Holz und eher Kohlenstaub als Kohle, daß sie kaum wärmten. In den Wäldern um München wurde nächtens Raubbau getrieben, Kohlenzüge wurden geplündert, alles Heizbare unter Todesgefahr aus den Ruinen gezerrt.

Irgendwie schafften wir diese Expedition durch eine arktische Trümmerlandschaft. Mir erging es dabei sogar leidlich, ich hatte ja meinen gefärbten amerikanischen Militärmantel. Aber meine arme Isolde! Sie hatte sich ein bißchen hübsch machen wollen und deshalb ihr schönstes, aber auch recht dünnes Kleid aus der Vorkriegszeit angezogen, und ihr

fadenscheiniger Mantel darüber hielt auch kaum etwas von dem Eiswind ab.
Bei Richters stand eine Kerze auf dem Tisch – wo hatte er die wohl her? –, der Spirituskocher war bereits angezündet, es sah alles ein wenig nach Weihnachten aus.
Wir tranken einen Schluck, und sofort begann die Diskussion. Noch während wir bei der Schuldfrage waren, begann ich, aus den mitgebrachten Zutaten vier Bouletten zu kneten, eine Kunst, die, ohne Ei, der größten Sorgfalt bedarf. Als sie aufgetischt wurden, rochen sie für uns wie ein kostbarer Braten. Als die Flasche halbleer war, hatten wir die Probleme der neuen deutschen Demokratie zwar noch nicht ganz gelöst, aber als dann auch die Kerze immer kleiner wurde, der Spirituskocher nur noch röchelte und keine Wärme mehr verbreitete, mußten wir an den Rückmarsch durch die eisige Nacht denken. Um diese Zeit fuhr sowieso keine Straßenbahn mehr.
»Hast du einen Hammer bei dir?« flüsterte Hans Werner Richter, als wir uns auf der Treppe verabschiedeten.
»Natürlich«, antwortete ich.
Alle Leute pflegten, wenn sie nachts unterwegs waren, stets in der Mitte der Ruinenstraßen zu bleiben, einen harten Gegenstand in der Tasche umklammernd. In den Trümmern rechts und links konnte der Tod lauern.
Dann machten wir uns auf den langen Weg durch die eisige Nacht.
»Eine schöne Hochzeit, trotz alledem«, sagte Isolde, als sie, noch immer mit den Zähnen klappernd, im Bett lag. »Und wie gut deine Bouletten waren. So etwas Gutes bekommt man in dieser Zeit nicht oft.«
»Na ja«, antwortete ich, »man tut was man kann, in dieser Zeit. Wenn wir Hans Werner Richters Spirituskocher nicht gehabt hätten ...«
Und auch ich begab mich, vor Kälte zitternd, in das schmale Bett.

Der *Neuen Zeitung* schräg gegenüber, in der Schellingstraße, stand eine nur bis zum zweiten Stock ausgebrannte Ruine. Eines Tages kamen Arbeiter und räumten die herumliegenden

Brocken weg, ein neues Dach wurde aufgesetzt und Fenster in die leeren Höhlen eingebaut. Niemand wußte vorerst, was die Amerikaner damit im Sinne hatten.
Es vergingen keine zwei Monate, der Chef, Hans Wallenberg, ließ mich kommen und fragte, ob ich eine Wohnung haben wolle. Sie wäre nicht besonders modern, das Haus da drüben sei eben ein alter Kasten gewesen ohne besonderen Komfort, kein Lift, kein Badezimmer, aber sonst alles okay. Na?
Wollte sich der Chef einen grausamen Scherz mit mir erlauben, er, der eine jener schönen alten Villen in Bogenhausen bewohnte, in der vor ihm irgendein großes Nazitier gehaust hatte?
Er hatte es natürlich ernst gemeint, und er wußte auch, was es für mich bedeutete.
Die Amerikaner hatten in dem schräg gegenüberliegenden halb ausgebrannten Haus, Schellingstraße 48, den dritten und vierten Stock wieder ausgebaut; die vier Wohnungen sollten vier Redakteure erhalten.
Ich weiß nicht mehr, was ich ihm antwortete. Ich rannte nach Hause zu meiner Frau.

Wir hatten keinen Stuhl, wir hatten kein Bett, wir hatten kaum einen Teller; wir hatten nichts. Aber wir hatten eine Wohnung. Sie lag ganz oben, ihre Wände waren schräg, und das Atemberaubendste war der Blick aus dem Fenster: Wir konnten bei Föhn die Zugspitze sehen. Die Häuser auf der anderen Straßenseite waren weg, die dahinter auch, irgendwo waren stehengebliebene Kamine zu sehen, ein paar Kirchtürme, ein Baumstrunk. Sonst war alles leer, eine fürchterliche Wüste. Schellingstraße achtundvierzig. Welche Poesie enthielten diese zwei Worte für mich. Wir riefen sie uns gegenseitig zu, wenn wir allein waren. *Zweieinhalb Zimmer mit Küche und Klo!* Nur für uns allein. Die Amis hatten sogar eine Telefonleitung legen lassen, wir hatten Telefon und konnten jeden anrufen – sofern er auch ein Telefon hatte – nicht nur die Redaktion und die Redaktion mich.
Isolde gelang es sogar, nach einigen mißglückten Versuchen, ihre Eltern in Köln anzurufen. »Hier Doktor Walter. Wer

spricht, bitte?« – »Hier Isolde. Vater, hör mal ...« Es ging wie im Film. »Ja, Möbel und Bettzeug undsoweiter haben wir genug. Du weißt ja, wir haben jetzt nur vier Zimmer ... Einen Moment mal, ich werde Mutti Bescheid sagen ...«
Es war wirklich alles wie im Film.
Es gab kaum Autos, es gab keine Fahrpläne, nach denen die Züge verkehrten, es gab nur wenig private Telefone, es gab kaum Hotelzimmer, es gab nichts. Und doch kannten plötzlich viele eine vielversprechende Adresse: München, Schellingstraße achtundvierzig, vierter Stock, rechts.

An dem Tag, an dem aus Köln Kisten mit Möbeln und Küchengeräten eintrafen, begann es. Wir hatten uns ein paar Männer besorgt (jeder ein Päckchen Zigaretten, eine Flasche Schnaps für alle zusammen, dazu noch einen ganzen Haufen Reichsmark, ein teurer Spaß), aber die Wohnung lag ja auch im vierten Stock, und die Treppen waren abgetreten, schmal und steil. An diesem Tag also, noch standen die Kisten auf der Straße, kam ein Jeep angefahren, hielt, und ein mir bekannter Offizier rief: »Willst du einen Fisch haben, Shorty? Komme eben vom Angeln«, und warf mir, ohne richtig anzuhalten, einen Riesenkarpfen zu. Ich fing ihn gerade noch auf und stand eine Weile mit dem Riesentier auf den Armen da. (Wo mochte er herstammen? Aus dem zoologischen Garten? Bei diesen Siegern war, wie bei allen Siegern, nichts unmöglich und fast alles erlaubt.)
Da hörte ich hinter mir eine andere Stimme: »Endlich habe ich dich gefunden!« Es war Heiner Ledig-Rowohlt. Er kletterte über die Schienen der Lorenbahn und stellte seinen Koffer auf den Bürgersteig. »Niemand kann einem Bescheid sagen in dieser Stadt«, schimpfte er in seinem leicht berlinernden Tonfall. »Taxen gibt es nicht. Nichts gibt es. Für sein Geld kann man sich auch nichts kaufen. Mensch, was bin ich herumgelaufen!«
Er war der erste Besucher in der neuen Wohnung – dazu war er noch Verleger.
»Den essen wir oben«, sagte er, als er den Fisch sah. »Wie hast du denn dieses Prachtexemplar von Karpfen organisiert?!«

»Ich bekam ihn, wie Mohammed seine Apfelsine in den Turban bekommen hat. – Guten Tag!«
Über den Ruinen blaute der wunderbare bayrische Himmel.
»Und wie willst du ihn zubereiten?« schrie er und tanzte dabei von einem Bein auf das andere.
»Natürlich blau, er kommt eben von der Angel.«
»Einfach kochen!« schrie er.
Ich fragte nicht, wie er in Hamburg meine neue Adresse erfahren hatte. Zu dieser Zeit erschien einem auch nichts außergewöhnlich. Er hatte sie eben erfahren und mich nicht vorher verständigen können, als er geschäftlich schnell mal nach München reisen mußte.
Heiner Ledig-Rowohlt hatte während seiner Rekrutenzeit, schon im Krieg, etwas Ungeheuerliches getan. Er hatte einen vorbeigehenden Feldwebel freundlich gegrüßt und, sich dabei lächelnd und höflich verbeugend, sein Käppi vom Kopf gezogen. Diese Art des Grüßens auf dem Gelände einer Kaserne war so ungewöhnlich, daß man ihn für verrückt erklärte. Er tat alles, um diesen Verdacht auszuräumen. Er erklärte, daß er sich in Gedanken gerade mit Rimbaud beschäftigt habe, aber man betrachtete ihn nur noch mißtrauischer und glaubte ihm noch weniger. Er *mußte* ja verrückt gewesen sein: den Feldwebel zu passieren und sein Käppi zu lüften! Oder wollte er sich gar über ihn lustig machen? Nein, so verrückt war er wirklich nicht, er war eben nur absolut unmilitärisch, und das in einer Zeit, da die Herrenrasse gerade im Begriff war, sich zu absoluten Herrschern über die Menschheit aufzuschwingen.
Nun, er hatte diese fürchterliche Zeit überstanden, jetzt war er Verleger.
In einer der ersten, gerade eingetroffenen Kisten fanden wir nicht nur Messer, Gabeln, Teller und viele andere Dinge für den Haushalt, wir fanden auch zwei Flaschen Mosel – besten Mosel. Wie die Goldgräber wurden wir auch weiter fündig, in jeder neu aufgemachten Kiste entdeckten wir unsere Nuggets – zwei Flaschen köstlichen Wein. Der alte Herr in Köln hatte also nicht nur an Wirtschaftsgeräte gedacht.
Und während wir uns zutranken, versuchte ich, den Karpfen zuzubereiten. Aber der wollte nicht. Er war einfach zu groß

für den Topf und sprang wie ein lebendes Tier wieder heraus, wenn ich ihn, krumm gebogen, hineinzupressen versuchte. Ich mußte ihn überlisten, stopfte ihn hinein und preßte blitzschnell den Deckel darüber. Das hatte ich in einem alten Chaplin-Film gesehen. Der Karpfen war weich, als wir die erste Flasche geleert hatten.

Wir aßen ihn ohne Gewürze und ohne Zutaten. Es war ein Galadinner.

Da wir nicht mehr dazu kamen, eine ordentliche Schlafstätte aufzubauen, machten wir uns aus dem herumliegenden Kistenstroh ein Lager. Ich glaube, wir drei hatten den gleichen Gedanken, ehe wir einschliefen: dieser Tag war einer der denkwürdigsten und schönsten dieser oft so unerträglichen Nachkriegszeit.

Meine Frau und ich hatten nicht ahnen können, wie sich durch die neue Wohnung unser Leben von einem Tag zum anderen verändern würde. Der Besitz einer kompletten Unterkunft war etwas so Ungeheuerliches, etwas so Nicht-Alltägliches, daß es sich mit einer Schnelligkeit herumsprach, die uns äußerst beeindruckte.

Wenn heutzutage einer umzieht, dann teilt er seinen Freunden und Bekannten die neue Adresse und die neue Telefonnummer mit. Dann werden die Freunde zu einer »House-Warming-Party« eingeladen. Sie bringen Blumen mit, eine Flasche Whisky oder sonst etwas. Meistens wird es ein schönes Fest. Doch keiner der Gäste würde so unhöflich sein, gleich am ersten Abend den Wunsch auszusprechen, hier auch übernachten zu dürfen. Es mag sein, daß das früher im alten Münchner Stadtteil Schwabing unter den Künstlern und Spinnern so üblich war. Aber das war zu jener Zeit, als man von Schwabing behauptete, es wäre ein Zustand, kein Ortsteil von München.

In der »Seerose« in der Schwabinger Feilitzschstraße trafen sich in den Nachkriegsjahren die alten und die jungen Nostalgiker, sich selber vorzugaukeln, daß es nach diesem Kriege noch so etwas wie eine Bohème gäbe. Diese Sehnsucht, der Wirklichkeit gerade in den Tagen des tiefsten Elends zu entfliehen in einen »zum Weinen schönen Zustand«, war eine Flucht in eine andere Welt, deren Existenz wieder zum Leben erweckt werden sollte.

Wir wußten zuerst nicht, daß unsere atelierhafte Wohnung mit den schrägen Wänden in der Schellingstraße genau das war, was so viele suchten. Es wurde eine literarische und politische Ecke. (Nicht sehr weit von dem Haus Nummer achtundvierzig hatte einst, 1900 bis 1902, Lenin gewohnt und geschrieben. Auch Joachim Ringelnatz hatte nur ein paar Häuser weiter seinen Tabakwarenladen gehabt, mit dem er Pleite machte, weil er zu viele arme Künstler kannte. Auf der anderen Seite, nach der Barerstraße, lag die Osteria Bavaria, in der sich Adolf Hitler mit seinen Gesellen getroffen hatte. Was war an dieser Gegend so anziehend?)

Unsere Wohnung mußte zu dieser Zeit zwangsläufig zur Herberge werden, gab es doch sonst keine Lokalitäten, in denen man sich treffen konnte, oder gar ein literarisches Café. Auch war die Gegend Schelling-, Türken- und Barerstraße so urban wie in dieser Zeit kaum eine andere Gegend Münchens. Und sie lag nicht weit vom Zentrum.

1. Januar 1945 Im Westen stehen die amerikanischen und britischen Armeegruppen an der Reichsgrenze, haben diese an einigen Stellen überschritten und gehen nach der Ardennenoffensive wieder zum Gegenangriff über. Im Osten ist die Rote Armee im Begriff, die Weichsel zu überschreiten. Im Südosten ist die deutsche Armee nach Abfall der Verbündeten Rumänien und Bulgarien in schwere Abwehrkämpfe gegen Sowjettruppen verwickelt. In Italien verläuft die Front nördlich von Ravenna von Meer zu Meer.

5. März 1945 Ab sofort haben sich Jungen der Oberschulklassen 6 bis 8, die nicht in Kinderland-Verschickungslagern sind, zu einer Kriegseinsatz-Einweisung zu melden.

20. April 1945 Amerikanische Truppen besetzen Nürnberg, Sowjetische Truppen erreichen den Ostrand von Berlin.

Zu den Menschen, die ich nach dem Kriege wiedersah und mit denen mich etwas in meinem Leben verband, gehörten zwei etwa gleichaltrige Männer, Karl Hauser und Rudolf Greulich.
Karl Hauser war in Camp Ruston, Louisiana, Gehilfe des Lagerarztes gewesen, und als Sanitäter legte er Verbände an, maß Fieber und Blutdruck und verrichtete andere Krankendienste. Er war ein eigenartiger Mensch, sprach kaum und lächelte selten. Die Mitgefangenen mochten ihn, obwohl er sich an ihren Gesprächen nicht beteiligte.
Hier, im Münchner Amerikahaus, traf ich ihn zufällig wieder. Drüben schon las er leidenschaftlich gern medizinische Bücher oder Artikel, die sich mit therapeutischen Sonderfällen befaßten.
In Camp Ruston war er unter den Gefangenen vor allem deshalb beliebt gewesen, weil er eingefangenen Stinktieren die

Drüse herausoperieren konnte und diese äußerst possierlichen Tiere ohne Drüse leicht zu halten sind. Die amerikanischen Lagerwachen drückten bei dieser Tierhaltung beide Augen zu. Sie wollten mit den Gefangenen möglichst keinen Ärger haben, damit alles wie am Schnürchen lief. Die paar »Haustiere« der deutschen Landser verliefen sich in diesem Riesenlager, und wenn eine plötzliche Inspektion von draußen kam, wurden wir rechtzeitig genug informiert, um die Tiere verstecken zu können.

Als ich Karl Hauser im Münchner Amerikahaus wiedersah und ihn begrüßen wollte, blickte er sofort demonstrativ zur Seite und versuchte, sich zu verdrücken. »Was ist denn, Karl, kennst du mich nicht mehr?«

Ohne meine Frage zu beantworten, fragte er seinerseits: »Was machst du denn in diesem Haus?«

»Ich möchte was arbeiten, hier habe ich Ruhe.«

»Und was machst du?« Er blickte mich eine Weile mißtrauisch an, der Ton seiner Worte gefiel mir nicht. »Ich meine, was du sonst machst, wie du dein Geld verdienst?«

Nach einigen Fragen und Antworten wurde seine Stimme plötzlich laut und sein Gesicht verdunkelte sich. Er schrie: »Ich suche deutsche Bücher und deutsche Zeitschriften, verstehst du? Deutsche! Aber die gibt es ja in diesem Laden nicht!«

Wir standen auf der Treppe, und die vorbeieilenden Menschen in diesem stillen Hause blickten hoch, ein paar blieben stehen. Ehe ich ihm antworten konnte, schrie er immer noch laut und scharf: »Du arbeitest also beim Ami! Leckst diesen Schweinen sogar die dreckigen Stiefel für ihre Zigaretten. Verrätst dein eigenes Volk, wie schon drüben?«

Er hob beide Arme und ballte die Fäuste. Ich glaubte, er wollte auf mich einschlagen, aber er brüllte nur: »Verräter! Schwein! Schwein!« und eilte davon.

Das war hart. Trotzdem wollte ich ihm nachlaufen, wollte ein paar freundliche Worte zu ihm sagen; denn ich glaubte zu wissen, warum er sich so aufführte. Drüben hatte ein Erlebnis ihn besonders hart getroffen. Ich hatte das nicht vergessen.

Wir hatten zusammen ein halbes Jahr in Camp Ruston, Louisiana, verbracht, und ich hatte dort ein paar gute Freunde gewonnen, als für uns der sogenannte Transferierungsbefehl kam. Wir mußten wieder einmal, entsprechend den Vorschriften der Army, das Gefangenenlager wechseln.
Als wir den Transferierungsbefehl bekamen, gab es die zu erwartende Aufregung. Zwei Tage vor der Abfahrt ließ mich Captain Mitchel kommen und sagte: »Sie müssen Ihren Mitgefangenen sagen, daß sie ihre Tiere nicht mit auf die Reise nehmen dürfen.«
»Das wird ein schönes Theater geben«, antwortete ich.
»Es hat keinen Zweck«, erklärte er. »Kriegsgefangene dürfen keine Tiere halten, geschweige denn sie mit auf die Fahrt nehmen. Es ist vor allem wegen der Verschleppung von Tierkrankheiten. Tut mir sehr leid, aber ich kann wirklich nichts tun. Wir fahren übrigens an die zweitausend Kilometer. Sagen Sie ihnen, sie sollen ihre Tiere hierlassen, andere werden sie übernehmen, und sich im neuen Lager neue anschaffen.«
»Sie hängen an den Viechern«, sagte ich, »dürfen sie nicht wenigstens die kleinen mitnehmen?«
»Ich kann nichts dazu tun«, antwortete er. »Ich weiß nur zu gut, was so ein Tier für den Gefangenen bedeutet, von mir aus könnten sie sie auch alle behalten. Aber ich kann nichts gegen die Bestimmungen ...«
Als ich es meinen Mitgefangenen mitteilte, brach ein Geheul los. Viele hatten Tiere, die sie zärtlich liebten und pflegten. Es gab Kaninchen, Katzen, Stinktiere, Eichhörnchen, Schlangen, Vögel, Schildkröten, ja sogar Hunde ... Die Männer bestürmten mich, für die Tiere ein gutes Wort beim Captain einzulegen, ihn zu bitten, ein Auge zuzudrücken, nach Washington zu schreiben, sich mit Frau Roosevelt in Verbindung zu setzen und so weiter.
»Ich bin nur euer Dolmetscher«, beteuerte ich, »Ich kann auch nichts machen.«
Spät am Abend kam der Sanitäter Karl Hauser zu mir. Er fragte scharf: »Wie ist es mit Miranda? Darf ich die auch nicht mitnehmen?« Miranda war ein Zwerghühnchen, das er

schon zwei Jahre lang hielt, das er dressiert hatte, und dem er seine ganze Freizeit widmete.

»Ich fürchte, auch Miranda muß hierbleiben«, sagte ich.

»Alle Tiere müssen hierbleiben, wegen der Gefahr der Verschleppung von Tierkrankheiten. Der Captain hat gesagt, ihr sollt euch im neuen Lager neue Tiere anschaffen. Laß Miranda hier und dressiere dir im neuen Lager ein anderes Huhn!«

Er sah mich wütend an und schrie: »Ich lasse meinetwegen alles hier, aber Miranda nehme ich mit, verstehst du? Miranda gehört zu mir, niemand kann sie mir nehmen! Auch die Amis nicht mit ihren blöden Bestimmungen.« Und er fügte tückisch blickend hinzu: »Das ist wohl ihre berühmte Demokratie?«

»Sei vernünftig –«, bat ich.

Aber er ließ mich nicht mehr zu Worte kommen, geriet vollkommen außer sich, stieß Drohungen aus, sein Gebrüll lockte das halbe Lager zusammen. Die Männer gaben ihm recht, auch sie schrien, es war genau das Theater, das ich befürchtet hatte. Auf all ihre Worte konnte ich ihnen nur immer wiederholen, was mir der Captain gesagt hatte. Sie wünschten ihn und mich zum Teufel und drückten ihre Tiere an sich, als wollte man sie ihnen jetzt schon nehmen.

Am Tage unseres Abmarsches begann morgens der langwierige Prozeß des Namenverlesens und der Durchsuchung unserer amerikanischen Militärsäcke. Beim zehnten ungefähr wurde die erste Katze gefunden. Dann tauchten Kaninchen, Schlangen, Schildkröten und andere Tiere auf. Die amerikanischen Soldaten lachten gutmütig und sagten: »sorry«, als sie sie aus den Säcken und Kleidern zogen.

Ich beobachtete den Sanitäter. Er stand schweigend in der Reihe, sein Gesicht war blaß. Als er drankam, fing er an zu zittern. »Ich habe nichts«, sagte er, »was wollen Sie von mir?«

»Keep quiet«, sagte ein Soldat, griff in die Manteltasche des Sanitäters und zog Miranda heraus.

»Hi – look here!« rief er und hielt Miranda in die Luft. Ein paar Soldaten traten näher, sie streichelten Miranda und lachten.

»Geben Sie mir mein Huhn zurück«, bat der Sanitäter totenblaß und beinahe weinend.
»Sorry, I have my orders.« Er warf Miranda in die Luft, und sie landete mit ausgebreiteten Flügeln auf dem Boden und lief gackernd davon.
»Miranda!« rief der Sanitäter.
»Miranda, what a name«, sagte der Soldat, und viele der Gefangenen lachten mit ihm.
Wir hatten schon ein paar hundert Kilometer hinter uns, der Wachposten war gerade einmal abwesend, da rief mich einer der Gefangenen zu sich. »Sieh mal hier!« Aus seiner Jacke lugte ein Kätzchen. »Sie hat mir den ganzen Rücken zerkratzt«, flüsterte er zärtlich. »Ich hatte sie hinten unter dem Hemd.«
»Paß lieber auf, der Posten kommt gleich zurück«, riet ich ihm. Plötzlich sah ich den Blick des Sanitäters auf uns gerichtet. Er hatte ein rotes, verweintes Gesicht. Er drehte sich hastig weg und blickte aus dem Fenster.
Der Kommandant des neuen Lagers, es war Olmstead Field in Pennsylvania, war kein Freund von Tieren in den Baracken, aber ein paar Kaninchen, Schildkröten und Katzen hatten wir trotzdem.
Eines Tages kam einer der Männer, die draußen im Wald arbeiteten, mit einem Eichhörnchen zurück und schenkte es dem Sanitäter. »Hier hast du einen Ersatz für deine Miranda.« Der Sanitäter wurde fast närrisch vor Freude. Er nannte das Eichhörnchen Gustav und gab sich seine ganze freie Zeit mit ihm ab. Gustav lief frei in der Baracke umher und war die ganze Zeit über so lustig, wie solche kleinen Tiere eben sein können. Aber es dauerte nicht lange, und jemand beschwerte sich: während er draußen bei der Arbeit war, hatte Gustav sein Bett verunreinigt, er hatte Sachen angeknabbert und ein Buch zerrissen.
Wir sagten dem Sanitäter, er solle seinem Gustav einen Käfig bauen, er lehnte es jedoch schroff ab. »Wenn ich schon hinter Stacheldraht sitze, soll er wenigstens frei sein!«
Gustav lebte weiter frei in der Baracke. Er bekam genug Nüsse von uns und fühlte sich wohl. Dann zerknabberte er

einem Gefangenen ein Lederetui, der, außer sich vor Wut, meldete die Sache.

Der amerikanische Sergeant kam und sagte dem Sanitäter: »Bau dir für dein Tier einen Käfig, sonst muß es weg.«

Aber der Sanitäter blieb störrisch. »Ich bin gefangen«, wiederholte er, »aber Gustav soll frei sein!«

Der Sergeant sah ihn eine Weile schweigend an, dann drehte er sich um und ging.

Gleich darauf zerriß Gustav einem anderen ein wertvolles Buch. Auch diese Sache wurde gemeldet. Am nächsten Morgen, als die Leute bereits wieder draußen beim Arbeiten waren, kam der Sergeant in die Baracke. Er fing das zutrauliche Tier und fuhr es in den Wald. Dort setzte er es auf den Ast eines Baumes und fuhr wieder nach Hause.

Als der Sanitäter in der Mittagspause in die Baracke kam, rief er nach seinem Eichhörnchen. Gustav zeigte sich nicht. Der Sanitäter begann, wie ein Wahnsinniger die Baracke zu durchsuchen. Die anderen saßen schweigend auf ihren Betten. Schließlich sagte es ihm einer, der an diesem Tage nicht mit den anderen draußen war, was geschehen war.

Der Sanitäter blieb mitten in der Baracke stehen. Sein Gesicht hatte einen Ausdruck so unsagbarer Einsamkeit, daß ich erschauerte. Da stand er, hielt die Hände gespreizt, seine Knie zitterten. Dann fiel er lang hin.

Wir legten ihn auf sein Bett. Er blieb unbeweglich liegen, ein paar Tage lang. Er aß und trank nicht und sprach kein Wort. Er weinte auch nicht, er lag nur mit geschlossenen Augen da. Dann brachten sie ihn in ein Hospital. Der Mann, dem Gustav das Buch zerrissen hatte, meinte bedrückt: »Hätte ich blöder Hund nur nichts gesagt ...«

Weder an der Front noch im Gefangenenlager habe ich einen wirklichen Widerstandskämpfer kennengelernt. Ich hätte ihn sofort an seiner Haltung, an seiner Sprache erkannt. Mein Instinkt hätte ihn mir verraten. Später, der Krieg war schon beendet, traf ich meinen Schulkameraden Rudolf Greulich wieder. Das war in Fort Kearney, in dem Lager also, in dem die Kriegsgefangenenzeitschrift *Der Ruf* herausgege-

ben wurde. Er hatte zwei Jahre Zuchthaus hinter sich und anschließend in der berüchtigten Division 999 (»Zum Heldentod begnadigt«) kämpfen müssen. Irgendwo in Nordafrika gelang es ihm, sich von den Amerikanern gefangen nehmen zu lassen.
Wir sind beide als Kinder in die Sozialistische Schule in Berlin-Adlershof gegangen. Dann sind wir zusammen in der sozialistischen Jugendbewegung gewesen, und er ist zusammen mit mir und anderen Freunden am 1. Mai 1929, an dem Tag, an dem der sozialdemokratische Berliner Polizeipräsident Zörgiebel auf demonstrierende Arbeiter schießen ließ und dreiunddreißig Arbeiter auf dem Pflaster starben, in die Kommunistische Partei eingetreten.
Das letzte Mal hatte ich ihn an jenem eisigen Januartag 1933 vor dem Karl-Liebknecht-Haus gesehen. Dieser Tag der Ohnmacht und der Verzweiflung, an dem es den letzten großen Aufmarsch der revolutionären Arbeiterschaft Berlins gab, ist einer der wichtigsten Tage in meinem Leben gewesen. Sie marschierten über den Bülowplatz, sie hoben die Fäuste und sangen: »Dem Karl Liebknecht haben wir's geschworen, der Rosa Luxemburg reichen wir die Hand«, dieses wunderbare, einfache Lied nach einer alten Soldatenweise, und ich sah, wie vielen alten Männern die Tränen über die Gesichter liefen: sie wußten, daß sie verloren hatten.

In Fort Kearney habe ich meinen Schulkameraden und späteren Genossen beneidet um seinen unbeirrbaren Glauben an den Sieg der Arbeiterklasse – ich hatte ihn verloren.
Im Jahre 1930 nahm ich ihn auch mit in den Bund proletarisch-revolutionärer Schriftsteller, dessen Mitglied ich war, und machte ihn mit Johannes R. Becher und Ludwig Renn bekannt. Es ging ihm, wie es mir ergangen war: bei den Zusammenkünften der berühmten Schriftsteller in der kleinen Kneipe an der Warschauer Brücke wagte er kaum den Blick zu heben. Hans Marschwitza und Wille Bredel waren für ihn bedeutendere literarische Persönlichkeiten als Thomas Mann oder Lion Feuchtwanger, Erich Weinert war ein größerer Poet als Oskar Loerke. Was für uns die *Linkskurve* war,

war für die Angehörigen des linken Bürgertums *Die Weltbühne*. Wir wären damals bereit gewesen, uns für die Linie der Partei vierteilen zu lassen, aber wir wollten lieber leben und siegreich für sie kämpfen, und diese berühmten Männer, die da mit uns am Tisch saßen, waren unsere Genossen, die uns dabei halfen. – Ach, lachen Sie nicht, wir waren zwei lesende junge Arbeiter, und es warteten Tausende Fragen auf Beantwortung. –

In Fort Kearney traf ich noch einen von uns lesenden Berliner Arbeitern. Er hieß Walter Schönstedt, hatte kurz vor dem Ende der Weimarer Republik selber ein Buch für junge Arbeiter geschrieben und damit bei der linken Jugend einen ungeheuren Erfolg gehabt. Bei Malik war es erschienen, also in unserem Verlag. Er traf genau unseren Ton und bekam in unseren Zeitungen die besten Kritiken, die ein Autor bekommen konnte.

Walter Schönstedt war auf Umwegen nach Amerika emigriert und inzwischen ein richtiger Captain der Armee seiner neuen Heimat geworden. Als ich auf ihn zueilte und ihn an Berlin erinnern wollte, zuckte er nur die Achseln, sagte mit einem schweren amerikanischen Akzent: »Ich erinnere mich nicht«, und machte, daß er wegkam.

Während des Krieges ging es mir wie den meisten anderen: Niemand sprach in dieser Zeit über den Nationalsozialismus oder Adolf Hitler und seine Partei, wenn es nicht gerade einer von den Propagandaleuten war, der nach vorne geschickt wurde, um uns irgendwas zu erzählen. Die Soldaten hatten anderes zu tun und unterhielten sich in den Ruhepausen mit Kartenspielen oder mit Gesprächen über die Familie. Niemand kam auf die Idee, von Heldentaten oder den Kämpfen zu sprechen. Dieser Unfug begann erst weiter hinter der Front oder, in meinem Fall, in den ersten Gefangenenlagern. Je mehr ein Teil der Männer von Heldentaten berichtete, desto schweigsamer wurde der andere. Ich hatte nichts zu berichten, ich hatte nur in dreckigen Wasserlöchern oder in engen Felsspalten gehockt und Angst gehabt, von einem Granatstück oder einer Kugel getötet zu werden. Nach jeder

Aktion hatte ich mich mit Schnaps oder Wein betäubt und gehofft, daß dieser unmenschliche Zustand ein Ende nehmen würde.
Ich hätte gern einen Kameraden gehabt, dem ich mich anvertrauen konnte, einen Gleichgesinnten gar, mit dem ich irgendeinen Plan hätte aushecken können. Ich fand niemand, mit dem ich hätte sprechen können, über die kommunistische Partei zum Beispiel, deretwegen ich in dieses Unglück geraten war, über den Gehorsam und die Überzeugung, die man uns eingeimpft hatte, daß es unsere Pflicht war, im Kampf für die deutsche Arbeiterklasse, für die Revolution zu kämpfen und zu sterben. Aber es gab nur die niederdrückende Gewißheit, daß die deutsche Arbeiterklasse entgegen allen Beteuerungen der kommunistischen Partei, die im Jahre 1933 nicht von einer Niederlage, sondern von einem Sieg der Partei sprach, sich nicht zum Kampf gegen Hitler gestellt hatte. Wo waren die Gewerkschaften, wo der Generalstreik? Die Masse der deutschen Arbeiter lief zum Feind über oder unterwarf sich schweigend.

Und da stand mein Schulfreund und ehemaliger Genosse Rudolf Greulich, ein Jahr nach Kriegsende – Walter Ulbricht war, von Moskau kommend, bereits in Berlin eingetroffen – mit mir an der Atlantikküste, nicht weit von der Stelle entfernt, an der die ersten puritanischen Pilgerväter im Jahre 1620 der ›Mayflower‹ entstiegen, und rief: »Du läßt dich doch sobald wie möglich nach Berlin entlassen!«
»Am liebsten ginge ich nach Kopenhagen zurück«, sagte ich.
»Du willst also kneifen?«
»Ich sagte, am liebsten ginge ich nach Kopenhagen zurück. Wer weiß denn, was jetzt in Deutschland geschehen wird.«
»Was wird schon geschehen? Wir übernehmen die Macht!«
Er hatte die deutschen Zeitungen in Amerika fleißig gelesen, er wußte, was das Nationalkomitee Freies Deutschland war und was in der Heimat geschehen sollte. Er hatte nie den geringsten Zweifel an der Partei bekommen, er war ihr immer treu geblieben, und er würde ihr bis zum Tode treu bleiben. Zweifel, wurden sie auch nur angedeutet, tat er als Versu-

chungen des Klassenfeindes ab, so wie fromme Menschen den Versuchungen des Teufels widerstehen.
Abgesehen von seiner Parteihörigkeit war er von derselben Art wie etwa Alfred Andersch, der, aus Amerika zurückgekehrt, ebenfalls von einer Mission erfüllt war: mit an der neuen sozialistischen Demokratie zu arbeiten.

Wenige Wochen später sah ich Rudolf Greulich im oberbayerischen Bad Aibling, wohin uns die Amerikaner zur endgültigen Entlassung gebracht hatten, wieder. Die ehemaligen Hangars eines Flughafens, in denen wir wie die Kaninchen hausten und auf unsere Entlassungspapiere warteten, waren die letzte Station. Es war ein sonniger kalter Vorfrühlingstag, und man konnte die Berge sehen.
Bei der Essensausgabe traf ich ihn. »Was ist los?« fragte er. »Hast du deinen Berlinantrag schon gestellt.?«
Ich wollte nicht nach Berlin und hatte es nicht getan. Man konnte nur nach Berlin entlassen werden, wenn man sich verpflichtete, als Polizist bei den Berliner Behörden zu arbeiten. Das war irgendeine der unverständlichen Abmachungen zwischen den vier Besatzungsmächten.
Er sah aus, als fiebere er. Seine Bewegungen waren hastig, seine Augen glänzten. »Du meldest dich sofort«, sagte er. »Vielleicht fährst du schon morgen mit mir nach Berlin.«
»Sieh mich mal an«, versuchte ich es ihm auszureden, »kannst du dich mir in einer Polizeiuniform vorstellen, ohne zu lachen?«
»Das ist gleich. Es ist doch nur ein Vorwand. Vielleicht kommst du zur Kriminalpolizei, was weiß ich. Oder in einen anderen Dienst. Wir brauchen jeden, verstehst du, jeden! Es ist eine Sünde, die kostbare Zeit hier zu verplempern und zuhause warten sie auf uns ...« Er wurde wieder mißtrauisch. »Oder hast du noch einen anderen Grund, nicht nach Berlin zu gehen?«
»Ich muß vorher noch einen Brief abgeben.« Aber das Entscheidende war: ich war schon lange fertig mit der kommunistischen Partei. Ich wollte nichts mehr damit zu tun haben. Aber es war sinnlos, es ihm erklären zu wollen. Mein Freund

hätte mich nicht verstanden. Für ihn war allein wichtig, an der Seite der alten überlebt habenden Genossen das sozialistische und freie Deutschland aufzubauen, das Land, von dem er im Zuchthaus geträumt hatte, und von dem er glaubte, daß die Zukunft ihm gehörte.

Dann sah er über die Masse der Mitgefangenen hier und sagte: »Eine ungeheure Menge nicht denkender, aber guter Leute. Arbeiter, Angestellte, Bauernjungen. Wir müssen sie in den Griff bekommen, ihre Hirne sind durch den Hitlerscheiß verklebt. Sie gehören zu uns, wir müssen sie zurecht kneten. Sie sind nicht schlecht, man muß ihnen nur klarmachen, was wirklich gut ist für sie. Das war im März des Jahres 1946. Er fuhr zwei Tage später nach Berlin. Ich fuhr nach Dietramszell. Ich sollte ihn erst im nächsten Jahr in Berlin wiedersehen.

8. August 1947 Um die noch zu erwartenden heißen Wochen mit Getränken zu überbrücken, haben die zuständigen Stellen die Streckung des Dünnbiers von 1,7 % Stammwürze auf 0,6 % angeordnet.

17. Mai 1947 In einem Aufruf warnt der Bayerische Gewerkschaftsbund vor Streiks und Demonstrationen wegen der Ernährungslage, wie sie vor allem im Ruhrgebiet in den letzten Tagen stattfanden. Die Lage würde dadurch nur noch verschlechtert.

28./29. Mai 1946 In Landsberg werden 28 zum Tode verurteilte SS-Führer des Lagers Dachau durch den Strang hingerichtet.

Heiner Ledig-Rowohlt war der erste Besucher in der neuen Wohnung, Schellingstraße achtundvierzig, gewesen, der zweite war der junge, schöne und vielversprechende Poet Wolfgang Bächler (»Schräg im Nichts«). Er blieb länger.
Wir wußten gar nicht, wie viele Freunde wir auf einmal hatten. Sie kamen von überall her, nicht nur aus Deutschland. Emigranten waren darunter, die in ihrer alten Heimat neuen Anschluß suchten. Die meisten aber kamen aus Deutschland, aus allen Besatzungszonen. Sie hatten keine feste Bleibe, es gab kaum Hotels, es gab keinen Platz, an dem sie sich aufhalten konnten. Autoren waren darunter, die wir durch den *Ruf* kennengelernt hatten, und Menschen, die wir erst durch unsere Wohnung kennenlernten. Unsere Wohnung lag mitten in München, und sie gaben sich gegenseitig die Adresse. Unter unseren Gästen, die bei uns schliefen, aßen, ein Fest mit uns feierten oder einfach nur ein Gespräch suchten, waren Horst Lange mit seiner Frau Oda Schaefer, Luise Rinser, Gunter Groll, Fritz Kortner mit seiner Frau Johanna Hofer, Jürgen von Hollander, Hans Josef und Edith Mundt, Hans Georg

und Susanne Brenner, Wolf-Dietrich Schnurre, Erich Kästner, Walter Kiaulehn, Joseph Rovan, Armin und Hildegard Eichholz, Hermann Kesten, Inge Scholl, Walter Mehring, Franzjosef Schneider, Walter Bauer, Bastian Müller, Walter Maria Guggenheimer, Ulrik Schramm, Nikolaus Sombart, Milo Dor, Ilse Schneider-Lengyel, Wolfgang Weyrauch, Arnold Bauer, Franziska Violet, Theo Pirker, Horst Mönnich, Professor Carl Winnacker, Alfred Kantorowicz, Gustav René Hocke, Nino Erné, Ernst Geitlinger, der Psychiater Dr. Erich Tripp und seine Frau Eva, Richard Ott, Herbert und Annelie Hohenemser, Rudolf Schlichter und natürlich Günter Eich, Alfred Andersch sowie Hans Werner und Toni Richter. Es sind nicht alle. Wenn ich daran denke, daß zur Feier von Hans Werner Richters vierzigstem Geburtstag über achtzig Menschen in der Schellingstraße 48 waren, die fast alle irgendeine Rolle spielten in jenen Jahren und viele auch heute noch. Wir holten den kleinen Dietram, den Isolde mit in die Ehe gebracht hatte, von den Großeltern und machten uns etwas Sorgen, wie der knapp Vierjährige mit den vielen kommenden und gehenden Menschen in unserer Wohnung fertig werden würde. Aber das nahm er ganz selbstverständlich. Viele unserer Gäste hatte er sehr gern, vor allem Günter Eich.

Ein Problem waren die Gefahren der Straße, auf die er nur zu gern hinunter ging. Er hatte dort eine für ihn ungeheuere abenteuerliche Entdeckung gemacht: die kleine dampfgetriebene Lokomotive, die, schnaufend und ständig bimmelnd, die kleinen mit Schutt beladenen Loren von irgendwoher nach irgendwohin schleppte. Und das vor seinen Augen, mitten auf der Straße! Lange konnte er auf dem Bürgersteig stehen, ein paar Meter nur von dem kleinen, aber langen Trümmerzug entfernt, und konnte diesem kleinen Wunderding zuschauen, wie es lärmend an ihm vorbeihastete. Die Erwachsenen schauten sie kaum an, sie hatten ihren Hunger und die Furcht, das Überleben nicht zu schaffen, im Kopf. Aber für den vierjährigen Dietram, dem diese Furcht ganz fremd war, wiederholte sich hier täglich aufs neue ein herrliches Abenteuer. Ein Erlebnis, das er nie vergessen hat.

Günter Eich hatte ich im Zug auf der Fahrt zu einer Tagung der *Gruppe 47* kennengelernt. Hans Werner Richter hatte ihn eingeladen. Wir gingen aufeinander zu und kannten uns. So etwas gibt es. Das wenige, was ich vorher von ihm wußte, hätte nicht genügt, in ihm den Menschen zu erahnen, der er war. Er sah nicht wie ein Dichter aus, eher hätte man in ihm einen kleinen pflichtgetreuen Schalterbeamten bei der Post oder einen Bankangestellten gesehen. Ich könnte auch heute noch nicht sagen, was mich so spontan zu ihm gezogen hatte. Ich weiß nur noch, daß er gleich nach der Tagung seine erste Nacht bei uns verbrachte.

Eich hatte es nach dem Krieg in das Dorf Geisenhausen in der Nähe der niederbayrischen Stadt Landshut verschlagen, wo er mit seiner ersten Frau bei der Familie Schmid wohnte. Die Schmids hatten ein Eisenwaren- und Elektrogeschäft, und er, der wie jeder andere entlassene Soldat nichts besaß, wurde von der Familie wie ein Sohn aufgenommen. Später, als wir ihn dort des öfteren besuchten, bemerkten wir, daß die ältliche, freundliche Frau Schmid und ihre Kinder den aufgenommenen Gast wie einen besonders verehrungswürdigen Menschen behandelten, den das Schicksal dankenswerterweise gerade zu ihnen geführt hatte. Dies war um so erstaunlicher, als es eine kleinbürgerliche und streng katholische Familie war, die wenig oder gar nichts mit Literatur verband. In diesem Hause herrschte eine Atmosphäre, die durchdrungen war von Christlichkeit und Güte, die auch uns sofort gefangennahm. Zum ersten Mal in meinem Leben habe ich mit dieser Familie vor und nach dem Essen am Tisch gestanden und gebetet. Ich hatte an einem solchen Ritus noch nie teilgenommen und war wohl beim ersten Mal etwas verlegen, aber der Protestant Günter Eich aus Lebus an der Oder und unser kleiner Sohn Dietram nahmen es, als hätten sie es nie anders getan.

Während in dieser Zeit die meisten Menschen nur an den Kampf ums Überleben dachten, in der Welt schon wieder neue Kriege tobten oder vorbereitet wurden, herrschte in diesem Hause ein fröhliches und hoffnungsvolles Leben, dem sich niemand entziehen konnte. Hier schrieb Günter Eich auch, bevor er seine aufrüttelnden Gedichte und Hörspiele schrieb, Verse von ergreifender Schlichtheit wie:

Abends am Zaun
Am Abend duftet holder die Kamille
vom Feldrain her. Der Posten bläst ein Lied
auf seiner Okarina. Gottes Wille
im Glanz des Abendsternes sich vollzieht.
Wie viele doch sind nun für immer stille,
die gerne sich erfreut an Stern und Lied!
Nun sind sie selbst darin und Gottes Wille
in Glanz und Duft und solcher Abendstille
geschieht.

Welch ein Geschenk, mit so einem bedeutenden Menschen zusammen zu wohnen! Er kam aus Geisenhausen nach München, weil er Kontakt mit Radio München aufnehmen wollte, oft blieb er länger bei uns. Manchmal wurde ich eifersüchtig auf seine Vergangenheit, auf die Freunde, mit denen er bis zum Kriege zusammen gewesen war. Ich hätte ihm zu jener Zeit nichts zu bieten gehabt als meinen politischen Klassenkampf und meine Wörter, die nicht die seinen waren.
Einmal ging ich mit ihm über den Alten Nördlichen Friedhof an der Arcisstraße. Ein Regen hatte gerade aufgehört, und die Linden, die den Krieg und die Abholzungen in dem kalten Winter überstanden hatten, dufteten. Zwischen den zerwühlten, geschändeten Grabstätten wuchsen Unkraut und Gras. Günter Eich blieb stehen und sagte: »Der Duft der Linden ...« Über sein Gesicht liefen Tränen, und erst nach einer Weile des Schweigens fuhr er fort: »Immer wenn ich ihn wahrnehme, kann ich nicht anders als weinen.« Er war ein sehr weicher Mensch.

An diesem Tage wurde ich zu Hans Wallenberg bestellt. Ich ahnte nicht, was mir bevorstand. Nachdem ich Platz genommen hatte, während er wie immer in Manuskripten wühlte,

sah er plötzlich auf, und ich erkannte die Angriffslust in seinem Gesicht.
»Sie sind doch ein Gegner Hitlers gewesen?« fragte er. Ich nickte. Es lag etwas in der Luft, wußte ich jetzt. Er war ein schlauer Fuchs, und ich war ihm nicht gewachsen. Dann kam seine zweite Frage: »Und Sie waren doch auch gegen diesen von Hitler angezettelten Krieg?«
Wieder nickte ich.
»Und gegen seine Helfer?«
»Warum kommen Sie jetzt damit, Herr Wallenberg? Sie wissen doch ...«, begann ich.
Er unterbrach mich, kramte ein Blatt Papier hervor und sagte ohne aufzublicken: »Morgen werden zwölf dieser Helfer in Landsberg am Lech hingerichtet.«
Jetzt stand ich auf, Angst drückte mir die Kehle zu. Ich konnte nichts sagen; denn ich wußte, was er wollte.
»Setzen Sie sich doch wieder«, sagte er mit einer Stimme, die ich an ihm nicht kannte. Er sah mich an, hielt seinen Kopf schief, dicht über der Schreibtischplatte, die Augen waren halb geschlossen, der Mund leicht geöffnet. Was wollte er von mir? Ich hatte nichts getan, und ich wollte in dieser Minute nichts mit ihm zu tun haben. Aber ich konnte nicht einfach türmen ...
Ich murmelte: »Ich habe mit diesen Leuten nie etwas zu tun gehabt, Sie wissen es. Und ich weiß auch, was Sie wollen ...«
Dieses Gesicht! Warum blickte er mich so schmerzvoll und leidenschaftlich zugleich an? Ich hatte keinen Schuldschein ausgefüllt, und er durfte nichts von mir verlangen. »Schicken Sie einen anderen, bitte«, sagte ich leise.
Da fing er an zu lachen, sein Gesichtsausdruck wurde freundlich. »Immer mit der Ruhe. So nehmen Sie doch endlich wieder Platz! Ich wollte nichts, als von Journalist zu Journalist mit Ihnen sprechen. Und Sie tun so, als wollte ich Ihnen Angst machen.« Er erhob sich und ging, nachdem ich mich wieder gesetzt hatte, in seinem großen Zimmer auf und ab. »Eine journalistische Arbeit, nichts anderes. Ein Auftrag. Sie fahren hinaus und berichten Tatsachen. Was kann es einfacheres für einen guten Reporter geben? Sie wissen doch: Berichten, was

ist, und kein Wort mehr. Die Meinung sagen andere, die geht Sie nichts an. Wir sind eine gute Zeitung, die streng zwischen Nachrichten und Meinung trennt ...«

So ging es weiter, viel zu lange; denn ich kannte das Folgende bereits. Er hatte trotzdem noch immer nicht direkt gesagt, was er wollte; aber es war auch nicht mehr notwendig.

Ich faßte mich schnell. Er sollte seinen Bericht haben. Drükken würde ich mich nicht.

»Na? fragte er nun scheinbar gleichgültig.

»Ich fahre.«

»Hier sind Ihre Ausweise. Der Chauffeur wird sie morgen abholen. Lassen Sie sich in der Kantine Ihre Verpflegung für den Tag geben.« Sein Gesicht war wieder so gelassen wie immer. »Es ist ja nicht weit. Und kommen Sie gut zurück.«

Manchmal war ich auf meinen Reportagen tagelang unterwegs, dann bekam ich Verpflegung mit: Weißbrot, eine Dose Cornedbeef oder Spam, Schweinefleisch auf amerikanische Art, und eine Handvoll Tee oder eine Portion Neskaffee. Man gab mir stets reichlich mit, und ich zweigte vor der Fahrt die Hälfte für zu Hause ab.

Max, einer unserer Chauffeure, war bekannt dafür, daß er selten sprach. Er sagte auch nichts, als er mich nach Landsberg fuhr. Erst vor dem Tor der Festung fragte er mich: »Wie lange wird es dauern?« Natürlich wußte er, was hinter den Mauern vor sich gehen würde. »Ich habe keine Ahnung«, antwortete ich.« – »Okay«, sagte er, »ich habe meine Verpflegung bei mir. Ich werde ab Mittag im Mohrenbräu sein.« Dann fügte er mürrisch hinzu: »Viel Vergnügen« und fuhr davon.

Nachdem ich meine Ausweise vorgezeigt hatte, fiel das Tor hinter mir ins Schloß, der Soldat mit dem amerikanischen Stahlhelm sagte: »Gehen Sie links hinauf«, und ich ging ein paar Schritte über die runden Pflastersteine. Draußen hatte die Sonne geschienen, und es war warm gewesen, aber im Dämmer des Gewölbes hinter dem Tor fing ich augenblicklich an zu frieren. Ich ging schnell die paar Stufen links hinauf.

Auf mein Klopfen öffnete sich die Tür, und ein Mann sagte noch einmal: »Zeigen Sie Ihren Ausweis.«
In dem großen Zimmer saßen ein paar Journalisten. Sie rauchten und unterhielten sich mit unterdrückten Stimmen. Das Zimmer war kahl und unfreundlich, es roch nach Karbol und Gottlosigkeit, zwischen den hochangebrachten Fenstern hingen irgendwelche amtlichen Papiere und ein Kupferstich. Die Rauchschwaden von den Zigaretten der Journalisten krochen an den glatten grauen Wänden hoch und blieben an der Decke hängen. Wir stellten uns nicht einander vor, wir nickten uns nur zu. Die Zeiger der großen Uhr wiesen auf zehn Minuten vor zehn. Wenn die Journalisten an ihren Zigaretten sogen, blickten sie verstohlen auf diese Uhr. Ich versuchte, meine Pfeife anzuzünden, es wollte mir nicht gelingen. Ich dachte: ich muß sie wieder einmal gründlich reinigen und suchte vergeblich in meiner Tasche nach einer Büroklammer. Dann kam ein Soldat herein, er zeigte mit dem Daumen auf die Uhr und sagte: »Meine Herren, es ist soweit«, und wir standen auf und gingen zur Tür. Die Journalisten unterhielten sich weiter, sie warfen die Kippen ihrer Zigaretten auf den Boden und zündeten sich neue an. Wir stiegen die paar Stufen hinunter und stolperten über die runden Pflastersteine des Torgewölbes. Der Mann neben mir fluchte, ich hörte von weit her eine Kommandostimme, der Soldat im Stahlhelm zog an seinem Koppel und sah uns neugierig nach. Wir verließen das Dämmer des Gewölbes und gingen schräg über den engen Gefängnishof. Ein alter Sträfling harkte neben einem Streifen Rasen. Er hob den Kopf, als wir an ihm vorbeigingen, und blinzelte mit den Augen, dann harkte er weiter. Er hatte eine tiefe Narbe über dem rechten Auge.
Wir gingen durch ein zweites Tor, der Weg machte an einer Mauer entlang einen Bogen, wir gingen noch einmal fünfzig Schritte, passierten eine Tür, und dann standen wir plötzlich vor dem Galgen.
Er stand auf einem Gerüst, das Holz war dunkelbraun.
Auf das Gerüst hinauf führte eine steile hölzerne Treppe, um seinen Unterbau war ein schwarzes Tuch gespannt. Keine fünf Schritte vom Galgen entfernt stand der Sarg, es war eine

flache und schmale Kiste aus Zink. Oben auf dem Gerüst standen die beiden Henker, es waren zwei junge Männer. Der eine hatte ein Stück Seife in der Hand und rieb damit den Strick ein, der andere rauchte eine Zigarette und erzählte irgend etwas. Dann hielt der erste mit dem Einseifen inne und prüfte den riesigen Knoten. Sein Gesicht verzog sich dabei angespannt. Der andere prüfte, ohne die Zigarette aus seinem Mund zu nehmen, den Knoten ebenfalls. Sie nickten einander zu wie zwei Handwerker, die ein gutes Stück Arbeit begutachten. Dann holte auch der andere Henker eine Zigarette aus der Tasche und zündete sie an der Zigarette des anderen an, beide rauchten schweigend. Sie sahen rauchend auf uns herab wie zwei gelangweilte Jungen, der erste lehnte sich gegen den Galgen, der andere stand mit den Händen in der Tasche neben ihm.

Es standen ein paar Bäume vor dem Galgen, unter diese Bäume stellten wir uns, wir unterhielten uns leise und warteten. Die Strahlen der Sonne fielen auf meinen Rücken, aber sie wärmten mich nicht. Aus dem brennenden Gelaub über uns fielen ein paar Blätter, sie fielen lautlos auf den sandigen Boden, ein Blatt legte sich auf den flachen Sarg. Dann kam kreischend eine Gruppe Sperlinge angeschwirrt, sie balgten sich lärmend zu unseren Füßen, zwei von ihnen hüpften auf den Stufen des Gerüstes umher, ein anderer segelte auf den Sarg zu. Der schwache Wind, den seine Flügel verursachten, war stark genug, das gelbe Blatt herunter zu wehen. Es legte sich lautlos in den Sand. Plötzlich, ohne Anlaß, stoben die Sperlinge wieder davon. Ich sah sie hinter der Mauer verschwinden. Es war totenstill, als sie weg waren. Hinter dem Galgen standen die kahlen Mauern eines Hauses und über diesem Haus glitten weiße Wolken über den Himmel. Ich dachte: wie lange werde ich euch noch sehen können.

Mit einem Male wußte ich, daß sie kommen. Ich blickte starr geradeaus und wußte, daß sie da waren. Auch die anderen wußten es. Der Journalist neben mir ließ seine Zigarette fallen, ich sah, wie seine Finger zitterten. Die anderen blickten auf das braune Holz des Gerüstes oder nirgendwohin, ihre Finger öffneten sich, und die Zigaretten fielen ebenfalls in den Sand. Die Henker auf dem Gerüst gingen einen Schritt zurück, sie sahen sich an, dann blickten sie wieder nach unten. Die Stille begann zu dröhnen. Ich wußte, daß sie keine zwanzig Schritte hinter uns gingen, aber ich vernahm ihre Schritte noch nicht. Ungeheure Sehnsucht nach dem Gezirpe der Sperlinge ergriff mich, ich dachte: hoffentlich fällt wieder ein Blatt, aber es fiel kein Blatt. Es war unsinnig, die Wolken zu zählen, ich starrte auf den Galgen und auf die beiden jungen Männer, und ich hörte mein Herz klopfen und das Klopfen der Herzen der Journalisten, und ich sah auf die fallengelassenen, sinnlos rauchenden Zigaretten und auf das gelbe bewegungslose Blatt neben dem Zinksarg.

Keine zwanzig Schritte hinter uns kamen sie gegangen. Ich versuchte, mit aller Gewalt geradeaus zu sehen, und dann hörte ich sie deutlich, ich hörte den leisen schlurfenden Laut, mit dem ihre Füße den Sand berührten, und ich hörte die leise monotone Stimme des Geistlichen. Ich konnte es nicht mehr aushalten und drehte ganz langsam den Kopf, ich wagte es nicht, ihn schnell herumzudrehen, und ich sah sie sich von der Wand der Zuchthausmauer lösen und langsam auf uns zukommen.

An der Spitze ging der, der gehenkt werden sollte, und neben ihm ging der Geistliche. Der Geistliche hatte einen weißen Spitzenüberwurf über seiner Soutane und trug ein schwarzes Gebetbuch in den Händen. Es war ein großer dicker Mann, er ging in feierlichem Gleichschritt mit dem Todgeweihten und murmelte ununterbrochen Gebete. Sein Gemurmel begann, die unaushaltbare Stille zu übertönen, und obwohl ich die Worte nicht verstand, begannen sie wie mit Keulen auf mich einzuhauen, sie zerrissen den blauen Himmel und die Flammen der Bäume, unter denen wir standen. Jeder Laut schien mich zu zerstechen und zu zermalmen. Die gemurmelten Laute klangen fürchterlicher als der unheimliche Laut, mit dem die Füße über den Sand schlurften. Ich dachte gelähmt: es muß so sein, ein Geistlicher muß dabei sein und neben ihm gehen und sprechen, jeder arme Sünder hat das Recht, einen Geistlichen neben sich zu haben in seiner letzten Stunde und auf das Gedröhn seiner Schritte zu hören.

Dann sah ich die Gesichter der anderen. Sie gingen direkt hinter ihm, riesige Männer mit ernsten feierlichen Gesichtern, die Büttel, und wieder andere mit Menschengesichtern und herabhängenen Armen und gekauften Anzügen. Sie gingen alle im gleichen Schritt wie der gefesselte Mann im rostroten Totenhemd, der sie anführte. Ihre Schritte schlurften gleichmäßig über den Sand, und die Melodie, nach der sie marschierten, waren die dröhnenden unverständlichen Worte des großen dicken Mannes im weißen Spitzenüberzug, der ein fremdes Gesicht hatte und ein Gebetbuch in den Händen hielt.
Ich wandte das Gesicht noch mehr und sah das weiße Gesicht des Gezeichneten auf mich zuschweben. Es kam langsam auf mich zu, von der Stirn liefen glitzernde Tropfen kalten Schweißes, seine Augen waren weit aufgerissen, sein Mund zitterte. Er blickte an mir vorbei, er sah auf den Galgen, aber er sah den Galgen nicht, er sah auf die weißen Wolken, aber er sah die Wolken nicht, neben ihm klangen die dröhnenden Worte des Geistlichen, aber er hörte die Worte nicht. Er sah starr in das Nichts, er sah nicht den Tod und nicht das Leben, er sah kein Lachen und keinen Schmerz, er sah keine Freude und keine Trauer, keine Angst und keinen Triumph, er sah durch alles hindurch, er sah das Nichts, seine Augen starrten in das Leere, sie waren tot.
Ich war nur wenige Meter von ihm entfernt, und das Grauen begann mich zu schütteln, ich hatte Angst vor dem Nichts, und ich wollte seine Augen nicht mehr sehen. Ich wollte den Kopf wieder abwenden, ich dachte: er darf mich nicht ansehen! da war er auch schon dicht bei mir. Das feierliche gleichmäßige fürchterliche Schlurfen der Stiefel im Sande wurde stärker, die Stimme des Geistlichen hieb mit unerträglicher Qual auf mich ein. Ich dachte, ich ertrage es nicht! da wandte er den Kopf und bot mir sein weißes Gesicht. Seine großen toten Augen trafen mich, sein Gesicht schwamm auf mich zu. Der Mörder! dachte ich. Der Rhythmus der Schritte schlug über mir zusammen, die Augen tranken mich, und ich wußte: da oben steht der Galgen, und da oben werde ich sterben, und deshalb dröhnen meine Schritte, und deshalb erschlägt mich die unbarmherzige fürchterliche Stimme.

Der Gurt, den sie mir um den Leib geschnallt hatten, war fest, hinten an diesem Gurt waren zwei Riemen befestigt, und diese Riemen waren um meine Handgelenke geschnallt, und ich konnte sie nicht bewegen. Aber ich fühlte es nicht, ich hörte nichts als den donnernden Rhythmus der Füße im Sande und die Unbarmherzigkeit der Stimme. Ich vernahm das Geräusch, aber ich ging nicht, meine Füße konnten nicht gehen, es schob mich vorwärts, ich flog langsam auf den Galgen zu, auf die hohe steile Treppe, ich flog ganz langsam, meine Eingeweide zogen mich, in meinem Hals saß etwas, das mich zog, es war, als sollte ich fallen, aber ich fiel nicht, meine Beine schlurften weit hinter mir her, ich glitt mit auf dem Rücken gefesselten Händen, mit eisigem gefrorenem Gesicht und mit schmerzenden Lenden auf den Tod zu.
Er griff nach mir, seine Hand fuhr über mein Gesicht, und ich hörte seine graue Melodie. Ich fühlte, es tut nicht weh, da schoß mir das heulende Blut in den Schädel, ich glaubte, er würde zerplatzen, meine Füße kamen wieder zu mir, meine Eingeweide kehrten zurück, mein Hals saß dort, wo er sein sollte. Der Weg war weit, und doch schoß die braune Treppe auf mich zu, es waren nur wenige Schritte, ich dachte: Wenn ER jetzt hier wäre, würde ich ihn nicht erwürgen, jetzt erwürgt er mich, und die Orgel braust. Mein Gott, hier gehe ich und kann nicht anders, und da ist diese verfluchte Treppe, und daneben ist der Sarg, und mein Schritt klingt wie das Donnern aller Maschinen, und wenn ich jetzt schreien würde, weil mir die Augen zerfressen werden, dann geschieht nichts, gar nichts geschieht, und ER kommt nicht die Stufen herunter und legt seine Hand auf meine Stirn und sagt, stehe auf, mein Sohn, fürchte dich nicht, denn ich bin bei dir, und du hast einen bösen Traum.
Da war die Treppe, und vielleicht glaubten sie, ich ginge nicht hinauf; denn sie griffen um meine Oberarme und schoben mich, aber ich ging schnell hinauf, und meine Schritte knallten auf das Holz, aber ich hatte keine Beine, und meine Brust schleifte über die Erde, und es war mein Blut, das auf das Holz hieb, und es war meine Nase, die das Holz roch, und es war meine Zunge, die den Sand schme-

ckte. Ja, Herr Pfarrer, Sie haben recht, Herr Pfarrer, bald werden wir vor SEINEM Angesicht stehen, und ich werde ihm alles erklären, aber die Riemen, Herr Pfarrer, die Riemen schneiden in meine Handgelenke wie damals, als wir Indianer spielten, und sie fesselten mich an den Baum, und es roch nach Laub und Schweiß, und ich konnte das Einmaleins nicht mit der neun. Jawohl, gehe hin und wandle. Sie drehen mich um und schnallen mir auch die Füße fest, und alles wird naß, und mein Herz schlägt noch immer, und vor mir hängt das brennende Rot der Bäume. Jawohl, ich habe verraten und gepeinigt und falsches Zeugnis abgelegt, und sein Blut wird über mich kommen, jetzt; denn ich tat es tausendmal. Und das ist der Preis für das verfluchte Leben, und der Strick riecht nach Seife. Zieht die Kapuze über mein Gesicht, ja, Herr Pfarrer, ich weiß, oben drin ist ein Loch, damit die Seele entweichen kann. Ich aber sage Ihnen, Sie hätten es auch getan, ich sehe es hinter dem schwarzen Tuch, Sie hätten es auch getan. Mein Leib zerreißt und mein Kopf zerplatzt –
Und ich sah ihn fallen.
Der Geistliche machte das Kreuz über ihn und sagte: »In Ewigkeit, Amen.« Die Klappe fiel, der Strick fing sich, und sein Genick zerbrach wie ein trockener Ast im Winter. Der Geistliche kam langsam die Stufen des Gerüstes herunter, seine Schritte waren lautlos. Die Journalisten hüstelten leise und sahen einander mit leeren Gesichtern an. Im Sande glimmten noch immer die von ihnen weggeworfenen Zigarettenstummel.

Als ich von der Festung runter in die Stadt ging zu der Gaststätte, in der der Chauffeur Max auf mich wartete, fand ich ihn, wie er mit der Kellnerin schäkerte, aber als er mich erblickte, verdüsterte sich sein Gesicht. Er erwiderte kaum meinen Gruß.
Während der Hinfahrt hatte ich neben ihm gesessen, aber auf der Fahrt zurück nach München zog ich es vor, hinten zu sitzen; ich wollte allein sein nach diesem Erlebnis. Erst kurz vor München begann er unvermittelt zu sprechen. Ich dachte

erst, er spräche mit sich selbst, da drehte er sich halb um und fragte laut: »Waren Sie eigentlich beim Militär?«
Dieser Satz traf mich unerwartet, ich war darauf nicht gefaßt. Aber ich wurde mit einem Mal hellwach. Was wollte er von mir? Glaubte er, ich hätte ein schlechtes Gewissen, oder war er nur betrunken? Sollte ich ihm meine ganze Geschichte erzählen, was ging sie ihn an?
»Na und?« fragte ich nach einer Weile zurück.
Er wartete, dann sagte er: »Auch in Rußland?«
»Nein«, erwiderte ich und hätte eigentlich »Gott sei Dank« hinzufügen müssen. »Ich war in Jugoslawien und Italien.«
Er schwieg eine Weile, starrte stur geradeaus, und ich hoffte, unser Gespräch wäre damit beendet; da schrie er plötzlich: »Was die da in Landsberg machen, ist nichts als eine Schweinerei! In Rußland war das ganz was anderes! Da ging es rund.« Und dann noch lauter schreiend: »Alles eine Schweinerei, was diese Scheißamerikaner da machen. Die Leute aufhängen, einfach so. Vielleicht haben sie gar nichts getan. Aber einfach aufhängen, Rübe runter, nur weil sie die Sieger sind!«
Jetzt hätte ich fragen müssen: »Und die Deutschen in Rußland und Polen?« Aber ich sagte nichts, es war mir unmöglich, noch etwas zu sagen. Was wurde nicht alles gesagt und geschrieben in diesen Tagen, und was hatte es für einen Sinn?
Erst vor meiner Haustür sagte er ziemlich kleinlaut und ohne den Kopf zu drehen: »Sie erzählen doch nichts dem Chef, oder?«
»Was denn?« fragte ich bedrückt.
»Na das, was ich über die Amerikaner gesagte habe.«
»Fällt mir nicht ein. Da können Sie ganz beruhigt sein.«
»Vielen Dank auch.«

Ich ging hinauf in unsere Wohnung. Es war niemand da. Auf dem Tisch lag ein Zettel: »Wir sind alle nach Geisenhausen gefahren. Hole dich am Bahnhof ab. G.«
Ich hatte das Fenster geöffnet. Über der fürchterlich zugerichteten Stadt hing ein gelbgrüner Himmel, es wurde Abend.

Und während ich hinausstarrte, hatte ich ein merkwürdiges Erlebnis. Ich hörte Schritte hinter mir, und als ich mich umdrehte, sah ich den Mann im rostroten Hemd, der mich unter dem Galgen angesehen hatte. Sein Gesicht war ebenso weiß und ebenso ausdruckslos, wie es ein paar Stunden vorher gewesen war. Ich erschrak nicht. Wir standen uns eine Weile gegenüber, und er sagte nichts. Dann drehte er sich um und verschwand. Ich wollte ihn zurückrufen, ich wollte ihm etwas sagen, aber er war verschwunden. Wollte er mich oder wollte ich ihn um Verzeihung bitten? Ich kann es auch heute noch nicht sagen.
Ich fuhr nach Geisenhausen zu Günter Eich und erzählte ihm von diesem Erlebnis. Er hörte mir schweigend zu. Wir haben auch später nie darüber gesprochen.
Bei den Schmids war es schön und harmonisch wie immer. Wir spielten eine Weile Rommé, dann versuchte sich die älteste Tocher Olga mit Kartenlegen und Tischrücken. Frau Schmid saß wie immer in ihrem Lehnstuhl und sah uns gutmütig lächelnd zu. Sie brachte uns nach dem Nachtgebet irgendwo unter. Platz gab es immer in dem alten Haus.
In dieser Nacht schlief ich fest und tief. Ich hatte keinen Traum.

25. April 1945 Die Spitzen der amerikanischen und sowjetischen Truppen treffen bei Torgau an der Elbe zusammen.

1946/47 In allen Filmtheatern wird der Film ›Die Todesmühlen‹ aufgeführt. Der Film zeigt die von den Nationalsozialisten in den Konzentrationslagern begangenen Verbrechen. Er wurde von den Alliierten nach ihrem Einmarsch an den Tatorten selbst aufgenommen.

9. Juli 1946 Der Direktor der Stadtbibliothek, Hans Ludwig Held, erhält von der Philisophischen Fakultät der Universität München die Würde eines Ehrendoktors verliehen.

In Camp Ruston, Louisiana, war Captain Mitchel der Lagerkommandant gewesen. Er war im Zivilberuf Dozent an einem College, ein gebildeter und humaner Mann, der seine Ruhe liebte und zufrieden war, wenn es im Lager keinen Ärger gab. Mit ihm konnte man reden, er war beinahe immer freundlich und zuvorkommend zu uns Gefangenen. Von uns allen und ebenso von seinen Soldaten wurde er sehr geschätzt. Ich glaube, ihn richtig einzuschätzen, wenn ich sage, daß er ein liberaler Demokrat gewesen ist, sofern man diesen politischen Begriff von Europa auf die Vereinigten Staaten übertragen kann. Alfred Andersch war damals ein begeisterter Anhänger Franklin D. Roosevelts, ein Verfechter seiner New Deal-Politik, besonders aber der vom Präsidenten angeregten Verhandlungen der Gewerkschaften und der Unternehmer. Wir lasen die in New York erscheinende deutschsprachige *Neue Volkszeitung,* insbesondere die Artikel des ehemaligen Chefredakteurs des *Vorwärts,* Friedrich Stampfer. Artikel der amerikanischen Zeitungen und Zeitschriften mußte ich für meine Mitgefangenen übersetzen.

In Olmstead Field, Pennsylvania, gab es gleich zu Anfang Schwierigkeiten bei der Beschaffung der *Neuen Volkszeitung*. Der dortige Lagerkommandant, Captain Hockoly, war eine andere Art Mensch als Captain Mitchel. Ich habe nie erfahren, was er im Zivilleben tat, wahrscheinlich aber war er Berufssoldat. Er kam aus dem Süden der Staaten.
Für ihn war das Stampfer'sche Blatt ein kommunistisches Pamphlet, die *New York Times* ein von Juden geleitetes Schmierblatt ... Als ich ihn bat, uns die Erlaubnis zu geben, eine Lagerzeitung zu machen, sagte er nur: »No permission!« Er brüllte jeden Versuch nieder, auch nur von einer Konvention zu sprechen. »Some fuckin' ideas of som fuckin' troublemakers!«
Aus der Traum also.
Dieser Captain Hockoly war Mitglied der faschistoiden »Silvershirts« und haßte uns alle von vorneherein. Da wir bei der Transferierung als Antinazis deklariert worden waren, war unser Empfang durch ihn kein emphatischer. Er ging mit schiefgelegtem Kopf um den Haufen herum, brüllte sofort los, wenn bei dem einen oder anderen die Schnürsenkel zu lang waren oder die Mütze schief auf dem Kopf saß, und drohte mit Bestrafung, immer wieder mit Bestrafung.
Die alten Landser ließen alles gleichmütig über sich ergehen (»Auch Scheiße hat ihren Geschmack«), sie waren abgestumpft, hatten andere Offiziere erlebt als diesen Captain Hockoly. Aber die ganz jungen, die gerade den Kasernendrill oder den Arbeitsdienst hinter sich hatten und die von der Front direkt in die Gefangenschaft geraten waren, begannen von vorneherein an der amerikanischen Demokratie zu zweifeln.
Am 12. April des Jahres 1945 starb der amerikanische Präsident Franklin D. Roosevelt in Warm Springs im Staate Georgia. Meine Mitgefangenen und ich erlebten diesen Tag im Lager Olmstead Field in Pennsylvania. Alle, junge und alte, waren bedrückt. Jeder fühlte, daß etwas Böses auf uns zu kam.
Die amerikanischen Soldaten gingen leise sprechend und mit ernsten Gesichtern an uns vorüber. Unser Abendessen im

Speisesaal verlief ohne das übliche Gelächter und Geschrei. Abends saßen wir auf unseren Bänken und schauten den Leuten jenseits des Stacheldrahts auf der Straße zu.
Draußen gingen junge Menschen vorüber und wischten sich die Tränen aus den Augen. Zwei Männer fielen sich in die Arme. Andere blieben stehen und drückten einander stumm die Hände. Eine Frau, die ihr Kind an die Brust gedrückt hielt, rannte, ohne den Verkehr zu beachten, schluchzend die Straße entlang.
Ich hätte nie geglaubt, daß Menschen so offen ihre Gefühle ausdrücken. Was hatte Franklin D. Roosevelt für sie bedeutet?

Während die Menschen in Deutschland hungerten und froren, lebten wir wie die Made im Speck in amerikanischer Gefangenschaft. Ich weiß es genau; denn ich reichte jeden Tag die Liste mit den benötigten Lebensmitteln, die mir der Küchenbulle übergab, an die zuständige amerikanische Dienststelle weiter. Der betreffende Offizier unterschrieb, ohne auch nur einen Blick auf diese Liste geworfen zu haben. Es spielte überhaupt keine Rolle, ob ich zwei Zentner Butter, zwei Säcke oder zehn Säcke Zucker, einen oder fünf Zentner Fleisch notierte, die Amerikaner schien es bei ihrem unglaublichen Überfluß nicht zu interessieren. Wir speisten so gut, daß es sich bei den amerikanischen Offizieren herumsprach. Oft kamen sie, nachdem wir den Speisesaal geräumt hatten, zu uns herüber. Sie wollten auch einmal ein gutes Steak, einen zarten Kalbsbraten oder gefüllte Tomaten nach serbischer Art essen. Besonders in Olmstead Field wurde von uns extra dafür gesorgt, daß sie aus unserer Küche gut bedient wurden.
Schon am ersten Tag, nach seiner kurzen Ansprache, erteilte Captain Hockoly auch den Befehl, uns selbst um die Küche zu kümmern.
Ich rief also: »Gelernte Köche vortreten!«
An die dreißig Mann umringten mich. Alle erklärten, gelernte und erfahrene Berufsköche zu sein. Aber der ehemalige Obermaat Wiebke, der die Lagerleitung übernommen hatte, ließ

sie gar nicht erst zu Worte kommen. Er fragte nur: »In welchem Hotel bist du Chefkoch gewesen?«
Der Haufen wurde immer kleiner, fünf Köche, die in großen Häusern Deutschlands gearbeitet hatten, blieben übrig. Wiebke sagte ihnen: »In Louisiana war es nicht möglich, eine wirklich gute Küche zu führen, wir waren einfach zu viele. Hier habt ihr die Möglichkeit, euch zu beweisen. Wie ihr wißt, könnt ihr alles haben, was das Herz begehrt. Ihr könnt bestellen, was ihr wollt, ihr werdet es bekommen. Also zeigt uns mal, was ihr gelernt habt.«
Kaluza, ein beleibter und freundlicher Neuköllner, wurde zum Chefkoch »auf Bewährung« gewählt. Unsere Küche wurde in der Tat exzellent. So viele Hühner, Enten oder Puter hatten die Landser noch nie in ihrem Leben gegessen, sie wurden bald wählerisch.
Selbstverständlich mußten alle Nichtoffiziere arbeiten, aber die Männer arbeiteten aus zwei Gründen gern: nichts ist für einen Gefangenen schlimmer, als den ganzen Tag herumzuhocken und nichts zu tun. Der andere Grund, warum die Männer arbeiteten, war das Geld, das sie für diese Arbeit erhielten. Da waren monatlich die zwanzig Dollar in Kriegsgefangenengeld, wofür sie sich in der Kantine »free of tax« alles kaufen konnten – äußerst billig. Dazu kamen pro Tag zehn Cent vom Roten Kreuz. Was wollten sie mit dem ganzen Geld anfangen? Das Essen war erstklassig, die Unterkünfte peinlich sauber, Zitronen- oder Orangensaft gab's gratis, die Wäsche konnte man wechseln, so oft man Lust dazu hatte. Ich kaufte mir Bücher, obwohl ich mir alle Taschenbücher aus der amerikanischen Bibliothek leihen konnte. Die meisten von uns sparten, um das Lagergeld in der Heimat in Reichsmark umzuwechseln. Das taten sie später auch, aber sie bekamen nur vier Mark für einen Dollar, und für das deutsche Geld konnten sie sich dann nichts kaufen, weil es dafür nichts gab. Sie machten also ein sehr schlechtes Geschäft, nur wußten sie es damals noch nicht.

Im Lager Olmstead Field, Pennsylvania, merkten wir nach dem 7. Mai 1945 sehr schnell, daß der Krieg endgültig zu

Ende war. Captain Hockoly, der uns sowieso schon gezeigt hatte, was eine Harke ist, begann sich zu entfalten. Dieser Mann konnte uns vorher nicht genug erzählen von seinem früheren Lager. »An den Männern von Ihrer SS in diesem Lager war auch nicht das Geringste auszusetzen. Sie hätten mal sehen sollen, wie ihre Gärtchen vor den Baracken ausgerichtet waren, schnurgerade, korrekt. Und das alles freiwillig. Alle Achtung!«

»Was für Gärtchen, Sir?«

»Sie hatten kleine Gärtchen vor den Baracken angelegt, mit Steinen eingegrenzt. Jede Blume stand am richtigen Platz, alles in Ordnung und mit Liebe. Eine Freude für jeden anständigen Soldaten. Ein Pfiff genügte, und sie standen kerzengerade auf der Lagerstraße beim Appell. Von denen könnten selbst unsere GIs lernen. Freude am Dienst. Echtes Soldatentum!«

Dieser Mann begann mir jetzt etwas von seiner »Herrenrasse« vorzuschwärmen. »An und für sich haben *wir* es der Welt ja bewiesen, daß wir seinerzeit, als wir den Westen unseres Landes eroberten, die Avantgarde des weißen Mannes waren.« In dieser Tour sprach er unaufhörlich weiter. Von einem Tag zum anderen nämlich waren die Deutschen für ihn eine Art Untermenschen geworden, nicht wert, mit einem richtigen Amerikaner verglichen zu werden. Ab sofort herrschte ein noch schärferer Ton.

Die amerikanischen Zeitungen brachten die ersten Berichte über die KZ, über die Leichen, die dort gefunden wurden, über die Gaskammern und über die Menschen, die das Grauen in den Konzentrationslagern überlebt hatten. Die Zeitungen brachten diese entsetzlichen Nachrichten täglich mit riesigen Schlagzeilen und fürchterlichen Bildern. Immer neue Bilder kamen, immer neue Berichte. Die Bevölkerung der Vereinigten Staaten fand sich wie zu einem einzigen Aufschrei zusammen. Wir lasen: »Drüben haben sie ihre Gegner und die unschuldigen Menschen, die Polen, Russen und Juden – Männer und Frauen, ja sogar Kinder – wie Ungeziefer vertilgt, und hier, in unserem Lande sitzen die deutschen Kriegsgefan-

genen in aller Herrlichkeit, haben ein schönes Leben und dürfen sich mästen. Es ist allerhöchste Zeit, daß damit Schluß gemacht wird!«
Es hatte keinen Sinn, mit einem Amerikaner darüber zu diskutieren. Die Soldaten, die kurze Zeit zuvor gejubelt hatten: »The war is over! Go home, go home!« blickten zur Seite, wenn ihnen einer von uns entgegen kam, die Leute draußen spuckten vor den Gefangenen aus, wenn diese in ihren Kolonnen das Lager verließen und zur Arbeit gingen. Captain Hockoly erklärte: »Sie haben dieselbe Schuld wie die Leute in Ihrer Heimat. Auch Sie haben gegen unsere Boys gekämpft und Tausende umgebracht. Es geschieht Ihnen recht!«
Ich erklärte meinen Mitgefangenen, daß sich alles verändern würde, weil jetzt ein anderer Wind wehte. Der Holocaust, die Kriegsverbrechen ... Die Zeitungen waren voll davon, die amerikanischen Bürger außer sich. Das ganze Klima hatte sich verändert.
Die deutschen Kriegsgefangenen reagierten zum großen Teil verständnislos. »Ist es das, was sie mit ihrer Demokratie meinen? Sonst haben sie doch ganz anders gesprochen, von Abraham Lincoln zum Beispiel. Sie haben uns ganz schön zum Narren gehalten.«
Ich sollte solche Fragen von dieser Stunde an täglich hören. Die Landser hatten Hunger und fühlten sich verunglimpft von ihren Bewachern.

Von einem Tag zum anderen wurde unsere bis dahin überreichliche Verpflegung umgestellt auf Schweinsohren, nichts als Schweinsohren ohne Zutaten, oder Hirse, ein Teller heißes Wasser mit hundert winzigen Körnern drin. War das ein Essen für die zum Teil hart arbeitenden Männer, die aus dem Wald kamen, in dem sie Bäume gefällt hatten? Kaluza, unser Küchenchef, war unglücklich, wenn die Hungrigen ihn um einen Nachschlag baten. »Wartet ab«, sagte er, »es wird nicht lange dauern, die Leute sind eben empört, weil sie das von den Konzentrationslagern gelesen haben ...« Er wurde niedergebrüllt: »Was gehen uns die Juden an? Ich habe noch nie einen gesehen!«
»Ich kann nichts tun.«

Captain Hockoly hätte diese ganze Verpflegungsgeschichte auch anders behandeln können, ich sprach darüber mit amerikanischen Offizieren, die derselben Meinung waren. Aber sie schwiegen, wenn sie mit ihm zusammen waren. Wer wollte schon in diesen Tagen ein Wort für die deutschen Kriegsgefangenen einlegen?
Nach den Essensbeschränkungen kam noch ein schwarzer Tag. Sie nahmen uns alle Tabakwaren aus der Kantine. Eine Zeitlang gab es überhaupt nichts zu rauchen. Dann wurde ein Zentner Kautabak geliefert, glitschig und schwarz. Sie wollten es uns zeigen. Es war ja nicht so wie bei den Gefangenen in Rußland; das Land dort war von den Deutschen bis zur Wolga verwüstet worden, und die Russen hatten selber nichts. Die Amerikaner zeigten uns, daß sie alles im Überfluß hatten und daß sie uns trotzdem nichts davon abgeben wollten.
Der für die Verpflegung verantwortliche Offizier sagte zu mir: »Sie beschweren sich über das Essen? Was haben denn die Leute in Ihren KZs zu fressen gekriegt?« Ich murmelte etwas von einer Genfer Konvention, und er fuhr mich an: »Und die in Auschwitz, in Theresienstadt und Buchenwald, was hatten die für eine Konvention?«
Captain Hockoly beließ es nicht nur bei der Rationierung des Essens und der Genußmittel. Bisher hatte es für alle, die etwas ausgefressen hatten, die gleiche Strafe gegeben: die berühmten zwei Wochen bei Brot und Wasser, das war in allen Lagern die Norm für irgendwelche Delikte.
Eines Tages kamen aus dem Lager der Amerikaner zwei Schreiner und begannen, direkt über dem Büro, in dem ich arbeitete, einen Verschlag zu bauen. »Das wird euer Bunker«, sagte der eine und der andere: »Schön dunkel, damit ihr euch gut ausschlafen könnt, wenn ihr eure zwei Wochen abzusitzen habt.« Sie bauten also einen Bunker, in den kein Lichtstrahl fiel. Es kam ein Feldbett hinein und ein Stuhl. Der Eimer, der mit hinauf kam, war leer, er sollte täglich mit frischem Wasser gefüllt werden.
Der erste, der hinein kam, war ein Eigenbrötler, ein stiller Junge, der sich mit keinem abgab und stark an Heimweh litt. Er hatte sich geweigert, zum Appell zu erscheinen.

Er hatte den Lagerkoller.
Es war fürchterlich, als zwei GIs den schreienden Jungen in den dunklen Bunker brachten. Der eine, ein geborener Italiener, sagte zu ihm: »Ich schlage dir gleich die Schnauze ein, wenn du nicht aufhörst zu plärren!« Beiden war es unangenehm, so mit ihm umzugehen, man sah es ihnen an. Aber Captain Hockoly, der neben mir stand, grinste: »Zeigt es dem Bastard, wer hier etwas zu sagen hat.« Der hier etwas zu sagen hatte, war er.

Und dann kamen die Filme.
Captain Hockoly sagte wenige Tage später: »Wir haben die Filme von den Konzentrationslagern bekommen, die sie drüben aufgenommen haben. Ich habe sie mir angesehen. Skelette, Verhungerte, das Fürchterlichste, was ich je gesehen habe. Eine Schande für Ihr Land. Ich habe den Befehl erhalten, sie Ihnen und Ihren Kameraden zu zeigen, damit Sie selbst einmal sehen, welche Verbrechen Ihr Land begangen hat, ehe wir die Überlebenden befreiten. Machen Sie einen Anschlag am Schwarzen Brett. Schreiben Sie: Jeder hat an dieser Vorführung teilzunehmen! Verstehen Sie, jeder! Wir wollen doch mal sehen, ob ihnen nicht die Reue in die Knochen fährt.«

Wir hatten im Lager eine Baracke, die den Gefangenen als Freizeitraum diente, es gab eine Theatergruppe und ein kleines Orchester; man konnte, wenn die Stühle weggeräumt waren, auch Tischtennis spielen oder sich sonstwie vergnügen. Zweimal in der Woche gab es eine Kinovorstellung. An den Wänden dieser Baracke hingen die Fotos von amerikanischen Filmstars und Pin-up-Girls. Es war ein beliebter, nach der täglichen Arbeit viel besuchter Raum.
In dieser Baracke sollten wir die in Europa gedrehten Filme über die Konzentrationslager sehen. Der von mir geschriebene Text hing am Schwarzen Brett und war von Captain Hockoly unterschrieben.
Wir hatten alle anzutreten. Schon gleich, nachdem die Bekanntmachung am Schwarzen Brett hing, kamen sie und meldeten sich krank. Sie wiesen auf ihre im Krieg ruinierten

Nerven hin, auf ihre Verwundungen ... Captain Hockoly freute sich offensichtlich, als ich ihm davon berichtete. »Das ist also Ihre berühmte deutsche Disziplin«, sagte er. »Erst etwas anstellen und dann, wenn es schief geht, davonlaufen. Wiederholen Sie den Burschen, was ich bereits angekündigt habe. *Jeder* hat zu erscheinen! Das ist ein Befehl!«

Die Deutschen, ganz gleich, was für eine politische Anschauung sie haben, singen gerne, wenn sie marschieren. Bei uns in Olmstead Field war es nicht anders.

An diesem Tag sang keiner.

Ehe sie zur Freizeitbaracke marschierten, kam eine Gruppe amerikanischer Soldaten und postierte sich neben den Türen. Captain Hockoly gab den Befehl zum Abmarsch, und sie marschierten nicht, sie trotteten zur Freizeitbaracke. Wir setzten uns auf die Stühle, es gab keine Ansprache vorher, die Vorstellung begann. Das, was auf uns zukam, war ein Schock, nicht nur für mich. Ich versuchte, die Augen zu schließen, es nützte nichts; denn die Stimme des Berichterstatters kommentierte das Gezeigte so, daß ich mich von ihr betroffener fühlte als von den nicht gesehenen Bildern. Die Stimme war es, die mich anklagte, mitschuldig am Tod der Gemarterten, der Verhungerten, der Vergasten zu sein. Ich öffnete die Augen und bemerkte die Unruhe meiner Kameraden. Die meisten kannte ich, und ich wußte, daß sich ein Haufen Opportunisten unter ihnen befand, aber ich wußte auch, daß mehr als die Hälfte von diesen fürchterlichen Verbrechen nichts wußte, und daß sie nicht unmittelbar an dem Gezeigten beteiligt gewesen waren. Ich sah, wie sie sich gegenseitig anblickten ... Dann schrie einer plötzlich: »Raus, ich will hier raus!« Er mußte durchgedreht haben.

Das Licht wurde angeknipst, und zwei der an der Tür stehenden GIs zogen ihn aus seiner Reihe und führten ihn hinaus. Das Licht wurde wieder ausgeschaltet, und die Bilder liefen weiter, aber über der Stimme des Kommentators hörten wir alle das Geschrei des Abgeführten.

Als alles vorbei war, trotteten wir in unsere Unterkünfte zurück. Unser Koch, der neben mir ging, sagte: »Das war das Dümmste, was sie hätten machen können. Ich verstehe,

daß sie uns die Untaten Himmlers und seiner Bande vor Augen führen mußten. Jetzt, nachdem sie uns Kohldampf haben schieben lassen, zeigen sie uns so etwas ohne erklärenden Vortrag und mit diesem anklagenden Kommentar. Ich wette, sie haben sich damit selbst einen Bärendienst erwiesen. Wie kann man nur so blöd sein wie diese Kommißköppe.«
Ich konnte trotz allem gut verstehen, daß wir diese fürchterlichen, quälenden Filme ansehen mußten. Ich zweifelte jedoch, ob der Schock so heilsam für die vielen blutjungen Soldaten gewesen war. Und bei den Unbelehrbaren nutzte auch das nichts.
Sicherlich war auch diese absurde Verschlechterung unserer Ernährung nicht die geeignete Methode, insbesondere junge Menschen von den Vorzügen der Demokratie zu überzeugen. Das sah schließlich auch die Army ein. Zumal sich – und das war wirklich überzeugend für die Demokratie – in der amerikanischen Presse Artikel, Kommentare und Leserbriefe mehrten, in denen diese Art der »Umerziehung« scharf verurteilt wurde.
Es vergingen noch einige Wochen, und allmählich erhielten wir wieder die alte üppige Verpflegung.

Wenn ich von unserem Wohlleben in Amerika meinen Freunden in der Schellingstraße erzählte, mußte ich achtgeben, daß nicht der eine oder andere Rußlandheimkehrer in der Nähe war, oder jemand, der Angehörige hatte, die sich noch immer in russischer Gefangenschaft befanden. Für sie, die Angehörigen der armen Kerle, wäre es eine Qual gewesen, vielleicht hätten sie es auch als Verhöhnung empfunden.

Unter den meist anonymen Briefen, die ich aufgrund meiner Berichte in der *Neuen Zeitung* erhielt, hatte einer folgenden Inhalt: »Schreiben Sie lieber mal was von den Dollars, um die uns die USA beschissen hat, und für die wir uns drüben abrakkerten. Gehen Sie doch mal hin zur Bank in der Briennerstraße und sehen Sie sich diese Verbrechermethoden an.«

Ich hatte noch achtzig Gefangenendollar, hatte also einen Grund, zur Bank zu gehen und mir das deutsche Geld dafür geben zu lassen. Als ich hinkam, sah ich einen Haufen Männer, die alle gleich gekleidet waren, mit gefärbten Uniformen, auf deren Rücken und Hosen die weißen Buchstaben PW gestempelt worden waren. Die Männer waren meist außer sich vor Wut, man konnte es ihnen ansehen. Sie hatten ihr Geld noch nicht umgetauscht und verlangten einen höheren Bankbeamten zu sprechen.
»Und du?« fragte mich einer, »hast du auch noch welche von diesen Scheißdollars?«
»Achtzig«, antwortete ich.
»Dafür geben sie dir höchstens dreihundertzwanzig Reichsmark«, sagte er. »Und was kannst du dir dafür kaufen? Vielleicht drei Päckchen Zigaretten, wenn du Glück hast. Bist du dir im klaren darüber, wie die uns angeschmiert haben?«
Ich antwortete nicht.
»Sollen wir nicht geschlossen zum Rathaus marschieren?« sagte er. »Sollen wir nicht den vollgefressenen Lumpen da oben die Meinung geigen? Zwei Jahre arbeiten und dann angeschissen werden, das könnte denen so passen!« Sein Gesicht verzog sich böse, als er leise hinzufügte: »Schießen haben wir ja gelernt.«
Ein paar der anderen Landser hatten sich zu uns gestellt und nickten stumm. Ich wußte schon, daß ich bei diesen Dummköpfen nichts ausrichten konnte. Wer von ihnen dachte schon anders als er? Schließlich sagte ich doch zu dem, der mich angesprochen hatte: »Ich bin froh, daß ich gesund wieder nach Hause gekommen bin.«
Er sah mich verblüfft an, dann sagte er: »Das sind wir doch alle. Aber wie ist es mit deinen achtzig Eiern?«
Ich gab es auf. Warum sollte ich noch nach dem anonymen Brief fragen? Fast jeder von ihnen hätte ihn geschrieben haben können.

Mir war bei dem Wort »vollgefressen« jemand ganz anderes eingefallen, obwohl das nur der erste optische Eindruck und der auch keineswegs zutreffend war.

Man hatte mich ein paar Wochen zuvor eingeladen, Mitglied des Deutschen Schriftsteller-Verbandes zu werden. Ich war zu der angekündigten Sitzung gegangen und hatte ebenda einen Mann kennengelernt, der nicht so aussah, als hätte er etwas mit Schriftstellern zu tun. Eher ähnelte er einer Karikatur von Daumier. Jedenfalls sah er in dieser Zeit aus, als gehörte er zu jenen Menschen, die die letzten Hungerjahre nichts anderes getan hatten, als zu fressen. Er war klein und dick, und hätte man ihn mit einem anderen Menschen vergleichen müssen, dann wäre man sofort auf Sancho Pansa gestoßen, nur trug dieser fette Mensch einen vielleicht zwanzig Zentimeter langen und fünf Zentimeter breiten schütteren Bart am Kinn, der waagerecht in die Luft stieß und den sein Herr Don Quixote getragen haben könnte. Eine aparte Mischung also. Dieser kleine Mann saß schweigend in der ersten Reihe.
Ich hatte mich bei dem Vorsitzenden der Zusammenkunft, es war Rudolf Schneider-Schelde, vorgestellt und dann, voller Spannung, was da geschehen sollte, irgendwo hingesetzt. Der Rathaussaal, in dem wir tagten, war kalt und düster, die Fensterhöhlen waren zum Teil noch mit Pappe zugenagelt, es herrschte ein trübes Halbdunkel. Vom Fußboden stieg eisige Kälte hoch.
Und da hockten die Schriftsteller auf den kantigen hohen Stühlen und warteten darauf, was ihnen der Vorsitzende zu sagen hatte. Als erstes sollten wir einen neuen Vorsitzenden wählen, denn er, Schneider-Schelde, habe die Versammlung nur einberufen, weil er wegen Arbeitsüberlastung zurückträte, und wir brauchten nach dem Vereinsrecht einen gewählten Vorsitzenden, sagte er.
Aber die Schriftsteller interessierte das Vereinsrecht nicht. Sie klagten, daß sie in ihren kalten Zimmern nicht arbeiten könnten, sie seien doch ebenso Schwerstarbeiter wie etwa die Bergarbeiter, nur eben geistig, warum man ihnen also keine Zulagen in Form von Marken für Schwerstarbeiter gäbe? Sie frören zu Hause mit ihren Familien, während die Beamten für ihre Büroarbeit eine Heizzulage bekämen und so weiter. Und was denn der bayerische Staat dazu sage, daß es mit der deutschen Kultur bergab gehe? Wenn der Staat sich weiter

so wenig um die Schreibenden kümmere, sollte er sich nicht wundern, wenn es schließlich überhaupt keine deutsche Literatur mehr gäbe.
Und da erlebte ich, wie sich dieser kleine dicke Herr erhob. Er hatte einen etwas speckigen schwarzen Anzug an, wie ihn die Pfarrer zu tragen pflegen, oben mit einem schmalen weißen Kragen. »Wer ist das?« fragte ich leise meinen Nachbarn. – »Das ist der Professor Hans Ludwig Held«, antwortete er, wie mir schien eher geringschätzig. »Bibliotheksdirektor und Kulturbeauftragter der Stadt.«
Jetzt stand er vorne, der Herr Professor, und ich konnte ihn deutlich sehen. Er hatte helle wäßrige Augen, und er schien zu lächeln, obwohl in seinem Gesicht alles Leid der Welt eingezeichnet war. Er sprach ziemlich leise, aber so eindrucksvoll, daß man jedes Wort verstehen konnte.
»Zuerst einmal«, sagte er, »haben Sie recht. Es steht nicht allzu gut um die deutsche Literatur. Aber –«, er machte eine Pause und hob die Schultern, »da sind also gewisse Umstände dran schuld – Sie wissen ...«
Jetzt begann der Herr Professor mich noch mehr zu interessieren. Was meinte er mit den gewissen Umständen? Meinte er die vergangenen zwölf Jahre? Meinte er das Schicksal der emigrierten Schriftsteller?
Er blinzelte uns fragend an, blickte dann über uns hinweg und erklärte ohne Umschweife mit seiner leisen, beinahe flüsternden Stimme: »Ich werde mich jedenfalls dafür einsetzen, daß jeder von Ihnen einen halben Zentner Briketts bekommt.«
Ich hätte schwören können, daß er jetzt lächelte.
»Einen halben Zentner Briketts!« sagte der ältliche Mann neben mir. »Könnte er denn wirklich nicht mehr herausschlagen?«
»Zum Beispiel?« fragte ich.
»Zum Beispiel ein Pfund Butter.«
»Kann er denn das als Bibliotheksdirektor?«
Mein Nachbar grinste. »Das habe ich nur so gesagt, Bibliotheksdirektor, das war er einmal bis dreiunddreißig. Dann mußte er gehen. Jetzt ist er wieder da. Als Kulturbeauftragter.

Und da könnte er doch etwas mehr für uns herausschinden. Meinen Sie nicht auch?«
Er gefiel mir nicht, mein Nachbar, und ich gab es auf, mit ihm zu reden. Außerdem sollte nun die Wahl des Vorsitzenden stattfinden. Es war keine leichte Wahl, nicht nur, daß die meisten sich nicht kannten und deshalb keine Vorschläge machen konnten, es wollte auch niemand diesen, mit viel Arbeit verbundenen Posten haben, wenn er nicht mit irgendwelchen Naturalien aufgewogen werden sollte. Schließlich erhob sich ein Mann, den ich nicht kannte, es war Friedrich Märker, und sagte freimütig: »Wählen Sie mich, denn ich verstehe etwas von Büchern und – was in diesem Fall noch wichtiger ist – auch von Organisation.« Er wurde gewählt, ohne daß jemand über diese Wahl diskutiert hätte. Wir hatten einen neuen Vorsitzenden, damit hatte es sich. Und wie sich später herausstellte, war es eine gute Wahl.
Ich sah mich, während die Wahl noch im Gange war, nach dem Mann um, der »nur noch« Kulturbeauftragter der Stadt war, aber leider war er schon gegangen.
Niedergeschlagen verließ ich diese Versammlung. Meine plötzliche Niedergeschlagenheit wurde noch verstärkt durch die fürchterliche Gegenwart draußen.

Auf dem Weg nach Hause kam mir zum ersten Mal der Gedanke, diese Stadt wieder zu verlassen. Nicht, weil diese Stadt äußerlich so tot war – welche Stadt in Deutschland war nicht zerstört? Ich hatte genug andere auf meinen Reportagereisen gesehen. Der Grund war ein anderer.
Als ich nach Deutschland entlassen wurde, war es meine Absicht gewesen, von dort nach Kopenhagen zurückzukehren. Wer einmal in dieser Stadt gelebt hat, wird mich verstehen. Dabei hatte mich ein Zufall dorthin verschlagen, und Kopenhagen war mir zur Heimat geworden. Es hatte nie in meinem Leben einen Ort gegeben, den ich so geliebt habe wie diese Stadt, in der ich auf der Flucht vor den Nazis gelandet war.

15. Januar 1945 In Berlin werden die Münchner Mitglieder der Widerstandsbewegung »Antinazistische deutsche Volksfront« Hans Hutzelmann, Rupert Huber und Karl Mervat durch Enthaupten hingerichtet.

1946/47 Die Berliner Zeitungen veröffentlichen eine neue Liste von Menschen, die verhungert und erfroren sind. Etwa zehn Leute täglich. Sie sind gewöhnlich über 50 Jahre alt.

12. Januar 1947 Kurt Schumacher kritisierte auf einer überfüllten Kundgebung im Zirkus Krone, daß die Besetzung Deutschlands eine notwendige revolutionäre Umschichtung verhindert habe. Da die Sieger nicht wüßten, was sie mit Deutschland machen sollten, beginne jetzt ein Mißtrauensvotum gegen die Demokratie.

Am 27. Februar des Jahres 1933 brannte in Berlin das Reichstagsgebäude. Noch in derselben Nacht begann meine Odyssee durch die Stadt Berlin.

Ich wohnte zu der Zeit in Eichwalde – das ist ein hübscher, von Wäldern und Seen umgebener Ort südöstlich vom Zentrum der Riesenstadt – als Untermieter bei Frau Trenner. Das Häuschen war nur zweihundert Meter von der S-Bahnstation entfernt. Zu meinem Arbeitsplatz im Karl-Liebknecht-Haus brauchte ich eine knappe halbe Stunde. Die schnellen Züge fuhren, bis auf wenige nächtliche Stunden, rund um die Uhr, es war eine bequeme Verkehrsverbindung.

An diesem Tag war ich auf dem Arbeitsgericht gewesen. Es gab den Fall einer Kellnerin, die gegen ihren Brotherren klagte, einen fiesen Wirt, der sie beschäftigte und mit dem sie nachts schlief. Eines Tages hatte er sie aus irgendeinem Grund fristlos entlassen. Er behauptete jetzt, ihre Papiere seien verlorengegangen, er wisse überhaupt nicht, was sie von ihm wolle und so weiter. Das

arme Ding behauptete, es ginge ihr nur um die Papiere und um den restlichen Lohn. Zuletzt schrie der Wirt, wenn er es sich richtig überlege, habe sie überhaupt keine Papiere gehabt, die Schlampe, sie sei nur von den Kommunisten aufgehetzt worden, und mit diesem Gesindel werde ja jetzt aufgeräumt. Ein Fall also, der nicht gerade aktuell war, den ich jedoch zur Not und richtig aufgemacht auch anderen Zeitungen anbieten konnte.
Die Verhandlung hatte ziemlich lange gedauert und war vertagt worden. Als ich das Gerichtsgebäude verließ, begann es bereits zu dunkeln. Ich hatte mich mit meiner Freundin Sonja zum Essen verabredet. Wir gingen irgendwohin und sahen uns anschließend einen Film an. Zuletzt besuchten wir ein Café. Es wurde spät, und als wir wieder auf die Straße traten, wußten wir, daß irgend etwas geschehen sein mußte. Die Leute liefen aufgeregt herum und schrien. Eine größere Gruppe sang das Horst-Wessel-Lied. Wir befanden uns in der Nähe des Bahnhofs Börse.

Plötzlich merkten wir, daß dicke Luft war. Es mußte etwas sehr Schlimmes passiert sein. – Wir erfuhren es bald. Ein paar Männer in SA-Uniform, die uns entgegenkamen, brüllten: »Die Kommunistenschweine haben den Reichstag angezündet! Jetzt ist Schluß mit all den Judensäuen!« Sie schrien: »Heil Hitler!« und rannten weiter.
Wir blieben stehen, blickten uns an.
»So eine Gemeinheit«, sagte Sonja. »Die verfluchten Hunde haben ihn bestimmt selbst angezündet.«
»Ja«, antwortete ich, »das ist die Provokation, die sie selbst vorbereitet haben, um die Linke fertigzumachen. Aber die Wahrheit wird sich bald herausstellen, obwohl Hitler Reichskanzler ist und sein Schreier Goebbels das Sagen hat.«
Das Gejohle klang bald näher, bald entfernter. In den Wohnungen wurde Licht gemacht. Jetzt saßen sie wohl, nachdem sie der Straßenlärm aufgeweckt hatte, vor den Radioapparaten. Jetzt brüllte der Schreier aus dem Kasten, jetzt würde sich seine Jauche über sie ergießen. Weinten sie oder freuten sie sich? Ballten sie die Fäuste, oder war es ihnen egal, was geschah?

Wir standen in einer Straße, in der wir keinen Menschen kannten, und wurden uns plötzlich unserer Verlassenheit bewußt. Wie alle Riesenstädte dieser Welt war Berlin für eine kurze Zeit in einen nervösen, unruhigen Schlaf gefallen, aus dem sie plötzlich lärmendes Erwachen riß. Obwohl wir nur die Schreie »Der Reichstag brennt!« gehört hatten, wußten wir, daß damit nicht alles gesagt war. Beide hatten wir das fürchterliche Gefühl, daß etwas mehr dahinter steckte, etwas, das uns zu vernichten drohte.
»Hör mal!« sagte Sonja nach einer Weile, ihre Stimme war ruhig, als spräche sie von etwas durchaus Alltäglichem: »Ich glaube, es ist am besten, wenn wir uns für eine Weile trennen. Es hätte wenig Sinn, jetzt die Genossen aufzusuchen, wir können nicht helfen, und sie müssen selber auf sich aufpassen.«
Sie hatte alles gesagt, was in dieser Minute zu sagen war. Wir küßten uns flüchtig, und jeder ging in seiner Richtung davon.

Ich kam an den Bahnhof Börse. Es fuhren noch ein oder zwei Züge, ich stieg ein, wie ich es jahrelang getan hatte, und es war auch noch so, wie es jahrelang gewesen war – ein paar Leute im Abteil dösten vor sich hin, ein paar Angetrunkene sprachen laut und rechthaberisch miteinander, ein paar lasen die Zeitung –, oder war es doch nicht so? Ich glaube, mich zu erinnern, daß einige bewußt teilnahmslos in die Zeitung starrten, daß andere abwesend in das glänzende Zugfenster blickten. Auch ich verhielt mich, als ginge mich alles nichts an, und als wäre nichts geschehen.
Kurz hinter der Station Adlershof hatte ich eine Eingebung – ich weiß nicht, wie ich es anders nennen soll. Ich fuhr nur bis Grünau, eine Station vor Eichwalde, wo ich wohnte, und stieg aus. Draußen verloren sich die Ausgestiegenen, und ich stand eine Weile allein im trüben Licht der Laternen.
Von Grünau nach Eichwalde war es eine Stunde zu gehen. Wald, immer nur Wald. Ich hielt mich am Bahndamm und erreichte die ersten Häuser von Eichwalde. Es waren kleine Einfamilienhäuser, die die Firma Siemens für ihre Leute

gebaut hatte, die sogenannte Meistersiedlung. In einem der letzten Häuser hatte ich mein Zimmer. Von dort aus, wo die Häuserreihen endeten, waren es noch zweihundert Meter bis zur S-Bahnstation. Die Häuser lagen im Dunkel, hier und da brannte eine Laterne.

Ich hatte das Ende der Siedlung erreicht und wollte links zum Haus von Frau Trenner abbiegen, als eine Frau mit Kopftuch aus dem Schatten trat und mir erregt zuflüsterte: »Gehen Sie so schnell wie möglich wieder zurück, vor unserem Haus und am Bahnhof steht die SS und wartet auf Sie.« Es war meine Vermieterin. Nach diesem Satz verschwand sie.

Ich drehte mich um und ging zum Wald zurück.

Natürlich wußten die Nazis genau, wer bei der *Roten Fahne* arbeitete und wo er wohnte. Ich hätte es mir denken können, aber ich hatte ja auch so Glück gehabt. Ich ging zum Wald zurück, blieb eine Weile unter den ersten Bäumen stehen. Gute Frau Trenner! Ich hatte nie ein politisches Wort von ihr gehört und wußte von ihr nichts, außer daß sie ihren Garten und eine Tasse starken Kaffee liebte.

Es wurde jetzt empfindlich kalt. Ich mußte mir eine Unterkunft für den Rest der Nacht suchen, aber wo? Da ich mich gut auskannte in der Gegend, beschloß ich, durch den Wald nach Köpenick zu marschieren, ich kannte da eine Laubenkolonie und hoffte, in eine dieser Lauben eindringen zu können. Ich hatte nach einer halben Stunde die Grünauer Straße in Köpenick erreicht. Hier hörte der Wald auf. Nicht weit davon war die Laubenkolonie. Kein Mensch war auf den Straßen in dieser Nacht.

Ich fand auch eine Laube, die leicht zu öffnen war, aber es war zu kalt, um mich hinzulegen. Bis auf die Knochen durchfroren, stellte ich mich an die Tür der Laube, rauchte eine Pfeife nach der anderen und wartete auf die Dämmerung. Dann ging ich bis zum S-Bahnhof Spindlersfeld, einem kleinen Sackbahnhof, dessen Züge in Niederschöneweide auf die Hauptstrecke trafen und ins Zentrum Berlins fuhren.

Die Arbeiter standen, in dicke Mäntel oder Jacken gehüllt, schweigend auf dem Bahnsteig und warteten auf ihren Zug. Natürlich hatten sie alle von dem Brand gehört, aber sie sprachen nicht darüber. Sie blickten eher scheu um sich, als warteten sie darauf, daß einer von hinten seine Hand auf ihre Schulter legte. Auch im Zug sprachen sie nicht davon. Zwei neben mir erörterten halblaut und stockend persönliche Dinge und taten so, als wären das Geheimnisse, die niemanden etwas angingen. Ich saß in ihrer Mitte, genoß das wohlige Gefühl, in einem warmen Raum zu sein, und war zu erschöpft, um an etwas anderes als an die Wärme zu denken. Am Alexanderplatz stieg ich aus und fühlte mich wie befreit. Obwohl es noch früh war, herrschte der übliche Verkehr, Menschen rannten hin und her, Omnibusdoppeldecker schwankten wie Elefanten durch das Gewimmel, und mein Freund Otto Schulze stand schon an seiner Ecke und verkaufte Zeitungen. Ich hätte gern ein paar Worte mit ihm gewechselt, aber ich hütete mich in diesem Augenblick, näherzutreten. Man konnte nie wissen ...

Bei Aschinger bestellte ich mir eine Portion Kaffee und ein anständiges Frühstück. Das mußte sein, sonst wäre ich umgekippt. Dann las ich zwei oder drei Zeitungen. Es war ungeheuerlich, was die Burschen in den Redaktionen über den Reichstagsbrand geschrieben hatten, und wie schnell sie informiert worden zu sein schienen. Natürlich galt es jetzt schon als erwiesen, daß es eine geplante Brandstiftung war, ein Werk der Kommunisten und ihrer intellektuellen Helfershelfer. Fürchterlicher waren die blitzschnellen Verhaftungen, die bereits erfolgt waren und schon bekannt gegeben wurden, als der Reichstag noch brannte. Sie hatten zielbewußt zugegriffen, die vom Judentum befreiten Organe der Justiz, die Polizei und die tatkräftigen Helfer der nationalen und sozialen Sache. Hatten sie nicht versucht, auch mich, der ich nur ein kleiner Fisch war, in ihre Netze zu bekommen? Mir wurde übel von dem ekelhaften Geschmier, ich zahlte und verließ Aschinger.

Draußen verspürte ich dann erneut das Gefühl der Erleichterung. Hier auf diesem Platz und in dieser Menschenmenge konnte mir nichts passieren, hier konnte ich mich bewegen. Wer kannte mich schon? Wer hätte mir von hinten die Hand auf die Schulter legen sollen? Beinahe wäre ich ins »Mexiko«

gegangen, eine Kneipe, in der ich manchmal ein Bier getrunken hatte. Aber was waren die Kellner für Menschen? Sie gehörten ausnahmslos einem Ringverein an, waren oft ehemalige Knastbrüder, es war in ihrem Interesse, mit der Polizei gut zu stehen. Zwar kannten sie meine Beschäftigung nicht, aber diese Leute hatten ein feines Gespür. Auch hier war Vorsicht geboten.
Ich ging die »Münze« herunter, die Münzstraße also. Die Nutten standen an ihren Plätzen, wie sie seit Jahren gestanden hatten. Bei diesem neblig kalten Wetter standen sie eisern und warteten auf Kunden. Ich merkte, wie müde und ausgefroren ich noch immer war. Die nächste Nacht mußte ich in einem warmen Bett oder wenigstens in einem warmen Raum schlafen, anders würde ich nicht mehr weiter können. Ich dachte über Möglichkeiten nach.
Viele meiner Freunde und Bekannten waren jetzt selbst gefährdet oder wurden möglicherweise beobachtet.
Wo war jetzt die Partei? Wie sollte ich die Genossen finden? Soweit sie dem Unheil bisher entgangen waren, irrten sie vielleicht ebenso wie ich durch die Straßen dieser Stadt oder anderer großer Städte. Der brennende Wunsch nach Zusammensein mit ihnen überfiel mich. Sie würden mir Mut machen, sie würden mir einen Rat geben in diesen Stunden. Da war einer in der Redaktion, der sich einmal Reinhardt und manchmal Abusch nannte, aber seinen richtigen Namen wußte man nicht. Natürlich wußte jeder, daß Ernst Thälmann und Walter Ulbricht die richtigen Namen ihrer Träger waren. Oder Albert Norden. Das war ein ebenso patenter Kerl wie Reinhardt-Abusch. Mit dem konnte man über alles sprechen, und der sagte einem auch, warum man das oder jenes lesen sollte und anderes nicht. Sie waren klüger als ich. Aber wo waren sie jetzt? Sie hatten sicher erwartet, daß irgend etwas passieren würde, etwas wie der Reichstagsbrand, und sie hatten ihre Vorsichtsmaßnahmen getroffen.
Wo wohnte mein Reporterkollege Walter Husemann? Merkwürdig, wir hatten zwei Jahre lang in derselben Redaktion gearbeitet, und ich wußte nicht, wo er wohnte. Ich wäre gern zu ihm gegangen an diesem Tage, er hätte mir bestimmt etwas

besorgt. Aber es wäre natürlich nicht klug gewesen, ihn aufzusuchen. Hoffentlich war es ihm geglückt, noch rechtzeitig zu verschwinden. (Erst dreizehn Jahre später sollte ich erfahren, daß er zu dieser Zeit bereits im Zuchthaus war und später in Berlin-Plötzensee unter dem Henkerbeil starb.)
Schließlich ging ich zu Bekannten, die nicht in der Kommunistischen Partei waren. Während ich mich scheu umblickend durch die Haustür drückte und schnell die Treppe empor stieg, wurde mir bewußt, was mich wirklich bewegte und was mir wirklich fehlte. Alles, meine Furcht, meine Leere, der Wunsch nach Wärme und Geborgenheit hingen mit dieser Partei zusammen. Bertolt Brecht hatte geschrieben: »Die Partei hat tausend Augen, du aber hast nur zwei!« Diese Worte faszinierten mich. Du allein bist nichts, sie werden dich vernichten, wenn sie dich finden, aber die Partei kann dir helfen, du brauchst sie dringender als je zuvor.
Nachdem ich bei meinen Bekannten, einem Ehepaar, geklingelt hatte, mußte ich eine Weile warten, ehe sich die Tür einen Spalt öffnete. Die Frau schob ihren Kopf vor, ich sah, trotz des Dämmerlichts, wie sie erschrak. Sie sagte kein Wort, auch ich sagte nichts. So standen wir eine Weile da, dann kamen hinter ihr leise Schritte näher, und der Kopf des Mannes wurde sichtbar. Er sagte: »Ach, du bist es ...«, und die Stirn in seinem guten Gesicht legte sich in Falten. »Du mußt verstehen«, begann er von neuem, »also du mußt verstehen ...«
Ich verstand, drehte mich um und rannte die Treppen hinunter. Wie schön war es auf der Straße!
Eine große Gruppe Kinder kam mir mit ihren Lehrern und Lehrerinnen entgegen, sie trugen kleine Hakenkreuzfähnchen in der Hand und sangen: ›Kein schöner Land in dieser Zeit‹. Es war nichts weiter dabei, ich hatte dergleichen seit der Machtübernahme am 30. Januar täglich gesehen. Die Erwachsenen lächelten ihnen zu, manche marschierten mit und sangen ebenfalls. Alle schienen vor Glück zu strahlen, es war mir bisher nur nicht aufgefallen. SA-Männer schritten wichtigtuerisch durch die Menschenmenge, die meisten von ihnen hatten eine Pistole an der Seite hängen. Wo hatten sie die letzte Nacht gefeiert?

Geld! Ich hätte mir von meinen Bekannten Geld leihen sollen, das wäre viel einfacher gewesen. Hundert Mark, kurzfristig natürlich. Man hätte dann nicht weiter reden brauchen, und er hätte ein besseres Gewissen haben können. Ich hatte nur noch ein paar Mark in der Tasche und wußte nicht, wo ich mir etwas beschaffen konnte. Den ganzen Tag und den ganzen Abend habe ich mich herumgetrieben in dieser Riesenstadt. Überall dasselbe. Musik, Blumen, schreiende Zeitungsverkäufer und immer wieder Kinder. Hatten sie denn schulfrei, oder hatten ihre Lehrer sie vorzeitig nach Hause geschickt?

So um zehn Uhr abends verzog ich mich ins Scheunenviertel, da wußte ich eine Kneipe, da würde man nicht fragen, da war alles echt: die Penner, die Nutten, die Homos, die Sonderlinge, die Beleuchtung, der Mief. »Sie sind hier gewesen«, sagte mir die Wirtin, während sie mir eine Boulette auf den Teller legte. »Waren eben hier, haben bloß rinjekuckt und dann wieder ab Kanne.« – »Die Sitte?«
»Nee, die anderen. Sind aber wieder abjezogen.«
Ich schluckte mein Essen herunter und lehnte mich dann an die Wand. Die kalte Nacht und das Herumlaufen heute hatten mich fertig gemacht. Ich mußte unbedingt einen Platz zum Schlafen finden, ein Bett, einen warmen Raum. Mir war ganz dösig nach dem Essen, meine Füße taten mir weh, mein Rücken, meine Gelenke. Ich mußte irgendwo schlafen können, wo und wie war mir egal, ich mußte irgendwo unterkommen.
Ein Mann setzte sich neben mich, und als ich den Blick hob, war es jemand, der mir mal geholfen hatte bei irgendeiner Sache, und dem ich einmal bei einer Demonstration begegnet war. Ich kannte ihn nur flüchtig, wußte kaum mehr, als daß er Paule gerufen wurde. Er sah stark wie ein Stier aus, seine Kleider waren nicht die neuesten, sein Gesicht war voller Falten, er schien gerne zu lachen.
»Mensch«, sagte er, »wie kommst du denn hierher?«
»Ich war schon öfter hier«, antwortete ich vorsichtig.
»Ich meine, wie kommst du gerade heute hierher?«

»Das sind so Sachen ...«
»Aha, so Sachen«, sagte er.
Ich mußte vorsichtig sein, ich wußte ja nicht, was für einer er war. Er konnte ein Spitzel sein, ein Zuhälter oder nur ein Arbeitsloser, einer der Millionen von Erwerbslosen, die man überall traf ...
Plötzlich fragte er: »Brauchst du einen Platz zum Schlafen?«
Das hieb mich beinahe um. Ich blickte eine Weile in sein faltenreiches Gesicht. »Ich bin unheimlich müde«, sagte ich.
Er lachte. »Dann nimm dir doch eines von den Mädchen hier. Du hast die Wahl. Von drei Mark aufwärts.«
»Ich hab kein Geld«, antwortete ich.
Mit einem Male wurde sein Gesicht ernst, er trank einen Schluck von seinem Bier und machte »Hm, hm«. Mir war jetzt alles egal.
Er erhob sich wortlos und ging zu einem der Mädchen hinüber, das mit mißmutigem Gesicht vor einem halbleeren Bierglas saß. Er sprach sie an, und sie wandte ihr Gesicht mir zu. Ich verstand nicht, was die beiden miteinander redeten, sie schienen sich zu streiten. Dann schien sie einverstanden zu sein, sie erhob sich, nahm ihre Tasche, und beide kamen zu mir. Vielleicht eine Viertelstunde saß sie so da, ohne einen Ton von sich zu geben. Paule erzählte irgendwelche gleichgültigen Dinge, und ich nickte. Das Mädchen neben mir – Elsa hieß sie – war nicht eben schön, sie war eine von der billigen Sorte, aber ich hatte sie mir ja nicht ausgesucht, und zudem war ich so kaputt, daß ich an nichts anderes denken konnte als an Schlafen.
Schließlich gab ihr Paule einen Wink, und sie erhob sich ebenso verdrießlich, wie sie sich zu mir gesetzt hatte. Wir gingen in eine nahe gelegene Gasse. Vor einem schmalen Hauseingang standen noch zwei andere Mädchen. Elsa, die ziemlich dick war, stöhnte beim Treppensteigen und fluchte leise vor sich hin.
Ein Zimmer wie ihres hatte ich noch nie gesehen. Es war sehr groß, und durch den ganzen Raum zogen sich Rohre, zwischen denen Aquarien aller Größen hingen, sie wurden durch die Rohre mit temperiertem Wasser versorgt, das zugleich

den ganzen Raum heizte. Oben an der Decke hing eine trübgrüne Lampe. An der einen Wand stand ein eisernes Gestell mit einer Waschschüssel. An der anderen neben dem Bett ein Tisch und ein Stuhl, das war alles.
»Ficken is nich, det du dir im klaren bist«, sagte Elsa mürrisch, während sie sich auszog. »Erstens bin ick müde, und zweitens bin ick kalt wie 'ne Hundeschnauze, wenn ick nich in Stimmung bin.« Sie legte ihre Kleider auf den Stuhl und stieg seufzend ins Bett. Ich legte meine Sachen daneben auf den Fußboden. Das trübe Licht an der Decke wurde nicht ausgeschaltet, aber weder Licht noch Fische störten mich in dieser Stunde. Ich schlief sofort ein.
Ganz früh, es wurde draußen schon dämmrig, wurde ich für eine Minute wach und sah einen alten Mann, der von Aquarium zu Aquarium schlurfte und die Fische fütterte. Ich schlief gleich wieder ein. Als ich endgültig wach wurde, war Elsa bereits beim Anziehen.
Auf der Treppe sagte sie: »Paule hat mir jesagt, daß du keen Jeld hast.« Sie machte ihre Tasche auf. »Hier«, sagte sie und gab mir zehn Mark. »Koof dir wat zu essen. Ick esse bei meine Kollejin nebenan.« Ich wußte nicht, was ich sagen sollte, steckte den Schein in die Tasche und ging neben ihr hinunter. Draußen gingen wir grußlos auseinander.

Ein eisernes Gesetz über das Verhalten in der Illegalität haben alle Kommunisten irgendwann gelernt: nicht aufzufallen und sich dementsprechend zu tarnen. Solltest du verhaftet werden, ist es allein deine Schuld. Die Partei kennt dich nicht mehr. Sag, du wärst ein Krimineller und hättest nie von einer Partei gehört. Die Partei darf durch deine eigene Dummheit nicht gefährdet werden. Vergiß nicht: Die Partei kennt dich nicht mehr. Sei wachsam!

Ich wußte nicht, was ich tun sollte, um, nach dieser letzten Nacht, wieder irgendwo unterzukriechen. Am Tag hatte ich keine Angst. In der Menschenmenge fühlte ich mich frei. Um die Jannowitzbrücke und den Schlesischen Bahnhof herum gab es genug Menschen, die mich nicht kannten. Unter den sechs Millionen Arbeitslosen war ich einer, der nichts zu tun hatte, der durch die Straßen der Stadt spazierte, sich die Schaufenster ansah. Von den roten Fahnen und Transparenten an den Häusern war nichts mehr zu sehen, auch die Uniformen der Roten Frontkämpfer waren weg. Vielleicht waren sie aus den Häusern der Straßen, durch die ich ging, herausgeholt worden. Vielleicht saßen sie schon in Lagern, Gefängnissen und Zuchthäusern.

Auf der Straße war ich erst einmal sicher. Die Zeitungen brachten neue Berichte über die Festnahme der roten Untermenschen, die Radios plärrten von früh bis spät Militärmärsche oder das entnervende ›Die Fahne hoch, die Reihen fest geschlossen‹, dazwischen Heil-Hitler-Gebrüll. Überall Hakenkreuzfahnen und Gebrüll. Selbst die Polizisten hoben jetzt den Arm, wenn sie grüßten oder gegrüßt wurden. Sollten sie nicht noch vor zwei Monaten die Weimarer Republik verteidigen? Hatten sie nicht so etwas wie einen Eid geleistet?

Je später es wurde, desto höher stieg meine Angst vor der kommenden Nacht. Als es dunkel wurde, ging ich in ein Kino, aber ich sah nichts, was mich hätte zerstreuen können.

Im Kino sieht man, wie die Helden tage- und nächtelang allen Gefahren widerstehen und am Schluß doch Sieger sind. Ich war kein Held, und ich hatte einen Feind, der überall und nirgendwo war.

Die entsetzliche Wahrheit der Gefahr verließ mich nicht. Vielleicht saßen ein paar Leute neben mir im Kino, die die gleiche Angst hatten wie ich.

Als ich wieder auf die Straße trat, kam mir plötzlich der Gedanke, zu meinem Vater zu gehen. Ich erschrak, wollte mich schnell wieder von dem Gedanken trennen, aber während ich durch die nächtlichen Straßen ging, blieb er in meinem Kopf. »Kein Drama«, sagte ich mir, »verlorener Sohn und so ...«, und doch hatte ich ihn vor einer Reihe von Jahren zutiefst verletzt und verloren.

»Geh hin zu ihm, er wird alles vergessen und dir verziehen haben, es ist ja so lange her«, dachte ich. Aber hatte er nicht auch mir etwas angetan? »Keine Aufrechnung der Schuld jetzt«, dachte ich. Ich brauchte mich nicht zu schämen, wenn ich vor ihm stünde, aber ich würde mich genieren. Zu tief hatte ich ihn damals getroffen, und jetzt kam ich gekrochen: »Gib mir Geld, vergiß nicht, daß ich dein Sohn bin und daß ich in der Tinte sitze.«

Nachdem ich viele Jahre nicht zu Hause gewesen war, hatte ich ihn, als ich einmal wieder nach Hause zurückkehrte, bei einer Diskussion ausgelacht, hatte ihn einen verkalkten Spießer geheißen, hatte ihn angeklagt, mir das Leben verhunzt zu haben, hatte Ausdrücke wie »Sozialfaschist« gebraucht – es hätte nicht viel gefehlt, und er hätte mir die Faust ins Gesicht gestoßen. Er hatte mich nicht, wie es in der Bibel heißt, verloren, aber wir waren verfeindet auseinandergegangen. Er, der schon Sozialdemokrat unter dem Kaiser war, und ich, frech, rotzig, zutiefst davon überzeugt, daß es nur eine Partei gab, die Partei Lenins. War ich also ein – sein – verlorener Sohn? Würde er mir verzeihen? Tief war der Riß zwischen uns, wie in manch anderen Familien in dieser Zeit, wie zwischen den Gewerkschaften und der RGO, der Revolutionären Gewerkschaftsopposition, zwischen Reichsbanner und Rotfront, zu tief die Spaltung der ganzen Arbeiterklasse.

Aber es hatte zwischen meinem Vater und mir schon Jahre früher angefangen. Er hatte mein Leben geplant, und ich hatte mich nicht dagegen wehren können. Ich bin in einer sozialistischen Volksschule in Adlershof gewesen, einer weltlichen Schule also, wie man es damals nannte. Wir hatten keinen Religionsunterricht, dafür bekamen wir etwas, das sich Morallehre nannte. Mein Vater hatte mich in diese Schule geschickt, und ich ging gerne dahin. Anschließend erhielt ich die Jugendweihe, und alles hätte seinen Lauf genommen, wenn die Schuldirektion nicht dreien der Schüler zum Schulabschluß ein Stipendium angeboten hätte, um das Abitur zu machen. Ich war einer der drei.

Das war für mich etwas Ungeheuerliches. Ich rannte nach Hause und rief meinem Vater zu: »Ich darf das Abitur machen, ich kann vielleicht Lehrer werden oder Arzt oder sogar Wissenschaftler! Stell dir vor, ich mache das Abitur, wie es die

Affen von der Höheren Schule machen! Ich werde es ihnen zeigen!« Mein Vater hörte mir zu, sagte aber nichts. Ich war glückselig, ich erzählte es allen Leuten. Ich würde es schaffen, da gab es überhaupt keinen Zweifel.

Aber noch am selben Abend sagte mein Vater: »Das mit dem Abitur schlag dir aus dem Kopf. Das ist nichts für einen Arbeiter. Du kannst dir einen Beruf aussuchen, möglichst im graphischen Gewerbe, die sind gut organisiert und verdienen einen Haufen Geld. Nach Ende der Lehre besuchst du dann noch Abendkurse, und du kommst weiter.«

Es nützte nichts, daß ich anfing zu heulen, es nützte nichts, daß ich unablässig auf ihn einredete, mein Vater blieb hart. Es nützte auch nichts, daß der Rektor persönlich in unsere armselige Wohnung kam und meinen Vater zu überreden versuchte. Er mußte auf dem Küchenstuhl Platz nehmen, weil wir in der Küche wohnten und das einzige große Zimmer zum Schlafen brauchten, wir alle sechs. »Ihr Sohn hat eine einmalige Chance«, sagte der Rektor zu meinem Vater. »Warum nützen Sie die nicht? Sie werden es später bestimmt bereuen.« Aber mein Vater antwortete: »Und wann wird er sein erstes Geld verdienen?« – »Kommt darauf an, was er nach dem Abitur studieren will«, sagte der Rektor. – »Und wer soll ihm sein Studium bezahlen, wenn er erst mal die vier Jahre bis zum Abitur rum hat?« fragte mein Vater, »und den Verdienstausfall für alle die Jahre zusammen? Verzeihen Sie, aber wir sind arm und können uns solche Sachen nicht leisten. Wenn er in die Lehre geht, kriegt er gleich bares Geld in die Hand, das ist das Entscheidende.«

Der Rektor ging betrübt, ich sah es ihm an. Kurz darauf begann ich meine Lehre als Chemigraph.

Das war im Jahre 1922 gewesen.

Gleich nachdem ich die Lehre beendet hatte, verschwand ich aus Berlin. Ich ging »auf Wanderschaft«, wie das damals hieß. Ich trieb mich in Europa herum, in Nordafrika und Kleinasien. Jahre ließ ich mich nicht mehr zu Hause blicken und, auch als ich wieder nach Berlin zurückkehrte, ließ ich mich bei meinen Eltern und Geschwistern kaum mehr blicken.

Und jetzt mußte ich wieder nach Hause, weil ich keinen anderen Ausweg mehr wußte. Auch diesmal war ich vorsichtig und stieg eine Station vor Adlershof aus, in Niederschöneweide. Damals war der Vorort Adlershof noch von Wald umgeben, wir hatten darin Indianer gespielt; am südöstlichen Rand standen die Gestank verbreitenden Schornsteine der Schering-Kahlbaum-Werke. Es mußte alles noch so sein wie vor Jahren, was hätte sich denn verändern sollen.
Natürlich war es nicht mehr so wie früher. Durch die Hauptstraßen dieses Ortes Adlershof sind wir marschiert, singend, jauchzend, unter einem Wald von Fahnen. Die Jugend gehörte uns, wir würden es sein, die diesen Erdball beherrschten.

Hebt unsere Fahnen in den Wind
sie leuchten hell wie Sonnenglut
und künden, daß wir gläubig sind:
Der Mensch ist gut.

Der Mensch war nicht gut. Aber was nützte es jetzt, darüber nachzugrübeln. Damals, als Kinder und als junge Leute hatten wir es geglaubt. Wir sangen

Bei Leuna sind viele gefallen
bei Leuna floß Arbeiterblut ...

Vorbei, vorbei. Jetzt marschieren andere Leute durch die Straßen und sangen andere Lieder. Jetzt galt es für mich, die schlimmen Tage durchzuhalten und erst einmal ein Dach über den Kopf zu bekommen.
Ich erreichte ungesehen das Haus meiner Eltern. Da war die kleine Tür vor dem Zaun. Bleib einen Augenblick stehen, aber nicht zu lange, es könnte ja doch eine Streife oder etwas Ähnliches durch diese Straße kommen, sieh dich erst um, ob nicht doch ein Schatten aus den anderen Schatten tritt, drück erst dann auf den Klingelknopf.
Drinnen erhellte sich ein Fenster schwach. Die Tür zur Straße öffnete sich, und eine helle krächzende Stimme rief leise: »Wer ist denn da? Was wollen Sie schon wieder von mir? Die Fahne

wird morgen rausgehängt, heut war ich noch nicht zum Einkaufen.«
Ich konnte nicht sprechen.
Der Alte blieb vorsichtig in der Haustür stehen. Dann näherte er sich langsam der Gartentür. Obwohl es dunkel war, konnte ich sehen, daß er sich eine Decke um die Schultern gelegt hatte, über seinen dicken Socken leuchtete schwach ein Streifen seiner langen Unterhose. Er hob den Kopf, und ich ahnte sein hageres blasses Gesicht. Ich begann zu zittern und stotterte: »Ich bin's ...« – »Ach du«, sagte er in einem Ton, als hätte er mich erwartet. Er schien keineswegs überrascht, mich in so später Stunde vor der Gartentür zu finden, und sprach so, als wäre ich erst an diesem Nachmittag fortgegangen und käme verspätet wieder nach Hause. Langsam schloß er die Gartentür auf.
»Komm.« Ich folgte ihm, ohne daß ich einen Ton hervorbringen konnte, ins Haus. In dem kleinen, schlecht beleuchteten Korridor, in dem allerlei Sachen herumstanden, blieb er stehen. »Brauchst du was?« fragte er, ohne mich dabei direkt anzusehen.
Ich nickte.
»Wieviel?«
»Zweihundert«, sagte ich.
»Einen Augenblick.«
Er ging zur Tür, die in die Wohnküche führte, blieb jedoch wieder stehen und drehte den Kopf. »Mutter ist krank«, flüsterte er. »Sie schläft und darf nicht geweckt werden.«
Ich blieb allein.
Nach wenigen Augenblicken war er wieder da. Er gab mir die Scheine und fragte: »Brauchst du sonst noch was?«
Beinahe wäre ich gegangen, aber ich hatte Angst vor der kalten Nacht draußen. Ich flüsterte: »Darf ich bis zum Morgen hier im Korridor bleiben?«
»Ja«, sagte er, »aber du mußt, ehe es hell wird, wieder verschwinden. Mutter darf auf keinen Fall von diesem Besuch erfahren.« Damit wandte er sich wieder zur Wohnungstür.
Am nächsten Tag kaufte ich mir am Bahnhof Zoo eine Fahrkarte nach Amsterdam.

1966 Günter Eich
in ›Anlässe und Steingärten‹:

Ohne aus dem Hause zu gehen,
kannst du die Welt erkennen.
Laotse begegnete mir
früher als Marx.
Aber eine
gesellschaftliche Hieroglyphe
erreichte mich im linken Augenblick,
der rechte war schon vorbei.

Politische Aktivitäten und Diskussionen über irgendeine Parteilinie schienen Günter Eich wenig zu interessieren, er hatte offenbar keine Beziehung zur Politik, noch weniger eine Bindung an eine Partei. Und doch entstanden damals und später starke politische Verse, die den schon Berühmten noch berühmter werden ließen, aber auch den Unmut einiger seiner Bewunderer hervorriefen. Zum Beispiel diese Verse aus seinem Hörspiel ›Träume‹:

> Nein, schlaft nicht, während die Ordner der Welt geschäftig sind!
> Seid mißtrauisch gegen ihre Macht, die sie vorgeben für euch erwerben zu müssen!
> Wacht darüber, daß eure Herzen nicht leer sind, wenn mit der Leere eurer Herzen gerechnet wird!
> Tut das Unnütze, singt die Lieder, die man aus eurem Mund nicht erwartet!
> Seid unbequem, seid Sand, nicht das Öl im Getriebe der Welt!

oder:

> Denke daran, daß nach den großen Zerstörungen jedermann beweisen wird, daß er unschuldig war.
> Denke daran:
> Nirgendwo auf der Landkarte liegt Korea und Bikini, aber in deinem Herzen.
> Denke daran, daß du schuld bist an allem Entsetzlichen, das sich fern von dir abspielt –

Politik lag ihm doch nicht so fern, sein Ausdruck war nur anders als der von politisch aktiven Menschen. Er war eben ein Dichter. Ein sehr stiller, höflicher Mensch mit einem hintergründigen Sinn für Humor; und er war, wenn er mit Freunden zusammensaß, ein guter Zuhörer.

Nach seinem ersten Besuch bei uns in der Schellingstraße kam er öfter, schließlich blieb er manchmal längere Zeit. Es gefiel ihm, des Abends oder Nachts mit mir durch die Straßen dieser toten Stadt München zu gehen und von seiner Zeit vor dem Kriege zu erzählen. Er hatte früh schon mit dem Rundfunk zu tun gehabt, sein Hörspiel ›Weizen-Kantate‹, geschrieben. Er erzählte von seiner Zeit in Dresden, der Zeitschrift *Die Kolonne* und von seinen Freundschaften mit Horst Lange und Oda Schaefer, vor allem aber der mit Martin Raschke, der wenige Jahre vorher gefallen war – die machten mich noch im Nachhinein fast eifersüchtig, ich gebe es zu. Aber ich tröstete mich: konnte er denen mehr von sich erzählt haben als mir? Er hatte ein kleines Haus an der Ostsee gehabt, in Doberow. Aber er wollte jetzt nicht mehr dahin zurück. Ich wußte nicht warum, er sprach auch kaum darüber. Irgendeine Erinnerung hielt ihn vielleicht davon ab, und ich hütete mich, ihn weiter danach zu fragen. Oft blieb er bei unseren nächtlichen Spaziergängen zwischen den Hausruinen stehen und zitierte – nicht eigene Verse, sondern Gedichte, die wir alle in der Schule gelernt haben. Er hatte eine wunderbare, etwas verhaltene Stimme, und er liebte es, den Reim dieser Gedichte zu betonen.

»Herr von Ribbek auf Ribbek im Havelland
ein Birnbaum in seinem Garten stand ...«

oder

»Als Kaiser Rotbart lobesam
ins heil'ge Land gezogen kam ...«

Er liebte es zuweilen, andere auf den Arm zu nehmen, es freute ihn, wenn sie auf ihn hereinfielen. An einem Abend, es waren wie üblich eine Reihe von Gästen bei uns, wurde er gebeten, ein paar seiner Gedichte vorzutragen. Er sagte: »Einen Augenblick, ich muß mich erst etwas konzentrieren«, und ging in das nebenan liegende Zimmer. Er kam mit einem schmalen Band in der Hand wieder zurück, setzte sich auf seinen Platz, blickte auf und begann mit seiner wunderbaren, etwas verhaltenen Stimme vorzulesen. Bei der ersten Zeile schon waren die Zuhörer gefangen. Ich wußte, was er vorlas, und beobachtete die Wirkung seiner Stimme auf die Gäste. Als er geendet hatte, war es eine Minute still, dann sagte eine Frau: »Es war wunderbar, es war ergreifend ...«
»Ach«, sagte er, »das könnt ihr auch. Ihr könnt ja lesen. Ich habe mir erlaubt, euch das Inhaltsverzeichnis dieses Gedichtbändchens vorzulesen. Von mir ist es übrigens nicht.«
Auf unseren nächtlichen Spaziergängen war er meist schweigsam. Wir gingen beinahe immer denselben Weg. Die Barerstraße hinunter bis zum Kurfürstenplatz und dann die Kurfürstenstraße wieder zurück zur Schellingstraße. Nicht weit in der Kurfürstenstraße gab es inmitten der Trümmer einen winzigen verstaubten Laden; der Eingang war mit Brettern vernagelt, das kleine Schaufenster war aus irgendeinem Grunde heil geblieben, aber es war beinahe blind. Hinter diesem Fenster, das scheinbar niemand gehörte, lag auf einem Tisch ein Stück Pappe, auf der in großen Buchstaben stand »Schriftkundiger«. Günter konnte lange vor diesem Schild verweilen. Wir blieben oft davor stehen, und immer bewegte es ihn. Einmal sagte er leise: »Ein alter Mann muß das gewesen sein. Was hat er erkundet ...«

»Ein Graphologe«, meinte ich.
Er schüttelte den Kopf. »Nein, das muß ein alter Mann gewesen sein, der uns etwas sagen wollte. Jetzt ist er sicher tot und kann uns nichts mehr mitteilen ... Schriftkundiger ...«
Er konnte den ganzen Abend darüber nachgrübeln.
Kurz vor der Schellingstraße nahmen wir eine kleine Querstraße, ich glaube, sie hieß Blütenstraße. Da drin war ein riesiges Loch, es schien größer zu sein als die Löcher ringsum. Aber in diesem Loch lebten Menschen, ich hatte sie schon des öfteren gesehen. Sie hatten sich durch die herumliegenden Brocken einen Weg gebahnt zu einem Keller, dort wohnten sie jetzt, ein Mann und eine Frau. Vielleicht war der Keller ein Luftschutzkeller gewesen, vielleicht gab es da unten auch einen Wasserhahn. In einer Nacht, als wir daran vorbeigingen, blieben wir stehen; denn die beiden hatten einen Streit, und wir wollten wissen, um was es ging. Die Stimmen klangen verworren, dann konnten wir mit einem Mal die Stimme der Frau deutlich erkennen. Sie schrie: »Wenn wir beide nicht verheiratet wären, wäre ich schon lange gegangen und hätte dir auf die Schwelle geschissen!«
»Das nenne ich eine erstaunliche Metapher«, sagte Günter Eich, als wir weitergingen. »Wie kann man seinen Unmut besser und bildhafter ausdrücken? Ich frage mich nur, ob es auf dem Weg in das fürchterliche Kellerloch hinunter noch eine Schwelle gibt.«

Bevor wir hinauf in unsere Wohnung gingen, besuchten wir öfter noch die »Schwarz-Gelb-Stube«, eine Bar, die schräg gegenüber in der Schellingstraße lag. Aber was sage ich, Bar! Es war die schäbigste Kneipe, die ich je in meinem Leben betreten habe. Die wenigen Stufen, die hinauf führten, waren bröckelig, in den schlecht verputzten Wänden drinnen war der Schwamm, eine trübe Dämmerung herrschte, und die grün gestrichenen Tische und Stühle stammten aus irgendeinem Biergarten. Bar! Hier traf sich das »Gschwerl« von München, aber es waren auch interessante Leute darunter. Da drinnen konnte man alles bekommen, wenn man etwas dafür zu bieten hatte. Dachpappe gegen Unterwäsche, Nägel gegen Schuhe, Schnaps gegen Hosenknöpfe. Der Wirt und seine Frau, sie stammten aus dem Ruhrgebiet, vermittelten. »Brauchen Sie Butter, Leder, einen Hut?«

Wir beide brauchten nichts als eine Flasche Wein. »Bitte sehr, beste Qualität, zum Freundschaftspreis!« Die Barmbecks, so hießen die Wirtsleute, waren hier gelandet, wie viele Menschen zu der Zeit in München gelandet waren, zum Beispiel Günter Eich und ich, und sie hatten ihre Geldquelle gefunden.

In diesen Tagen waren für nicht wenige Menschen die Begriffe Recht oder Arbeit ohne Bedeutung. Jahrelang hatten sie Unrecht tun müssen, jahrelang waren sie dafür gelobt und ausgezeichnet worden, daß sie das taten, was man ihnen befahl, jetzt hatten sie sich daran gewöhnt, nach anderen, von ihnen selbst gemachten Gesetzen zu leben. Jetzt galt das Gesetz des Dschungels. Es galt nichts anderes als die Kunst zu überleben. Es war ganz einfach, nach diesem neuen uralten Gesetz zu leben: der Große frißt den Kleinen, der Schlaue übertölpelt den Dummen, der Starke zertritt den Schwachen. Da saßen oder standen sie in der Kneipe nach des Tages Mühen, welcher Art die auch immer waren, und genehmigten sich einen. Männer im besten Alter, im Kampf erfahren, im Hirn nichts anderes als das Motto »Du oder Ich« und sprachen gemütlich miteinander wie Freunde, die sich in ihrem Kegelclub trafen. Auch Huren waren darunter, die etwas teureren und die billigeren, die auch auf ihr Körnchen warteten.

Unter ihnen Martha; sie saß an der Bar und hielt, wenn sie betrunken war, und das war sie eigentlich meistens, die unflätigsten Reden. Weder Günter Eich noch ich ahnten, daß wir eines Tages ein Erlebnis mit ihr haben würden, das zumindest ihn tief erschüttern sollte.

Ich glaube, in uns allen steckt ein Hang zum Verruchten, zum Asozialen, der uns manchmal in ein Milieu zieht, das mit unserem bürgerlichen Leben und den Vorstellungen der meisten Menschen von Anstand unvereinbar zu sein scheint. Wir genießen es und haben doch Angst, daß von dem Dreck etwas hängen bleiben könnte. Was sind wir doch für Heuchler, Schwindler, Hypokriten, Spießer – unaufrichtige Menschen!

Die Schwarz-Gelb-Stube in der Schellingstraße war so ein Milieu, wir gingen gerne hin. Vor allem Martha war es, die Günter Eich in dieser Kneipe faszinierte. Von weitem glich sie einer alternden geschminkten, aufgetakelten Schauspielerin, wenn sie an der Theke saß und ihre Sprüche mit heiserer Stimme und großen Gesten herunterrasselte. Aber kaum einer gab sich mit ihr ab. Günter Eich lauschte ihr, und manchmal murmelte er »Bert Brecht« – »Klabund« – »Walter Mehring«. Wir begannen zu rätseln, wie sie zu diesen Zitaten gekommen war, aber wir wagten kein Gespräch mit ihr, wir fürchteten einfach ihre unflätigen Suaden. Niemand belästigte in dieser Kneipe einen anderen mit unnötigen Fragen, und wir wollten keine Ausnahme machen. Bis sie sich eines Abends von selbst zu uns setzte, betrunken wie immer, und uns ansprach. »Die Herren Schriftsteller sind bestimmt zu fein, um mit so einem Menschen wie mir zu sprechen, wie?«
Was wußte sie von uns?
»Im Gegenteil«, sagte Günter Eich höflich.
»Wenn Sie wüßten«, sagte sie, »wenn Sie wüßten ...«
Ich sah Günter Eich an, daß er ungeheuer verlegen war. Ich wußte, daß er dachte: »Natürlich wissen wir. Aber bitte gehen Sie, wir möchten Sie nicht noch mehr entblößt sehen, bitte, ersparen Sie uns das.«
Sie spürte es auch, aber sie blieb trotzdem sitzen. Aus der Nähe sah ihr Gesicht noch verwüsteter aus, als es schon war. »Auf den Stufen der Akademie haben wir gesessen und Koks geschnupft«, sagte sie. »Koks, verstehen Sie, Kokain. Damals, gleich nach dem ersten Krieg. Ich war Modell. Glauben Sie es nicht? Die Maler rissen sich um mich ...« Sie lachte ordinär. »Wollen Sie mich jetzt mal nackt sehen? Sie würden sich wegdrehen. Aber damals ... Alle habe ich gekannt, Maler und Schriftsteller, Verrückte und Geniale. Unsere Atelierfeste waren berühmt. Europa auf dem Stier. Die Dadaisten. Der junge Johannes R. Becher. Die Reventlow, diese Ziege. Frank

Wedekind. Auf den Stufen der Akademie haben wir gesessen und Koks geschnupft ...«
Plötzlich begann sie zu weinen. »Koks gibt es nicht mehr«, greinte sie. »Aber ich habe noch Freunde von früher, die lassen nichts auf mich kommen, die nicht.«
So sprach sie eine Weile, bis Günter Eich plötzlich fragte: »Haben Sie noch viele von Ihren alten Freunden?«
Sie blickte ihn mit ihren triefenden Augen mißtrauisch an. »Nicht viele. Ein paar ...«
»Künstler?«
Jetzt lachte sie, es war ein eher unschönes höhnisches Lachen. »Künstler! Schieber sind's. Geschäftemacher. Alte Ganoven, Sie glauben nicht, was die alles wollen.« »Und wie wär's, wenn wir Sie einmal besuchten?« fragte Günter Eich nach einer Weile.
Ihr Gesichtsausdruck veränderte sich jäh. Sie hörte auf mit dem Schniefen, ihre Augen wurden starr. Sie fuhr sich mit der Hand durch das unordentliche Haar und erhob sich halb vom Stuhl. »Treiben Sie bitte keinen üblen Scherz mit mir«, sagte sie leise. »Ich kann sonst Rabbatz machen ...«
»Das ist kein übler Scherz«, sagte er höflich wie vorher.
»Und was wollen Sie von mir?« fragte sie vorsichtig.
Er wandte mir das Gesicht zu. Ich nickte.
»Wir wollen Sie ganz einfach besuchen«, sagte er.
Nie zuvor in meinem Leben habe ich einen so schnellen Wechsel des Gesichtsausdrucks gesehen. Ihr Gesicht wurde finster, hellte sich sofort wieder auf, Hoffnung, Spott und Mißtrauen wechselten jäh. Sie fragte zögernd: »Sie wollen mich besuchen?«
»Aber ja«, sagten wir beide.
Plötzlich begann sie wie ein Kind zu lächeln. Dieses verschminkte alte Gesicht lächelte wie jemand, dem man eine große Freude versprochen hat. »Also dann, morgen abend um acht.« Sie erhob sich und ging, ohne zu schwanken, lächelnd hinaus.
Wir kauften am nächsten Tag eine Flasche Cognac, Isolde besorgte einen Strauß Blumen und ein viertel Pfund Kaffee. Es war, als bereiteten wir uns auf etwas Großes vor. Auch

sprachen wir kaum, und wenn, dann von nichtigen Dingen. Diese alte verkommene Frau, die die Dichter der zwanziger Jahre zitierte, faszinierte uns. Wie war ihr Leben verlaufen, was für ein Schicksal stand hinter ihrem jetzigen Dasein?

Am nächsten Abend, so gegen zehn Minuten vor acht, machten wir uns mit unseren Mitbringseln auf den Weg. Sie hatte ihr Zimmer in der Barerstraße, nicht weit von uns. Parterre, hatte sie gesagt. Wir fanden das Haus inmitten von Ruinen. Im Parterre gab es nur noch eine mit Querbalken gesicherte Tür. An einen dieser Balken war ein Stück Papier geheftet, darauf stand ihr Name. Wir blickten einander aufmunternd an, und ich klopfte.

Es rührte sich nichts. Es blieb hinter der Tür genauso still wie in diesem großteils zerstörten Haus. Nach einer Weile klopfte ich noch einmal. Stille.

Da standen wir mit unseren Geschenken und wußten nicht, was wir tun sollten. »Vielleicht ist etwas passiert mit ihr«, sagte Isolde.

»Vielleicht hat sie uns nur in ihrer Trunkenheit eingeladen und es noch am selben Abend wieder vergessen«, sage ich.

»Nein«, sagte Günter Eich, »sie hat sich wirklich auf unseren Besuch gefreut. Ich bin davon überzeugt, daß es etwas anderes sein muß.«

Sein Gesicht war bekümmert. Ich sah ihm an, daß er darüber grübelte, ob es unsere Schuld sein könnte, daß sie uns nicht empfing.

Mit unseren Geschenken in den Händen gingen wir schweigend in die Schellingstraße zurück, und als wir vor unserem Hause angelangt waren, sagte er plötzlich: »Wollen wir nicht doch noch mal rüber in die Schwarz-Gelb-Stube gehen, könnte ja sein ...«

Wir gingen also rüber, stiegen die drei Stufen hoch, und da saß sie an der Theke, noch betrunkener als sonst, noch häßlicher, noch herausfordernder, als wir sie kannten. Bei unserem Anblick schrie sie sofort: »Da kommen sie ja, die Schweine, die Wortbrecher, die Herren Dichter!« und wir sahen, wie ihr die Tränen über das alte verschmierte Gesicht flossen.

»Immer ruhig bleiben, Martha«, sagte der Wirt. »Immer ruhig, sonst muß ich dich nämlich rauswerfen.«
»Sie wollten mich besuchen«, schrie sie, »sie waren es, die gesagt haben, daß sie mich besuchen wollen!«
»Wir kommen gerade von Ihnen«, sagte Günter Eich ruhig. »Wir haben geklopft, aber Sie waren nicht zu Hause.« Er wollte ihr unsere Mitbringsel geben. Martha aber stieß sie von sich und tobte weiter: »Eine ganze Stunde habe ich auf die Herrschaften gewartet, Kaffee habe ich besorgt, Tassen geliehen, den Tisch gedeckt ...«
»Wir waren kurz vor acht da«, sagte er.
Sie starrte ihn an, ihr Gesicht wurde blaß. Sie stammelte etwas, was wir nicht verstehen konnten. Dann stieg sie schwerfällig von ihrem Hocker. Sie torkelte wie benommen zur Tür.
Jetzt verstanden wir. »Um sieben habe ich doch gesagt, um sieben ...«
»Hoffentlich bricht sie sich nicht den Hals«, sagte einer der Gäste. Ein paar lachten. »Die bricht sich nicht den Hals«, sagte der Wirt, »die nicht.«
Auch wir verließen die Kneipe, unsere lächerlichen Geschenke in den Händen. Erst oben in der Wohnung sprach Günter Eich: »Wenn man sich vorstellt ... Es ist halb sieben Uhr. Sie geht durch ihr armseliges Zimmer. Vielleicht hat sie einen Lappen in der Hand, staubt hier und da ab. Die Tassen stehen auf dem Tisch. Vielleicht hat sie ein anderes Kleid angezogen. Viertel vor sieben. Jetzt werden sie bald da sein. Zehn Minuten vor sieben. Soll sie das Wasser aufsetzen? Sie bekommt Besuch, richtigen Besuch. Niemand will etwas von ihr, niemand kommt, weil er zahlt. Dort auf dem Tisch steht der Kuchen, hoffentlich wird er schmecken. Sieben Uhr, sie wird unruhiger. Sieben Uhr zehn, na ja, diese Künstler, tröstet sie sich vielleicht. Ihre Unruhe wächst. Sieben Uhr dreißig. Ein dunkler Verdacht steigt in ihr hoch. Sie greift zur Flasche. Nur ein kleiner Schluck zur Beruhigung. Und dann die unerbittliche grausame Erkenntnis. Sie kommen nicht. Sie haben dich zum Narren gehalten. Viertel vor acht. Sie steht heulend und verbittert auf. Sie lachen über dich altes verkommenes Weib. Sie geht weinend hinaus. Sie geht – wie immer – zur

Schwarz-Gelb-Stube mit der Absicht, sich vollaufen zu lassen, alles zu vergessen ...«
Er trug das kleine Geschehnis wie eine schwere Last mit sich herum. Er sprach tagelang kaum ein Wort.

Meine Wohnung in der Schellingstraße wurde zunehmend beliebter: Gäste waren beinahe immer da, auch des Nachts. Wenn es nichts mehr zu essen gab, mußten wir zusammenlegen und etwas auf dem Schwarzen Markt beschaffen. Sie schliefen selbst auf dem Fußboden, wenn die Couch schon belegt war. Meist jedoch diskutierten wir bis in den frühen Morgen hinein. Die neue Demokratie, das war klar, stand vor der Tür. Die Kunst mußte erneuert werden. Es würde nie mehr deutsche Soldaten in Deutschland geben. Der eben erlebte Krieg war definitiv der letzte gewesen. Ein Vereinigtes Europa war nur eine Frage der Zeit. Wenn man nur Papier und Pappe hätte, von der Farbe ganz zu schweigen, mit der neuen Kunst anzufangen. Die Menschheit würde die Augen aufreißen und sich besinnen.
Wolfgang Bächler las seine Gedichte ›Schräg im Nichts‹, der junge Sombart war jederzeit bereit, seinen speziellen Plan des neuen Europas ausführlich zu erklären. Jürgen von Hollander, der im Rheinland zu Hause war, begann sich für die neue bayerische Heimat zu erwärmen und schrieb drauflos, obwohl er ursprünglich Zoologie studiert hatte. Hans Josef Mundt wohnte ein paar Wochen bei uns. Er schrieb hier seine Doktorarbeit. Und mein Freund Fränzchen – »Franz Wischnewski heiße ich« – schien den Krieg endlich vergessen zu wollen. Kein Wort mehr von Livno und den Partisanen. Er hatte faszinierende Ideen von einer neuen Architektur, die nach der Trümmerwelt entstehen sollte und entwarf in Gedanken Plakate und Bildszenerien; denn ihm fehlte es an Material, und auch er hungerte. Andersch und Richters kamen, Luise Rinser kam, Günther Weisenborn, Günther Birkenfeld, Fritz Kortner und natürlich Horst Lange und Oda Schaefer. Für Günter Eich war immer ein Platz zum Schlafen da.

Vier Wohnungen hatte die *Neue Zeitung* für einige ihrer Angestellten auf den Stumpf der Ruine Schellingstraße 48 setzen lassen. Eine davon bewohnten wir. In den nur leicht beschädigten Wohnungen im ersten und zweiten Stock lebten noch die alten Mieter. Es waren Menschen, die sich irgendwie dort durchgeschlagen und alles überstanden hatten. Wenn wir uns auf den ausgetretenen Treppen begegneten, drückten sie sich an die Wand oder an das Geländer, um uns vorbeigehen zu lassen, und wir taten es mit schlechtem Gewissen. Es schien so, als hätten sie Furcht vor uns, weil wir bei den Amerikanern arbeiteten. Im Parterre, vorne zur Straßenseite, gab es zwei Geschäfte.
Man ging von dem Eingang des Hauses in ein kurzes Geviert, von dort aus stieg die steile Treppe nach oben. Eines Abends, als ich mit meiner Frau die dunkle, schlecht beleuchtete Treppe hochgehen wollte, hörten wir genau unter den Stiegen ein Winseln oder Wimmern. Wir blieben stehen und lauschten. Aber dieses Winseln wiederholte sich nicht. Ein Tier, vielleicht! Es konnte auch etwas anderes sein – in diesen Tagen war es nicht opportun, zu fragen oder sich in Dinge einzumischen, die einen nichts angingen. Der Verschlag, der halb hinter der Treppe lag, war mit einer schmutzigen Decke verhangen. Einmal hatte ich einen blassen, unrasierten jungen Mann gesehen, der hastig hinter den schmutzigen Vorhang schlüpfte, als ich die Treppe hochgehen wollte. Er trug eine weite, wollene Mütze und einen schmuddeligen Militärmantel. So sahen die Leute aus den Oststaaten aus, ein Pole vielleicht oder ein Ukrainer.

Eines Nachts wurde an unsere Tür gepocht, erst vorsichtig, dann immer lauter. Ich blickte auf die Uhr: es war gegen zwei Uhr. Jetzt wurde mit Fäusten gegen die Tür getrommelt. Ich dachte: »Irgendeiner, der nach einer Aussprache über moderne Kunst oder über die neue demokratische Ordnung sucht«, und ging wütend zur Tür. »Hau ab! Heute nacht wird hier nicht mehr diskutiert«, schrie ich schlaftrunken.
Draußen antwortete eine Stimme, deren Worte ich nicht verstand, die ich nie gehört hatte. Während ich noch zögerte, stand Günter Eich plötzlich neben mir.

»Mach auf«, sagte er.

»Weißt du denn, wer draußen steht?«

»Mach auf, bitte.«

Jetzt war auch Isolde an die Tür gekommen. »Was ist denn los?« fragte sie. »Was macht ihr hier mitten in der Nacht?«

Günter Eich öffnete, und draußen im Halbdunkel stand jener unrasierte junge Mann, den ich schon gesehen hatte in seinem Militärmantel und mit der großen Wollmütze und blickte uns ängstlich an. Er zitterte, wie wir erkennen konnten, und erklärte uns etwas in einer Sprache, die wir nicht verstanden. Dabei zeigte er nach unten, und plötzlich sahen wir, wie ihm die Tränen über das Gesicht liefen.

»Sofort, sofort«, sagte Günter Eich.

Wir liefen in die Wohnung zurück und holten etwas zum Überziehen. Als wir wieder auf dem Treppenabsatz standen, war der Mann schon weiter unten und winkte uns aufgeregt. Wir folgten ihm wortlos. Ganz unten blieb er stehen und zeigte aufgeregt auf den verhangenen Verschlag. Dann geschah etwas Merkwürdiges. Er ging bis dicht an den Verschlag, verbeugte sich, drehte sich um und rannte schluchzend aus dem Haus. Er war verschwunden, ehe wir etwas begriffen hatten.

Wir blieben eine Minute stumm vor dem schmutzigen Vorhang stehen, dann ging Isolde auf ihn zu und riß ihn zur Seite. Sie schrie leise auf und flüsterte dann uns zu: »Die Frau kriegt gerade ein Kind ...« Wir wagten uns nicht näher, und sie fuhr, plötzlich resolut geworden, fort: »Schnell, einen Arzt!«

Ich rannte die halbdunkle Treppe hoch in die Wohnung. Da stand das Telefon, der *Neuen Zeitung* sei gedankt! Ich fand einen Arzt, der gleich um die Ecke wohnte. Seine Stimme klang müde, aber er versprach, sofort zu kommen. Ich rannte wieder nach unten.

Hinter dem schmutzigen Vorhang konnte ich Isoldes Stimme vernehmen, sie flüsterte mit dem unbekannten fremden Mädchen. Verstand sie deren Sprache? Günter Eich stand im Hauseingang, ich sagte ihm, daß der Arzt gleich da sein werde, und er nickte in Gedanken verloren. »Unser junger Mann ist davon gerannt«, sagte er, »wer weiß, wo er zu

Hause ist und was ihn hierher verschlagen hat ... Warum mag er wohl davongelaufen sein?«
Die Straße war menschenleer. Ein paar Loren standen unbeweglich mitten auf der Fahrbahn auf ihren Schienen. Die Stadt war tot, von den Ruinen her kam kein Laut. Aus einem Fenster im ersten Stock der *Neuen Zeitung* fiel Licht, wer saß da noch an seinem Schreibtisch und arbeitete? Die riesigen Rotationsmaschinen in den Kellern standen still.
Endlich kam der Arzt. Es war ein uralter Mann, dessen Keuchen wir schon hörten, ehe er aus dem Schatten trat. Die Tasche, die er in der Hand trug, mußte sehr schwer sein, vielleicht war er auch zu schwach.
»Wo ist sie?« fragte er, als er uns erblickte. »Hoffentlich muß ich keine Treppen steigen.«
Wir wiesen ihm den Weg. »Ich habe das Krankenhaus schon benachrichtigt«, murmelte er, während er auf den Verschlag zuschritt. »Der Krankenwagen muß gleich da sein.«
Der Verschlag und der schmutzige Vorhang davor schienen ihn überhaupt nicht zu überraschen. Er schob ihn zur Seite, sagte höflich »Guten Abend« zur heraushuschenden Isolde und machte sich an die Arbeit. Es dauerte nur ein paar Minuten, und er war wieder zurück. Er blickte uns der Reihe nach an. »Den Vater kennen Sie wohl nicht zufällig? – Das Kind ist tot.«
Ich holte eine Packung Zigaretten, die ich für alle Fälle immer bei mir trug, aus der Tasche und reichte sie ihm. »Danke«, murmelte er, »das ist mehr als genug.«
Draußen hielt lärmend der Wagen, drei Sanitäter kamen in den Hauseingang, sie wechselten kaum ein Wort mit dem Arzt und trugen dann das fremde Mädchen und ihr totes Kind hinaus. Auch der Arzt ging. Er drehte sich noch einmal um, wir sahen das Aufglühen seiner Zigarette.
Das junge Mädchen und ihren Freund haben wir nie wieder gesehen, noch etwas über ihr weiteres Schicksal erfahren. Keiner von uns sprach, als wir die Treppe bis zum vierten Stock hinaufstiegen. Das Haus war totenstill. Wir saßen noch eine Weile da, dann legten wir uns wieder hin.

»Wir haben eine richtige Wohnung«, dachte ich beim Einschlafen. Wir hatten in dieser Zeit eine Tür, die wir auf- und abschließen konnten, nach Belieben sozusagen, und wie es uns gerade gefiel. Sie lag ein paar Schritte von meinem Arbeitsplatz entfernt, wer hätte es besser haben können? Wir froren im Winter, schön, aber besser in seinen eigenen vier Wänden frieren, als mit anderen Menschen zusammenzuhocken und so zu tun, als fühle man sich wohl, auf die Gefahr hin, es mit den anderen, die einen nichts angingen, zu verderben. Wir hatten Freunde, die kommen und gehen konnten, wann sie wollten, ohne daß sich ein anderer darüber aufregte.

Andersch war ein idealistischer, seinem Wesen nach puritanischer Mensch, der sich leicht erregte, wenn man ein Thema diskutierte, mit dem er nicht einverstanden war. Bis zum Jahr 1933 war er Sekretär des kommunistischen Jugendverbands Oberbayern gewesen, und die Zeit, die er darauf im KZ Dachau verbrachte, hatte ihn sichtlich geprägt. Er war, meine ich, zu einem Einzelgänger geworden, der seinen Weg gehen wollte. Da er kein Arbeiterkind war (was ja keine Schande ist, jedoch in der KPD sehr selten war), aber auch kein Abitur gemacht hatte (was die Kleinbürger in seiner Umgebung anscheinend als Makel ansahen), hatte er – von seinem unbändigen Willen getrieben – vor allem durch Lesen ein Wissen erworben und einen analytischen Verstand entwickelt, die ihn zum Intellektuellen machten.
Schon in Camp Ruston, Louisiana, lernte ich ihn als solchen kennen. Sein Manuskript, an dem er damals zu arbeiten begonnen hatte, von dem wir beide noch nicht wußten, daß es einmal ein Buch mit dem Titel ›Die Kirschen der Freiheit‹ sein und 1952 in Deutschland erscheinen würde, erregte mich sehr. Ich war begeistert. Er, der nicht uneitel und so leicht gekränkt, der so ichbezogen war, schrieb an etwas, dessen Kühnheit die meisten Leser erschrecken und zugleich beeindrucken mußte. Wie kam es, daß dieser Mann mit einem so anders gearteten Typ wie Hans Werner Richter so gut zusammenarbeitete, daß sie zusammen den *Ruf* herausgeben konnten?

Andersch blieb nicht lange im Feuilleton der *Neuen Zeitung* unter Doktor Erich Kästner, weil er nicht »ewig der Zweite« sein wollte. Beim *Ruf* gab es keinen »Zweiten«, Hans Werner Richter und er waren Freunde und zugleich ein gut eingearbeitetes Team. Beide waren die Chefs, und ich kann mich nicht erinnern, je erlebt zu haben, daß sie miteinander böse stritten. Das kam wohl auch daher, daß sie beide politisch ähnlich dachten und sich ergänzten.

Später, als Alfred Andersch nach einem kurzen, mißglückten Zwischenspiel in Hamburg das Abendstudio von Radio Frankfurt übernommen hatte, als er Chef eines eigenen Ressorts war, schrieb er in der *Frankfurter Rundschau:*

Das Abendstudio ist eine Sendung für Hörer, die ihr Rundfunkgerät nur selten andrehen. Leute, die vom ›Abendstudio‹ wirklich etwas haben wollen, sollten am Dienstagabend von 21.30 bis 22.00 Uhr einen kleinen Spaziergang machen. Anschließend sollten sie sich eine Tasse Kaffee kochen, die Lampe abblenden (aber nicht zu stark) und in einem bequemen (aber nicht zu bequemen) Sessel Platz nehmen. Um 22.15 kann der Apparat eingeschaltet werden. Wenn man diese Gebrauchsanweisung beachtet, wird man sich am nächsten Morgen nicht unausgeschlafen, sondern frisch und belebt fühlen. Es gibt Fanatiker, die am Dienstag von 20 bis 22 Uhr den schon von Christian Morgenstern gerühmten Schlaf vor Mitternacht pflegen, nur um am ›Abendstudio‹ besonders wach und ausgeruht teilnehmen zu können. Andere wieder stellen das ›Abendstudio‹ nur deshalb ein, um beim ersten Fremdwort erbittert abzuschalten. Auch solche Hörer sollten dem ›Abendstudio‹ dankbar sein: es verhilft ihnen zu der unschätzbaren Erfahrung, daß man Radios auch abstellen kann. Wenn Professor X, Publizist Y und Dichter Z manchmal eine Stunde brauchen, um ein Problem restlos ungeklärt zu lassen, hat das ›Abendstudio‹ seinen Zweck erfüllt. Es hat gezeigt, daß ein Problem vorlag. ›Herr X diskutiert eine Stunde mit Herrn Y‹ – und wir behalten manchmal nur die drei Minuten im Sinn, in denen die Sprecher ›ausrutschten‹. Das ›Abendstudio‹ lehrt, daß die wichtigsten Worte die spontan gesprochenen sind. Aus diesem Grunde hat es selbst kein ›Programm‹;

sein Programm ist, auf den Geist zu horchen, wo immer er auch wehen mag. Wenn man das ›Abendstudio‹ ganz leise stellt, so daß es beim Abwaschen oder Skatspielen nicht stört, klingt es wie das Geräusch einer kleinen Hummel, die gegen die Fensterscheibe schwirrt. Die Fensterscheibe aber besteht nicht aus Glas, sondern aus geistiger Bequemlichkeit. Das ›Abendstudio‹ ist weniger eine Sendung als vielleicht eine Hörergemeinschaft, die sich jeden Dienstag ebenso gespannt wie kritisch um den Geist schart.

Aber diese Worte hatte er erst zwei Jahre später geschrieben. In der Zeit, in der sich die Amerikaner Sorge um den Münchner *Ruf* zu machen begannen, etwa im Frühjahr 1947, arbeiteten Andersch und Richter noch immer unzertrennlich zusammen.
Die beiden und ihr Kreis von Mitarbeitern verstanden sich als »literarische Publizisten« und drückten in ihren Artikeln, Essays oder Geschichten Gedanken und Meinungen aus, die den Bossen der Reeducation sauer aufstießen – und nicht nur denen, die sich direkt damit befaßten.

Es gab in den vier Besatzungszonen eine Vielzahl von Zeitschriften, und die meisten hatten ein von ihren Besatzungsmächten – Amerikaner, Russen, Engländer oder Franzosen – geprägtes Gesicht. Wir lernten schnell, daß es vier Arten von Demokratie gab, von einer deutschen war dagegen kaum die Rede, obwohl gerade sie uns interessierte.
Hinzu kam, daß die *Ruf*-Redakteure und -Mitarbeiter von manchen der zurückgekehrten »alten« intellektuellen Demokraten und von denen, die die Nazizeit in Deutschland in der sogenannten »inneren« Emigration verbracht hatten, noch nie gehört hatten. Das war ein Fehler von uns, aber die zwölf Jahre Hitlers hatten ihre Namen ausgelöscht, und die neuen Leute waren im Jahre 1933 noch zu jung gewesen, um sie zu kennen. Ich, zum Beispiel, kannte vor allem die Intellektuellen, die ich während meiner Arbeit bei der *Roten Fahne* und als Mitglied des Proletarisch-Revolutionären Schriftstellerverbands getroffen hatte. Wer waren die Menschen, deren Namen jetzt so häufig in den Zeitungen standen? Axel Egge-

brecht, Hans Ahrens, Rudolf Pechel, Günther Birkenfeld, Robert Jungk, Reinhold Schneider, Peter von Zahn, Herbert Schlüter, Franz Josef Schöningh, C.F. Behl, Hermann Kasack, Stefan Andres, Werner Bergengruen, Eugen Kogon, Walter Dirks, Helmut Schelsky, Hermann Broch, Hans Egon Holthusen, Ernst Niekisch, Elisabeth Langgässer, Karl Korn, Dolf Sternberger, Albrecht Haushofer, Pastor Niemöller, W.E. Süßkind, Hannah Arendt, Wilhelm Röpke, Theodor Heuss, Karl Jaspers, Alfred Weber, Ernst Wiechert – sie alle waren nur Namen für mich, als ich nach zwölf Jahren wieder nach Hause kam.

Diese Namen waren mehr oder weniger mit Zeitschriften verbunden, die damals wie Pilze aus dem Boden schossen und die alle, mit Abweichungen, dasselbe wollten: die demokratische Erneuerung. Ihr »Anliegen«, wie man es damals nannte, war meistens schon in ihren Namen ausgedrückt: *Die Wandlung, Neue Auslese, Neue Welt, Aufbau, Gegenwart, Frankfurter Hefte, Horizont* und viele andere, deren Namen ich vergessen habe. Die Herausgeber bekamen die Lizenz und das Papier von der Militärregierung ihrer Zone, und deren Kulturoffiziere wußten genau, an wen sie diese Lizenzen und Papiermengen verteilten.

Nur beim *Ruf* irrten sie sich.

Veröffentlichte Johannes R. Becher das folgende Gedicht,

Dank!

Wenn in der wieder aufgebauten Halle
verkünden die Maschinen ihren Gang
ist es ein Lied und wir verstehn es alle,
»Dir, Stalin, Dank!« ertönt ein Lobgesang.

Wenn übern Acker, dem vom Feind befreiten,
der Bauer geht und wenn er wieder sät,
Bleibt er oft stehn und schaut in ferne Weiten,
den Namen Stalins nennt sein Dankgebet ...
usw.

erntete er damit viel Dank von seinen russischen Kulturoffizieren, im Gegensatz zu den Artikeln Alfred Anderschs und Hans Werner Richters, die keineswegs von den amerikanischen Offizieren mit Dank aufgenommen wurden.

»Sozialismus und Demokratie«, schrieb später Hans Werner Richter an Alfred Andersch, »das war das Zauberwort, unter dem der *Ruf* von Anfang an stand, und keiner von uns konnte sich damals eine andere Lösung der gesellschaftlichen Probleme für die Zukunft vorstellen. Sie mußte sozialistisch und gleichzeitig demokratisch sein. Sozialisten, das waren wir beide von unseren Jugenderlebnissen her, eine Jugend, die politisch gesehen fast gleich oder zumindest ähnlich verlief, und Demokraten waren wir in der Opposition zum Dritten Reich geworden, so überzeugte Demokraten, daß uns selbst die gemäßigte – und von heute aus gesehen – harmlose Diktatur unserer Besatzungsmächte, der Militärregierungen, mißfiel.«

Hans Wallenberg, der Chef der *Neuen Zeitung*, hielt mich eines Nachmittags auf dem Flur an und sagte unvermittelt: »Was singen denn die Ziegen da in ihrem Stall?« Gemeint waren die Mädchen und Frauen in der Buchbinderei, die dauernd irgendetwas zu Falzen hatten, eine blöde und langweilige Arbeit.

Ich antwortete: »Die singen ›Wenn bei Capri die rote Sonne ins Meer versinkt‹, ein Lied, das der Rudi Schuricke im Radio singt. Eine Schmalznudel, wie sie hierzulande sagen.«

»Was?« sagte er. »Capri? Die kommen ja heutzutage kaum bis an den Starnberger See.«

Aber ich merkte sofort, daß er mich nicht dieses Liedes wegen angehalten hatte. Er, der es mit seinem Berliner Witz und Verstand immer fertig brachte, einen zum Lachen zu bringen, war erregt. Sein rundes Gesicht lief rot an, und er sagte in einem Ton, den ich bei ihm noch nicht gehört hatte: »Und Andersch und dieser Richter, schreiben die auch solchen Mist von Capri und der untergehenden Sonne?«

Was sollte ich darauf antworten?

»Hören Sie«, sagte er, »Sie sind doch befreundet mit den beiden, ich glaube nicht, daß der Ast, auf dem die sitzen, sehr stark ist. Er wird bald abbrechen, wenn sie so weitermachen.«

Ich war bis dahin eigentlich immer davon ausgegangen, daß er heimlich mit den beiden sympathisierte. Aber ich hatte auch gehört, daß ihm seine Vorgesetzten schon manche Rüge erteilt hatten, und das nur, weil den Herren von der Militärregierung das Feuilleton des Herrn Dr. Kästner nicht paßte, weil da auch ein paar Autoren publizierten, die ihnen etwas linkslastig vorkamen. In so einer Redaktion gehen die Gerüchte um, wie überall sonst auch, ob sie nun begründet sind oder nicht. Ich schwieg. Er brummte noch etwas und ging in sein Büro.

Die da oben haben ihn zusammengestaucht, dachte ich, die haben ihn auf Trab gebracht, weil die Besetzten nicht so spurten, wie sie es sich vorgestellt hatten. So mancher dachte wohl, dafür haben wir die ganze Geschichte mit den Antinazilagern und der Reeducation nicht aufgezogen, dafür haben wir schließlich nicht das Kriegsgefangenenlager Fort Kearney sozusagen als Elitefabrik aufgebaut, um die Leute aus diesem Lager als Elite einer neuen Demokratie nach amerikanischem Muster nach Deutschland zurückzuschicken.

Natürlich hatte der ausgefuchste Klassejournalist Hans Wallenberg aus Berlin, der jetzt amerikanischer Major war, den aufkommenden Kalten Krieg schon gewittert, ehe überhaupt jemand davon redete. Ihm mußte, ob er es wollte oder nicht, die Feuilleton-Redaktion des Herrn Doktor Erich Kästner suspekt sein. Und dann erst der *Ruf!*

Alfred Andersch und Hans Werner Richter bekamen es zu spüren. Wie konnten sie auch einfach das schreiben, was sie glaubten! Und diese beiden hatte man nach Fort Kearney geschickt! Denen hatte man den Demokratie-Garantieschein ausgehändigt. Dem mußte ein Riegel vorgeschoben werden.

Den beiden wurde die Lizenz entzogen, sie bekamen kein Papier mehr. Ein anderer übernahm die Redaktion. Kurz, man warf sie hinaus. Aus war der Traum von den ›unabhängigen Blättern der jungen Generation‹. Die beiden und ihre Freunde mußten sich ein anderes Forum schaffen, wenn sie etwas sagen wollten. Aber dazu fehlte damals die wichtigste Voraussetzung, eine Lizenz, um das kostbare Papier, das nur die Militärregierung lieferte, zu bekommen.

In einem Artikel ›*Der Ruf*. Sein Entstehen und sein Untergang‹ schreibt Hans Werner Richter 1962 über sein und Alfred Anderschs letztes Gespräch mit zwei amerikanischen Offizieren, Major Dalsher und Captain Sima, über das Ende des *Ruf:*

Der eine spricht von publizistisch politischen Ungehörigkeiten. Doch beide Offiziere erwähnen nicht die Konzeption des *Ruf*, die doch allein zur Debatte stehen müßte, denn sie war die eigentliche Ursache des Verbots. Ich nehme es an, obwohl ich nicht weiß, daß die amerikanische Politik vor einem Umbruch steht, vor dem Marsch in den Kalten Krieg. Nur die Rede des amerikanischen Außenministers Byrnes in Stuttgart, die schon ein halbes Jahr zurückliegt, hatte einige Andeutungen zu dieser neuen Politik enthalten, die wir aber nicht ernst genommen haben. Major Dalsher, groß, schlank, blauäugig, sportlich – einem Sheriff in einem Western-Film sehr ähnlich –, weist darauf hin, daß das Verbot des *Ruf* auch von deutscher Seite, von sehr ernst zu nehmender Seite verlangt worden wäre. Die amerikanische Militärregierung könne solche Forderungen nicht ohne weiteres übergehen. Andersch schüttelt ungläubig den Kopf. Und dann kommt ein Einwurf von Captain Sima, der die Unterredung völlig ins Illusorische verschiebt. Er wirft uns Nihilismus vor. Der *Ruf*, so sagt er, sei nihilistisch gewesen. Wir fragen zurück: was er denn unter Nihilismus verstehe – den russischen Nihilismus des vorigen Jahrhunderts, den Anarchismus vielleicht? Es fallen Namen wie Bakunin, Stirner und andere. Major Dalsher schließt sich Captain Sima an: Ja, Nihilismus, das sei es, was man uns vorwerfe. Mit diesen Worten endet die Unterredung. Andersch steht auf, bittet, sich verabschieden zu dürfen, er habe keine Zeit mehr. Und mir kommt das Gespräch über den Nihilismus jetzt mehr als nihilistisch, völlig lächerlich vor. Nihilismus ist das letzte, was ich als Vorwurf erwartet hatte. Es ist auch der dümmste Vorwurf, den man uns machen kann. Aber ich sage es nicht. Und die beiden Offiziere verabschieden uns so höflich, wie sie uns empfangen haben.

Es ist, jetzt weiß ich es, das endgültige Ende des *Ruf.* Aber es ist auch, was ich noch nicht weiß, ein neuer Anfang, der Beginn dessen, was später die *Gruppe 47* genannt wird.

19. Juli 1945 Im jüdischen Altersheim in der Kaulbachstraße 65 findet die verfassunggebende Versammlung der Israelitischen Kultusgemeinde statt. Zur Neugründung finden sich gegen 100 Personen ein. Früher zählte die Kultusgemeinde 12 000 Mitglieder. Zu Beginn gedenken die Anwesenden ihrer verschleppten und ermordeten Glaubensgenossen.

12. Juli 1946 Nur 20% der Schuljugend ist gesund. 55% der Schüler von 6 bis 14 Jahren sind unterernährt, viele leiden an Tuberkulose, Bronchitis und Hautkrankheiten.

12. Oktober 1947 Infolge der wachsenden Not in den Städten und Landkreisen muß die Schulspeisung um 28% gekürzt werden, d.h. einmal in der Woche wird keine Speisung ausgegeben.

Es war ein eisiger Märztag im Jahre 1933, an dem ich, von Berlin kommend, in Amsterdam eintraf. Aber die Kälte bedeutete mir nichts: Ich hatte die Angst verloren. Auch die Angst vor der Paßkontrolle an der Grenze, trotz gültiger Papiere, lag hinter mir.

Es war eine deprimierende Fahrt gewesen, in einem Zug, voll mit jüdischen Familien, die, wie ich, die Absicht hatten, sich ins Ausland abzusetzen. Alle saßen dicht nebeneinandergedrängt auf ihren Plätzen, schweigend, selbst die Kinder, durch Blicke und Stöße ermahnt, schwiegen und klammerten sich an ihre Eltern. Nur ein Säugling im Abteil krähte, von der ängstlichen Mutter an die Brust gepreßt, fröhlich vor sich hin.

Natürlich merkten sie, daß ich nicht zu ihnen gehörte, das machte die Stimmung im Abteil noch niederdrückender. Sie warfen mir verstohlene Blicke zu, flüsterten Unverständliches, und ich wagte nicht, mit ihnen ein Gespräch anzufangen. Auf

weiten Strecken muß ich auch geschlafen haben. Ich erwachte, als plötzlich Bewegung unter die Mitreisenden kam, ich sah ihre blassen Gesichter und konnte ihre Furcht geradezu riechen. Draußen rief ein Kontrolleur einem anderen zu: »Alles Juden!« und dann zu uns: »Pässe raus!«
Es ging mir, wie es mir bei allen meinen Grenzübergängen gegangen war und heute noch geht: Ich brauchte nichts als meinen gültigen Paß bei mir haben, kein Schmuggelgut, nichts, was die Kontrolleure mißtrauisch machen könnte, und trotzdem habe ich ein schlechtes Gewissen und eine unbestimmte Angst. Damals an der holländischen Grenze ging alles überraschend schnell. Als die deutschen Grenzbeamten verschwunden waren, und wir die Grenze nach den Niederlanden passierten, lachten und weinten meine Mitreisenden, sie fielen sich um den Hals, sie beglückwünschten sich, es war, als hätten sie das gelobte Land erreicht, während ich erschöpft auf die Bank zurücksank. Auch mich beglückwünschten sie, obwohl sie wußten, daß ich nicht einer der ihren war.
Nachdem der Zug im Amsterdamer Hauptbahnhof eingelaufen war, liefen sie lachend und gestikulierend mit Kindern und Koffern auf einen Fleck in der großen Halle zu. Sie wurden erwartet von jüdischen Betreuern, die ihnen sofort Ratschläge gaben, Zimmer vermittelten und sich in jeder Weise um sie kümmerten.

Mich kannte niemand, und mich holte auch niemand ab, aber das war vorerst nicht so wichtig, ich hatte ja Freunde, die mich nicht allein lassen würden; doch es war nicht leicht, sie zu finden, ich hatte keine Adresse. Ich sah mich in den quirligen Straßen dieser Stadt um, erblickte einen jungen Mann, der das kleine »Hammer-und-Sichel-Abzeichen« auf dem Revers trug, und der »übernahm« mich.
Das Hauptquartier der kommunistischen Partei lag in der Innenstadt. Zuerst wurde ich sorgfältig ausgefragt, dann in ein anderes Zimmer geführt, und ich war unter meinen Genossen. Es waren vier Männer und eine Frau, und der Älteste, ein grauhaariger Mann, ein Berliner, an den ich mich von unseren Versammlungen her erinnerte, fragte, gleich nach-

dem er mich begrüßt hatte, ziemlich teilnahmslos: »Wer hat dir den Befehl gegeben, ausgerechnet nach Amsterdam zu fahren?«

Das war ein harter Brocken. Wer sollte mir denn irgendeinen Befehl gegeben haben, wenn es niemand mehr gab, der ihn mir hätte geben können? Ich versuchte, ihm meine Situation zu erklären, aber er ging nicht darauf ein. Er hieß Martin – vielleicht war das sein Deckname – und war schon 1918 bei den Spartakus-Kämpfen dabei gewesen, ein alter Bolschewik also. Sein Gesicht war grob geschnitten und doch hatte es den Anflug eines Intellektuellen. Von diesen Gesichtern gab es viele in der Partei. Ihre Augen hatten einen unbeirrbaren Blick, ihre Fäuste waren hart, sie waren, was auch geschehen mochte, Bolschewiken.

»Wie kann das angehen, wenn jeder einfach das Land verläßt, wenn eine Gefahr droht?« sagte er ziemlich barsch. »Das ist Fahnenflucht, verstehst du? Du hast da zu bleiben, wo die Partei dich hinstellt, oder du bleibst eine Weile im Untergrund, bis du dich mit deinen Genossen wieder treffen kannst, um weiter zu kämpfen. Die Partei bestimmt, nicht du. Lange wird dieser Hitlerquatsch sowieso nicht dauern. Wo sind dann die Genossen, wenn alles vorbei ist? Wir brauchen jeden einzelnen!« Und dann sagte er etwas mir sehr Bekanntes, es waren die Worte Bertolt Brechts: »Die Partei hat tausend Augen, du aber nur zwei!«

Mir war hundeelend, die letzten Tage in Berlin waren zuviel gewesen: nicht nur die Kälte und die Müdigkeit, sondern mehr noch die Menschen auf den Straßen, die Fähnchen schwenkenden Kinder, die vielen, deren hoffnungsvolle Blicke nicht uns galten, sondern dem sich breitmachenden Feind, das ganze umgekrempelte Berlin – es war zuviel für mich gewesen.

Schließlich hörte ich auf, ihm zu antworten. Auch er gab endlich auf. »Ruh dich erst mal aus, mein Junge. Wir können morgen darüber reden.« Er wandte sich an die Frau, die neben ihm saß. »Gib ihm eine Adresse.« Und zu mir: »Wenn du ausgeschlafen hast, kommst du wieder zu mir. Wir werden dann weitersehen.«

Die Frau sagte: »Ich gehe wohl ein Stück mit ihm, er kennt sich bestimmt hier nicht aus.«
Wir gingen schweigend durch die kalten Straßen. Ich versuchte trotz meiner Müdigkeit, ein Gespräch zu beginnen, aber sie antwortete nicht. Dann blieb sie stehen und sagte: »Drüben ist das Haus ... also bis morgen«, und ich war allein.
Sie hatten vorher angerufen; denn nach meinem Klingeln begrüßten mich ein großer Mann und eine große Frau mit den Worten: »Herzlich willkommen, Genosse!« Drinnen im Wohnzimmer war es sehr warm und sehr gemütlich, auf dem Tisch standen allerlei leckere Sachen. »Willst du erst einmal etwas essen und eine Tasse Tee trinken?« fragte die Frau, aber der Mann sagte: »Ich glaube, er will sich erst einmal waschen und ein wenig ausruhen.« Er führte mich zum Bad und wies lächelnd auf eine Tür: »Dort ist dein Bett.«
Das war in der Straße Oosteinde 26, im Herzen von Amsterdam, sie lag in der Nähe der »Klagemauer«, das war ein Bretterzaun, an dem sich allabendlich die Leute trafen, um dort, ähnlich wie an der Speaker's Corner im Londoner Hydepark, heftig zu diskutieren.
Es ist merkwürdig, den Namen der Straße und die Hausnummer habe ich nicht vergessen, aber an den Namen des Mannes und seiner Frau, deren Gast ich war, kann ich mich nicht mehr erinnern. Vielleicht weil er auch von seiner Frau nur der Professor genannt wurde.

Ich kam nicht dazu, viel für die Partei zu tun, ich fühlte mich immer nur wie auf Abruf. Die Genossen in Martins Büro kamen und gingen, es waren Kuriere aus ganz Europa. Kaum jemand erfuhr, was sie berichteten. Ich sah nur, daß Martins Gesicht nach jedem Besuch düsterer wurde. Das Propagandamaterial, an dem ich mit ein paar anderen arbeitete, war schwach und oft ungeschickt zusammengestellt, die Parteilinie selbst unverständlich. Die deutsche Arbeiterschaft sollte nach dieser Niederlage davon überzeugt werden, daß sie keine Niederlage erlitten, sondern einen großen Sieg errungen hätte. Die These, daß nur die kommunistische Partei die soziale und nationale Befreiung bringen werde, jene These, die in letzter Minute sozusagen, als die SA schon den Marsch auf das Brandenburger Tor probte, aufgestellt worden war, die als Parole den Nazis das Wasser abschöpfen sollte, war zu spät gekommen. Die Nazis hatten ihren Fackelzug hinter sich, in ganz Deutschland herrschte ihr Terror.

Ich war überzeugt, daß die illegalen Aufrufe, sich jetzt mit den sozialdemokratischen Arbeitern zu verbünden, um den Größenwahnsinnigen zu stürzen, zu spät kamen. Wie hätte man der verwirrten Menge der Geschlagenen klarmachen können, daß sie einen Sieg errungen habe. Was sollte das Gerede von der nationalen Befreiung jetzt noch bedeuten? Wir taten, wie uns befohlen, und das Material wurde in die Heimat gebracht. Aber kam es überhaupt an? Wurde es von den Arbeitern, für die es bestimmt war, gelesen und auch begriffen?

Ich hatte nicht lange Zeit, darüber nachzudenken. Mit meiner Freundin Sonja hatte ich an jenem letzten Abend in Berlin ausgemacht, daß sie mir, wenn nötig, postlagernd nach Amsterdam schreiben sollte. Ich ging also anderthalb Wochen nach meiner Ankunft zur Hauptpost, um nachzufragen. Das hätte ich nicht tun sollen! Kaum hatte ich das Gebäude betreten, als zwei Männer auf mich zukamen. »Bitte, machen Sie keine Geschichten und kommen Sie mit.« Kurze Zeit darauf saß ich in einer Zelle des Amsterdamer Kriminalgerichts. Meine Papiere hatte man mir abgenommen, auf alle Fragen erhielt ich dieselben vagen Antworten: »Warten Sie ab«, oder: »Wir können nichts sagen.«

Erst am anderen Morgen wurde ich einem älteren Herrn in seinem Büro vorgeführt, es muß wohl ein Richter oder ein Staatsanwalt gewesen sein. Er war äußerst freundlich, lächelte mir sogar zu und bot mir einen Stuhl an:

»Wovon leben Sie?« fragte er immer noch freundlich.

»Ich lebe bei Freunden.«

»Das wissen wir. Gedenken Sie, länger in Holland zu bleiben?«

»Das weiß ich noch nicht.«

»Sie sind also als Tourist hier?«

Das war ich bei Gott nicht, aber wie sollte ich es diesem netten älteren Herrn erklären? Darüber hatte nicht ich, darüber hatten andere zu entscheiden.

»Was treiben Sie so?«
Mein altes angeborenes Mißtrauen gegen seinesgleichen riet mir, wachsam zu sein. Ich wußte plötzlich, worauf er hinaus wollte. Dieser alte Halunke wußte genau, was ich trieb, und ich war mir klar darüber, daß er mir als Ausländer – noch dazu ohne Geld – keine Chance einräumte, es hier fortzusetzen.
»Sie gehen spazieren und schauen sich unser schönes Amsterdam an, das war es doch, was Sie mir antworten wollten? Sie leben bei einem alten Freund der Familie, und der wird Ihnen die Rückreise bezahlen. Wollten Sie das nicht sagen?« Sein Gesicht wurde plötzlich hart, als er hinzufügte: »Aber das wird er sich sparen können. Sie werden nämlich von uns zurückbefördert, gratis und franko. Allerdings nur bis zur Grenze.« Ich sprang auf. »Das können Sie nicht tun!« rief ich. »Sie wissen genau, was geschieht, wenn Sie mich ausliefern. Das hier ist eine Kulturnation, und es gibt ...«
»Ach«, sagte er wieder lächelnd, aber mit demselben harten Blick in den Augen wie zuvor. »Kulturnation? Warum sind Sie nicht nach Rußland ausgewandert? Das ist doch Ihrer Meinung nach auch eine Kulturnation. Warum kommen Sie ausgerechnet zu uns?«
Ich hätte ihm jetzt erzählen können, daß ich früher auf meiner Wanderschaft schon einmal in Amsterdam gewesen war und daß ich mich dort besonders wohlgefühlt hatte. Aber ich wußte, daß das keinen Sinn hatte.
Er erhob sich. »Wir werden darüber beraten. Aller Wahrscheinlichkeit nach werden Sie noch heute zurückgebracht.« Jetzt lachte er boshaft, ich sah ihm an, wie er seine Worte genoß. »Morgen sind Sie schon wieder in Ihrer Heimat.«
Es vergingen ein paar äußerst unangenehme Stunden. Während der ganzen Zeit hoffte ich: »Die Partei wird es erfahren, sie werden mich herausholen aus dieser Zelle. Sie können mich doch nicht einfach den Henkern drüben ausliefern.« Zwar war ich für die Nazis nur ein verhältnismäßig kleiner Fisch, aber ich war Mitglied der Partei und hatte als Reporter in der *Roten Fahne* gearbeitet.
Dann, es war schon abend, hörte ich Schritte auf dem Gang draußen und dachte: »Also jetzt ist es soweit, kein Schwein

hat sich um dich gekümmert, mach dich bereit.« Die Schritte kamen näher, die Tür wurde aufgerissen und draußen standen, neben dem Wärter, der Professor und ein anderer Mann. Der Professor sagte: »Ich habe die Erlaubnis bekommen, dich zu besuchen. Das hier ist ein Rechtsanwalt, auf den sie hören. Wir haben bisher wenigstens erreicht, daß du diese Nacht nicht abgeschoben wirst. Du mußt dich gedulden ... Heute nacht noch haben wir eine Verabredung mit einem Mitglied des Parlaments, der hat Beziehungen überall hin. Hab' keine Angst, wir werden alles tun, was in unserer Macht steht.«
»Und die Partei?«
»Verstehen Sie doch, daß wir alles versuchen werden, und halten Sie uns nicht länger auf. Wir sind nur hierher gekommen, um Ihnen mitzuteilen, daß Sie zumindestens die Nacht noch in Holland bleiben. Alles weitere wird sich finden ...«, sagte der Anwalt ungeduldig.
Er wurde unterbrochen von meinem Freund, dem Professor: »Hör zu«, sagte er leise, »die Behörden haben Schiß vor Hitler. Sie wollen sich mit dem neuen Deutschland nicht anlegen. Das nennen sie Politik. Wir werden aber trotzdem durchsetzen, daß du erst einmal freikommst und nicht ausgeliefert wirst, das ist im Augenblick die Hauptsache. Dann werden wir weitersehen.«
Die beiden verabschiedeten sich schnell, und ich war wieder allein. Das kleine Holland hatte also Angst vor dem großen Hitlerdeutschland und wollte es mit ihm nicht verderben, bevor sie überhaupt miteinander ins Gespräch gekommen waren. Oder hatten sie sich schon abgesprochen? Und wie war es mit den anderen kleinen Ländern und wie mit den großen? Ich konnte nicht einschlafen.

Mehr als dreißig Stunden später, nachdem mich der Anwalt und mein Freund verlassen hatten, wurde ich geweckt. Es war ein Uhr nachts. Die beiden Kriminalbeamten, die der Wärter in die Zelle ließ, waren dieselben, die mich von der Hauptpost abgeholt hatten. Der eine machte demonstrativ den Mantel auf, ich sollte wohl seinen Pistolenhalfter sehen, und sagte grob: »Tempo, wenn ich bitten darf.«

»Wohin?« fragte ich, während ich mich erhob.
Die beiden gaben mir keine Antwort.
Ich kleidete mich an. Dabei fuhr mir durch den Kopf: Ein Uhr, das ist die richtige Zeit. Sie werden dich zur nächsten Grenze bringen, keinen Ton sagen, dir deinen Paß geben, dich an irgendeiner Stelle, von einem Gebüsch aus, in ein Feld führen, dir einen Tritt verpassen und dabei grinsend sagen: »Geh immer geradeaus, in zehn Minuten wirst du im Ausland sein. Kein Mensch wird dich bemerken. Läßt du dich bei uns noch einmal blicken, kommst du unter zwei Jahren nicht davon.« Gut. Aber was für ein Ausland? Da waren Belgien oder Luxemburg. Da war aber auch Deutschland. Bei dieser dritten Möglichkeit würden sie sich eher höflich zeigen und eine Weile mit ihren Kollegen plaudern, ehe sie sich verabschiedeten.
Ich wurde hinausgeführt, unter der Laterne stand der Wagen, den ich schon kannte. Es war sehr nebelig, wir fuhren durch das schlafende Amsterdam. Ich verstand nicht viel von dem, was die beiden miteinander sprachen. Ich hatte nichts als Angst, daß es nach Osten ging, aber ich konnte die Himmelsrichtungen in der Nacht natürlich nicht ausmachen. Doch dann merkte ich an allerlei Zeichen, daß wir uns dem Hafen näherten. Der Unterbau von Kränen war zu erkennen, die sich nach oben hin im Nebel verloren. Ballen, Fässer und Warnlichter, dann, undeutlich, Schiffe. Einmal mußte der Fahrer anhalten, es waren sicher Leute von der Hafenpolizei, mit denen er sprach, wir waren also schon im Freihafen. Die Beamten unterhielten sich leise, dann fuhren wir weiter. Nicht lange. Ein Fallreep führte zu einem dunklen Schiffsrumpf, daneben standen ein Offizier, der Anwalt und mein Freund.
Sein Anblick ging mir sehr nahe. Er umarmte mich, nachdem ich ausgestiegen war, und ich sah, wie eingefallen sein Gesicht war. Sicher hatte er die ganze Zeit über, seit seinem Besuch in meiner Zelle, nicht geschlafen. »Wir haben nichts anderes erreichen können«, er sprach schnell, »aber sie bringen dich nicht nach Deutschland zurück. Das beste, was wir machen konnten, war ...«

»Wir haben bis zuletzt alles versucht«, unterbrach ihn der Anwalt, als wollte er sich entschuldigen, »das können Sie uns glauben.«
»... das ist eine Entscheidung mit der man zufrieden sein kann«, sagte mein Freund, auch er im selben Ton. »Du mußt mit dem ersten Schiff, das Holland verläßt, außer Landes. Schiffskarte und alles ist erledigt.« Er zeigte auf den dunklen Rumpf des Frachters: »Mit diesem da.«
Es blieb uns keine weitere Zeit zum Reden. Der eine der Beamten überreichte mir meinen Paß, tippte sich gegen den Hut und sagte höflich: »Leben Sie wohl.« Dann stiegen die beiden in den Wagen und fuhren davon. Mein Freund steckte mir hastig einige Geldscheine in die Tasche. »Entschuldige«, murmelte er, »ich habe nicht daran gedacht, sonst hätte ich ...«
Der Schiffsoffizier drängte sich zwischen uns. »Jetzt aber Schluß, meine Herren. Es ist Zeit ...«
Erst an Deck kam ich dazu, etwas zu sagen. Ich beugte mich über die Reeling und rief: »Herzlichen Dank!« Diese simplen Worte reuten mich im selben Augenblick, in dem ich sie hinunter rief, aber mir fiel einfach nichts anderes ein. Doch meine holländischen Freunde hatten schon begriffen, wie ich es meinte. Sie winkten mir nach, bis sie in der Dunkelheit und im Nebel verschwanden.
Ich blieb an Deck des Schiffes, bis es den Kanal von Amsterdam zum offenen Meer durchfahren hatte, und die See uns unruhig empfing. Unten fragte ich einen Seemann, wohin wir eigentlich führen, und er antwortete: »Nach Kopenhagen, nach Dänemark. Was glauben Sie, wie ich mich auf Zuhause freue!«
Wie das Leben so spielt, dachte ich, als ich in der Koje lag. Die Herren hatten bestimmt, daß ich mit dem ersten Schiff, das aus Holland auslaufen würde, aus ihrem Land verschwinden müßte. Das erste Schiff, das mich mitnahm, hätte ebensogut nach London, Algier, Lissabon oder Shanghai fahren können ...

Mit siebzehn Jahren war ich von zu Hause fortgelaufen. Ich hatte mich bis zu diesem Zeitpunkt vollgesogen mit Vorstellungen und Bildern, die mein Dasein bestimmten und hatte den Entschluß gefaßt, einfach zu verschwinden, sobald ich meine Lehrjahre abgeschlossen hatte. Als Chemigraph gehörte ich der Graphischen Gewerkschaft an, einer Gewerkschaft, der man spöttisch die Bezeichnung »Arbeiteraristokratie« anhängte. Vielleicht auch deshalb, weil die Meister und Gehilfen ihre Lehrlinge schon bei Antritt der Lehre mit »Sie« anreden mußten. Wir verdienten gut, hatten uns viele materielle und soziale Errungenschaften erkämpft, aber das nur, weil wir straff organisiert waren und unsere Gewerkschaftsleitung streng darauf achtete, daß ihre Betriebsräte und Vertrauensleute dafür sorgten, daß der Laden lief. Es konnte niemand einen Arbeitsplatz in unserem Gewerbe einnehmen, der nicht organisiert war. Bevor man sich dem Personalchef oder dem Betriebsleiter vorstellte, mußte man zum Betriebsrat, weil der erst einmal das vollgeklebte Gewerkschaftsbuch sehen wollte. War das nicht der Fall, konnte man gleich wieder abziehen.

Obwohl ich also seit Beginn meiner Lehrzeit Gewerkschaftsmitglied war und schon damals viel Geld verdiente, brach ich aus. Meine Eltern waren bestürzt, mein Vater, der immer stolz darauf gewesen war, daß ich einen so »feinen« Beruf erlernt hatte und Mitglied einer so »guten« Gewerkschaft war, konnte es nicht verstehen. Hinzu kam, daß ich ihn, kaum daß ich fertig war, täuschte. Er hat es nie begriffen.
Aber ich wußte auch damals schon, daß er es nie begreifen würde. Er hatte, so lange er überhaupt zurückdenken konnte, gearbeitet, zwölf Stunden und mehr am Tag. Er war, ein stolzer Augenblick in seinem Leben, schon mit achtzehn Jahren hochherrschaftlicher Kutscher, mit einer Livree, bei seinem Gutsherrn geworden, und er hatte nie Zeit gehabt, noch je daran gedacht, ein Buch zu lesen. Und ich, sein Stolz, der das Glück hatte, Chemigraph werden zu können, für den Bücher etwas Alltägliches waren, der seine Prüfung mit »sehr gut«

bestanden hatte, – ich verschwand. Ich stieg einfach aus, wie man heute sagt.

Da ich es allein nicht wagte, überredete ich meinen Jugendgenossen Walter B., das gleiche zu tun. Da wir noch keine achtzehn Jahre alt waren, brauchten wir die Einwilligung unserer Väter, um einen Paß zu bekommen. Deshalb erklärten wir unseren Eltern, wir wollten auf unserer Fahrt in den Ferien auch die Elbquelle besichtigen, dazu benötigten wir einen Paß, weil die Quelle in der Tschechoslowakei liegt. Unsere Väter unterschrieben das Dokument, bezahlten je fünf Mark dafür, und wir verschwanden. Mein Freund kehrte schon in Innsbruck um, ich trampte weiter nach Afrika. Meine erste Karte schickte ich aus Venedig, dann ließ ich lange nichts mehr von mir hören.

Das war es, was mein Vater nicht begriff: er hatte davon geträumt, daß ich in meiner Freizeit eine kaufmännische Schule besuchen würde, um später einen graphischen Betrieb leiten zu können. Ich hatte alle Voraussetzungen für diese Laufbahn. So oder ähnlich träumen die Alten, denen es selbst nicht vergönnt war, emporzusteigen, weil ihnen die tausend Widrigkeiten dieses Lebens im Wege standen. Bei meinem Vater war es die Armut, er hatte es einfach nicht weiterbringen können, bei seiner Herkunft in seiner Zeit, als bis zum livrierten Kutscher, obwohl er außerordentlich intelligent war. Als er dann später nach Berlin übersiedelte, war auch hier die tägliche zwölfstündige Arbeit, hinzu kam die Familie. Ich sollte es einmal besser haben.

In mir erwuchsen durch das Lesen Träume mit einer Gewalt, die mich manchmal selbst die Schule und später die Lehre vergessen ließen. Als ich Maxim Gorki entdeckte, lebte ich nicht mehr auf dieser Erde. Ich fuhr damals morgens um sechs Uhr mit der S-Bahn zu meinem Arbeitsplatz. Manchmal aber durchfuhr ich die Station, wo ich aussteigen mußte, und fuhr und fuhr mit der Ringbahn um Berlin herum, um vielleicht in Schöneberg oder Gesundbrunnen aus meinen Träumen zu erwachen. Ich war mit Maxim Gorki an der Wolga entlanggegangen. Ich glaube, ich habe sein Buch ›Meine Universitäten‹ ein dutzend Mal gelesen. Ich schlich mich, vom Meister ermahnt, auf das Klo und las weiter. Als ich B. Traven und Jack London zu lesen begann, glaubten alle, ich sei krank. Ich vergaß das Essen, ich vergaß sogar meine Verpflichtungen für die Jugendarbeit in der Sozialistischen Arbeiterjugend, der ich angehörte, bis ich später zur KPD übertrat. Mich interessierten in diesen Stunden weder der Klassenfeind noch die Gewerkschaft, noch die bekümmerten Gesichter meiner Eltern; ich war in der russischen Steppe oder in Tampico in Mexiko oder auf dem amerikanischen Schienenstrang ...

Gewiß, jeder von uns hat als junger Mensch ähnliche Erlebnisse, und doch glaube ich, daß es bei mir stärker war als bei den meisten anderen. An einem Sonnentag hatte mich plötzlich die Erkenntnis gepackt: »Das, was du da liest, gibt es in Wirklichkeit! Die Welt, wie du sie beschrieben bekommst, ist keine Einbildung, nicht nur eine Fata Morgana, die dir ein Schriftsteller vorgaukelt. Es gibt Sizilien und Port Said, die Wolga fließt ins Kaspische Meer, die Weiten Nordamerikas sind echt, das Kreuz des Südens steht klar am Himmel, du mußt nur hinfahren und es dir ansehen. Du mußt!«

Als ich dieses Erlebnis hatte, war ich noch nicht mutig genug, schon auszubrechen. Zwei Dinge hielten mich noch davor zurück. Da war meine Familie, wie würde sie es aufnehmen, wenn ich, vierzehnjährig, zu streunen begonnen hätte? In dem Haus, in dem ich geboren worden bin, waren wir so ziemlich die einzigen »anständigen« Leute. Die anderen, meist entwurzelte Polen oder Asoziale, beherrschten das Revier. Die Miete war billig, das Treppenhaus wimmelte von Kindern, Katzen und Hunden. Sonntags abends gab es die üblichen Schlägereien nach den üblichen Saufereien. Das Gekreische der Frauen und das Brüllen der Männer beherrschte meine Nächte. Die meisten der Menschen waren, wie meine Eltern, aus Ober- und Niederschlesien nach Berlin gekommen, weil es hier Arbeit gab, schufteten sechs Tage wie die Ochsen, um am Wochende ihre Trauer, ihre Hoffnungslosigkeit zu ersäufen. Mein Vater trank nicht. Ich hatte einen Haufen Geschwister, außerdem wohnte meine Großmutter bei uns, die Russin war und nur wenig deutsch sprach. Wir alle schliefen in einem Raum und wohnten in einer Küche, die allerdings recht groß war. In dieser Wohnung gab es nur einen Hahn für kaltes Wasser. Je vier Familien teilten sich ein Klo, das jeweils zwischen den Stockwerken lag. Im Erdgeschoß befand sich eine Kneipe, die weit und breit berüchtigt war, »Bei Max Böhm«. Wir Kinder waren immer adrett und sauber angezogen, meine Mutter schaffte das, obwohl sie zu Hause an der Nähmaschine als Hosennäherin mitverdiente. Hatte mein Vater Nachtschicht gehabt, machte sie am Tage etwas anderes, und wir Kinder hatten still zu sein. Nur einmal in der Woche ging er zum »Zahlabend« der Sozialdemokratischen Partei oder in den Arbeiter-Radfahrverein »Solidarität«. Ich glaube nicht, daß er dort mehr als ein Bier trank. Wir waren also anständige Leute, und ich war in der Chemigraphischen Lehre. Es hätte den Eltern das Herz gebrochen, wenn ich davongelaufen wäre. Ich konnte es damals nicht tun.

Dann war da die Schule und die Zeit danach. In Adlershof wurde gleich nach dem Kriege die erste Sozialistische Schule Deutschlands gegründet; sie nannte sich Weltliche Schule, weil sie nur von Kindern besucht wurde, deren Eltern aus der Kirche ausgetreten waren. Wir Kinder kannten uns alle, teils, weil wir vorher in der früheren sogenannten rechten Schule in derselben Klasse zusammen gesessen hatten, teils von der Straße her. Aber es kam in der Sozialistischen Schule etwas völlig Neues hinzu: die Lehrer wollten, daß Mädchen und Jungen nicht getrennt sitzen sollten. Die Mädchen weigerten sich zuerst. Und anstelle des Religionsunterrichts gab es eine »Stunde der Moral«. Niemand hatte eine genaue Vorstellung davon. Da wurden uns Gedichte eines gewissen Cäsar Fleischlen, eines Max Barthel, eines Heinrich Lersch vorgelesen, und wir sollten uns darin wiedererkennen. ›Der Mensch ist gut‹ von Leonhard Frank war auch so ein Thema, das nur wenige begriffen.
Aber typisch war, daß ein Mitschüler, den wir Männe Rex nannten, der schon vorher in der anderen Schule den Religionsunterricht geschwänzt hatte, auch »dieses blöde Geseiche« über die Moral sausen ließ. Er war älter als wir anderen, rauchte schon, auch kaufte er sich im Kiosk am Bahnhof

kleine Flachmänner – »für meinen Vater« – die er bequem in der Tasche mit sich herumtragen konnte. Seine Mutter, eine ledige, tapfere Frau, die ihr Geld irgendwo in einer chemischen Abteilung bei Kahlbaum verdiente, hatte ganz gelbe strohige Haare. »Det kommt von die verdammte Säure bei Kalle Bohm«, erklärte er uns, »diese verdammten Kapitalisten haben sie ausjelaucht.« Trotzdem bestahl er sie, wo er nur konnte. »Ick kenne alle Vastecke«, prahlte er, wenn er außerhalb der Schule mit uns zusammen war. Was sollte so ein Junge in der Sozialistischen Schule, die es sich schwer machte, uns zu »neuen Menschen« zu erziehen? Ach, die meisten Arbeiterkinder in unserer Schule waren nicht so, daß sie von einer strahlenden Welt unter dem Zeichen des Sozialismus träumten, dazu war ihre Welt viel zu hart. Schon das Wort war viel zu schwierig, und sie hätten sich geschämt, von ihren Träumen zu sprechen, soweit sie überhaupt welche hatten.
Es gab an unserer Schule zwei Lehrerinnen, die bereits promoviert hatten und extra aus Colmar aus dem Elsaß gekommen waren, um hier das Volksschullehrer-Examen nachzuholen und an diesem pädagogischen sozialistischen Experiment mitzuarbeiten. Was müssen diese beiden idealistischen Damen von einem Jungen wie Männe Rex und von uns anderen Proletarierkindern gedacht haben?
Es gelang der einen von ihnen, sie hieß Fräulein Gehrke, drei Jungen, zu denen auch ich gehörte, wie eine übereifrige Missionarin, zu den »höheren Werten« hinzuführen. Sie schleppte uns zu Ausstellungen moderner Malerei, zum Beispiel von Kandinsky, George Grosz und Käte Kollwitz, oder wir marschierten durch die Säle des Kronprinzen-Palais »Unter den Linden«, blickten auf die riesigen klassischen Gemälde, verstanden nichts, und sie fragte uns voller Hoffnung: »Was sagt euch dieses Bild, sprecht es ganz spontan aus, wie ist euer Eindruck?« Und wenn wir es verstanden hätten, wir hätten die Worte nicht gehabt, es auszudrücken, zudem uns auch kaum getraut, etwas zu sagen, weil es vollkommen verkehrt hätte sein können. Was wußte diese gebildete Dame von uns? Sie meinte es gut, wir fühlten es, aber uns trennten Abgründe.

Sie flehte uns an, sie mit Du anzureden – »Wir sind doch Kameraden!« – es ging einfach nicht.
Später, während des Kapp-Putsches, haben die Faschisten sie eingesperrt und ein paar Tage und Nächte gefoltert. Sie hat treu und tapfer zu uns gehalten, sie hat ihnen auf ihre unflätigen Fragen mutig und stolz geantwortet. Während die Soldateska die Arbeiter aus ihren Wohnungen und Verstecken holte und sechzehn von ihnen hinter »Wöllsteins Lustgarten« am Rande von Adlershof erschossen, hat sie zu uns gehalten. (Warum konnten wir uns als Kinder nicht so gut mit ihr verstehen, wie sie es so heiß wünschte?)

Dann kam da eines Tages ein junger Bursche in das Klassenzimmer, er setzte sich auf das Pult der ersten Bank vorne, grinste uns an und sagte: »Da bin ich, von heute ab müßt ihr mit mir vorlieb nehmen.«
»Wer sind Sie denn?« blökte Männe Rex mißtrauisch.
»Sie sind doch nicht zufällig auch 'n Lehrer?«
Wir lachten mit ihm. Der Junge da vorne auf dem Pult sah keinesfalls wie ein Lehrer aus. Eher wie einer vom Wandervogel: Schillerkragen, Manchesteranzug, viel zu lange Haare. Was wollte denn der bei uns?
»Ja, ich bin euer neuer Lehrer«, sagte der junge Mann.
»Mein Name ist Fritz.«
»Herr Fritz?« schrie Männe Rex und alle lachten wieder. »Nein«, antwortete der junge Mann, ebenfalls lachend, »nur Fritz. Fritz Weigelt, wenn es euch interessiert. Und jetzt sagt mir mal alle eure Namen, eure Vornamen natürlich, das andere wird sich schon ergeben.«
Dieser Lehrer kam auf wunderbare Weise mit uns zurecht, alle mochten seinen Unterricht.
Ich weiß nicht, was er den anderen Schülern mitgegeben hat, für mich wirkte er mitbestimmend für mein späteres Leben.
Nach der Jugendweihe und nach Beendigung meiner Schulzeit war ich in einem »Club der ehemaligen Schüler der Weltlichen Schule«, wir spielten Theater, diskutierten Bücher und wanderten an den Wochenenden. Wir waren geboren, die Welt

zu verändern, wir fühlten uns auserkoren, (›Mit uns zieht die neue Zeit!‹) und wir wollten die ersten sein. Zu dieser Zeit war ich vierzehn/fünfzehn Jahre alt. Was damals geschah, hätte in mir keine so tiefen Spuren hinterlassen, wenn es diesen jungen Lehrer Fritz Weigelt nicht gegeben hätte. Mein Leben wäre anders verlaufen.

28. Januar 1946 Das Sekretariat der Kommunistischen Partei beschließt, daß unter bestimmten Umständen Nationalsozialisten, die der NSDAP nach dem 1. Mai 1937 beigetreten sind, in die KPD aufgenommen werden können.

1946/47 Aus Mitteldeutschland gelieferte Briketts tragen die aufgeprägten politischen Texte »UdSSR 30 Jahre Säule des Friedens« und »Arbeiter und Bauern der UdSSR bauen eine neue Welt«.

11. Juni 1948 Nach einem Beschluß des Vorstandes der SPD ist wegen Verdachts der kommunistischen Unterwanderung eine Mitgliedschaft in der Vereinigung der Verfolgten des Naziregimes mit der Mitgliedschaft in der SPD nicht mehr vereinbar.

Ich glaube, in meinem Leben eine ganze Portion Glück gehabt zu haben. Zum Beispiel, daß ich in Amsterdam nachts an Bord des Frachters gebracht wurde, der nach Kopenhagen auslief. Ich hatte mich stets nach dem Süden gesehnt und nie auch nur mit dem Gedanken gespielt, es auch einmal mit dem Norden zu versuchen. Obwohl ich Knut Hamsuns Bücher verschlungen hatte, gelangte ich wärend meiner Tramp- und Vagabundenjahre nicht nördlicher als Hamburg. Casablanca, Saloniki, Malaga – das waren Städte, deren Namen allein unwiderstehlich für mich waren. Ein Fellache auf seinem Esel und der Nil dahinter, griechische Männer beim Sirtaki, eine Lammkeule über dem offenen Feuer, eine Nacht unter Zigeunern am Schwarzen Meer – das waren meine Traumbilder. Mit siebzehn Jahren bin ich den Nil bis Luxor hinauf getrampt, habe mit Beduinen die Halbinsel Sinai durchquert, bin im Gazastreifen verhaftet worden – da war irgendein Krieg – und in den Bergen Siziliens beinahe verhungert. Es hat mich immer wieder in den Süden gezogen. Es war wie eine Krankheit. (Viele der jungen Leute von heute machen es ebenso, sie haben es allerdings leichter.)

Und jetzt kam ich in die dänische Hauptstadt Kopenhagen, »Kongens By«, wie die Leute da oben sagen, Stadt des Königs. Nur war ich nicht freiwillig hergekommen. Dieses Mal war ich auf der Flucht, eine höhere Instanz hatte über mich bestimmt.

Seit vier Jahren war ich Mitglied einer Partei – aber diese Zeitangabe ist eigentlich irreführend, in Wahrheit war ich bereits seit meiner Geburt vorprogrammiert, seit fünfundzwanzig Jahren also. Aufgewachsen in meinem Milieu, mit meinen Erlebnissen in der Weimarer Republik in Berlin, mußte ich fast zwangsläufig Sozialist oder Kommunist werden. Es war eine Selbstverständlichkeit, diese höhere Instanz anzuerkennen, und wenn mich ihr Griff schon vor meiner Vagabundenzeit erreicht hätte, hätte ich ihr noch länger die Treue gehalten. Ich war Mitglied einer dogmatischen Gemeinschaft, wie andere Mitglied der allein seligmachenden katholischen Kirche sind. Auch ich hoffte auf eine bessere Welt, allerdings im Diesseits. Die meisten können sich von dieser Gemeinschaft der Gläubigen nur unter seelischen Qualen trennen – der Gedanke, aus diesem Kreis ausgeschlossen zu sein, ist ihnen unerträglich. Wer bin ich, daß ich die Wahrheit besser zu kennen glaubte als die heiligen Führer? Wer bin ich, daß ich die Beschlüsse des Zentralkomitees kritisierte?

Es war diesig, als wir im Kopenhagener Hafen einliefen, ich konnte von der Stadt nichts sehen. Dann ging ich durch schöne alte Straßen, aber wohin? Ich fand schließlich den kleinen Hafen Nyhavn, vielleicht hatte mich mein Instinkt geführt. Solchen kleinen Häfen hatte seit jeher meine Liebe gehört, sie rochen nach Teer, Fisch und Meer und hatten in mir immer neue Sehnsucht nach neuen Fernen erweckt.

Jetzt lag etwas zwischen mir und meiner Sehnsucht: ich hatte mich bei meiner Partei zu melden, und die würde dann entscheiden, was ich zu tun hatte. Aber konnte ich damit nicht bis morgen warten? Ich ging in eine der Kellerkneipen, in denen Seeleute und Huren saßen, und bestellte mir etwas zu essen.

»Womit zahlen Sie?« fragte der Kellner.

»Holländische Gulden.«

»Geht in Ordnung.«

»Kann man bei Ihnen auch schlafen?« fragte ich.

»Haben Sie Ausweispapiere?«

Er sah sich flüchtig meinen Paß an und sagte: »Wir haben oben noch ein Zimmer mit zwei Betten. In dem einen schläft schon einer. Wenn Sie wollen ...«

Ich saß nicht lange allein. Einer der Männer, die da an ihren Tischen hockten, kam und setzte sich zu mir. Es war ein ziemlicher Brocken, Heizer vielleicht oder Schauermann. Er hatte seine Bierflasche mitgebracht und prostete mir zu »Du kommst aus Deutschland, nicht wahr?« Er sprach Deutsch mit leichtem skandinavischen Tonfall. »Wie sieht's denn da so aus?«

Da ich den Mann nicht kannte, gab ich ihm nur vage Antworten: Wie soll es aussehen? Kalt ist es wie hier. Oder: Den Umständen entsprechend. Was man so sagt, wenn man mit Fremden zusammensitzt und keinen Ärger haben will.

»So, so«, sagte er. »Und die holländischen Gulden?«

»Ist das hierzulande verboten, holländische Gulden zu haben?«

»Hör mal zu, mein Junge«, sagte er gar nicht mehr so freundlich, »du willst hier schlafen, hast kein Gepäck, bist, wie ich deinen Händen ansehen kann, auch kein Seemann oder Hafenarbeiter und hockst dich ausgerechnet in diese Kneipe. Vielleicht erzählst du mir mal, was du hier zu suchen hast, wohl'n bißchen spitzeln?«

Das ging zu weit. Ich erzählte ihm, was mit mir los wäre und was in den letzten Tagen geschehen sei. Er hörte aufmerksam zu, sein Gesicht wurde zunehmend freundlicher. Dann sagte er: »Du bist der erste Emigrant, den ich kennenlerne. Warst du schon bei der Partei?«

»Was denn – du auch?«

»Ich bin Obmann der Hafenarbeitergewerkschaft«, sagte er nicht ohne Stolz. »Nenn mich Niels. Wir haben heute Frühschicht gehabt, deshalb sitze ich schon hier.« Er drehte sich um, sagte etwas, und viele kamen an unseren Tisch. Er erzählte ihnen, was ich für einer sei, und sie hoben die Bierflaschen und riefen »skål!« Hier war ich also in guter Gesellschaft. Alle waren sie mächtige Kerle mit Händen, denen man ansah, daß sie zupacken mußten.

Bald entwickelte sich ein kleiner Streit, weil jeder meine Rechnung bezahlen wollte oder, wenn das nicht in Frage käme, ob ich dann wenigstens bei einem von ihnen übernachten würde. Mein erster dänischer Bekannter, Niels also, sagte, er habe das Vorrecht, also müsse ich bei ihm schlafen. Wir einigten uns schließlich, daß ich das Zimmer nähme, das ich beim Wirt bereits bestellt hatte, und es war eine Weile Ruhe.

Wenn ein paar Dänen beisammensitzen und sich streiten, muß man aufpassen, daß man nicht anfängt zu lachen. Das erste Mal Dänisch zu hören ist für jeden Ausländer komisch. Da gibt es so unmögliche Laute wie in keiner anderen Sprache, glaube ich, und es dauert eine Zeitlang, bis man sich daran gewöhnt hat, noch länger, bis man sie zu lieben beginnt.

Diese Männer in der Kellerkneipe stritten sich in einem mir unverständlichen Idiom erneut. Aber ich kapierte, daß es wieder um mein Wohlergehen ging; wie sich herausstellte, darum, bei wem ich am nächsten Tag zu Mittag essen sollte. Aber ich konnte noch nicht über den nächsten Tag entscheiden, und sie ließen sich auf später vertrösten.

Es wurde ein lustiger Abend, und ich weiß bis heute noch nicht, wie ich ins Bett gekommen bin. Niels hatte mir eine Adresse zugesteckt, ehe er mich hinaufbrachte. Ich wußte, wohin ich am nächsten Vormittag erst einmal zu gehen hatte.

Die Partei hatte ihr Büro in einer vornehmen alten Villa in der Frederiksberg-Allee, einer der älteren feudalen Straßen in der Nähe des Schlosses mit seinem wunderschönen Park. Die Villa, bei deren erstem Anblick ich voller Verwirrung einzutreten zögerte, gehörte einem »Bourgeoiser«, wie die Dänen sagen, und wurde von ihm der Partei kostenlos zur Verfügung gestellt. Erst später, als ich mit der Kopenhagener

Schickeria bekannter wurde, begriff ich, daß eine Menge Leute, mehr Frauen als Männer, es ungeheuer interessant fanden, mit Arbeitern, am liebsten mit Hafenarbeitern zu verkehren, besonders wenn sie auch noch tätowiert waren und genügend Haare auf der Brust hatten, nur ihren Dialekt sprachen und ordentlich saufen konnten. Es gab außerdem einige reiche Leute, die offen mit der Partei der Arbeiterklasse sympathisierten und sie finanziell unterstützten. Was auch immer sie sich dabei dachten, es war ihre Sache.

Als ich das Parteibüro zum ersten Mal aufsuchte, ließ man mich zunächst einmal lange warten. Dann kam ein kleiner jovial aussehender und gut gekleideter Mann die Treppe herunter, es war ein ehemaliger Reichstagsabgeordneter, den ich von Berlin her kannte. Auch er erkannte mich, wir waren uns einige Male im Foyer des Reichstagsgebäudes begegnet, gesprochen hatten wir nur selten miteinander. Er zeigte sich jetzt sehr reserviert. »Wie kommst du hierher?« fragte er mißtrauisch. »Hat die Partei dich geschickt?«
»Nein«, antwortete ich und erzählte ihm meine Geschichte. Es waren immer die gleichen Fragen, die mir gestellt wurden. »Ich bin seit vier Jahren bei der Partei«, sagte ich, »und du kennst mich. Warum sollte ich dir etwas vormachen. Ich bin einfach aus Berlin getürmt, weil ich keine Lust hatte, mich von den Nazis einsperren zu lassen. Ich wußte in Berlin nicht, wo ich die Partei hätte finden können. Man hat mir nicht gesagt, wohin ich mich hätte wenden sollen, wenn die Sache so schiefgeht.«
»Sie ist nicht schiefgegangen, Genosse«, sagte er voller Ernst, »das ist ein Irrtum deinerseits. Die Linie der Partei ist hier ganz klar und richtungweisend. Der Spuk wird nicht lange dauern. Inzwischen müssen wir uns bereit halten. Bestimmt gibt es bald Krieg mit der Sowjetunion, dann wird sich die Arbeiterschaft der Welt, besonders die deutsche, erheben und ...«
Jetzt sprach er, als wäre er im Reichstag oder auf dem Podium irgendeines Versammlungslokals. Ich ließ ihn reden. Entweder wußte er wirklich nicht, wie es in Berlin zuging, oder er machte sich etwas vor. Auch er redete das gleiche, wie der

Genosse Martin in Amsterdam: die Partei hatte nur scheinbar eine Niederlage erlitten, in Wirklichkeit war das, was in Deutschland geschehen war, ein bedeutender Sieg der Arbeiterklasse, und wenn erst ... ich müßte das doch einsehen. Ich sah es auch hier nicht ein.

Es gibt etwas, das sie Dialektik nennen. Du siehst einen grünen Tisch, und dann kommt einer der führenden Funktionäre und behauptet, der Tisch sei nicht grün, sondern rot. Du kannst dich auf den Kopf stellen oder Farbenblindheit vorschieben, es nützt nichts, du mußt Farbe bekennen – im wahrsten Sinne des Wortes. Und da auch andere kluge Männer und Frauen behaupten, der Tisch sei rot, gibst du lieber klein bei und sagst nichts mehr. (Du behauptest, der Tisch sei grün? Du hast wohl noch nie etwas von der Objektiven Realität gehört oder gelesen? Du behauptest, die Arbeiterklasse habe durch den Sieg Hitlers eine Niederlage erlitten? Du mußt es anders sehen, Genosse. Die Sozialdemokraten und die Kommunisten, die der Feind im Begriff ist, auszurotten, sind die wirklichen Sieger. Du mußt alles im großen Zusammenhang sehen. Der Genosse Stalin sagt ...)

Ich habe das damals so oft gehört, daß ich es aufgab, darüber weiter zu diskutieren. Sie würden schon irgendwie recht haben. Du hast ja nur zwei Augen, die Partei hat tausend. Ich sagte also zu dem Genossen Reichstagsabgeordneten: »Und was rätst du mir, hier zu tun?«

Er sah mich eine Weile an und sagte dann: »Ja, was kannst du hier tun? Ich weiß es noch nicht.«

Aber ich wußte es. Er wollte sich erst genauer erkundigen, wie es wirklich mit mir stand. Das war sein Recht. Ich hätte ja ein Spitzel sein können. Für jeden guten Bolschewisten war es erste Pflicht, vorsichtig zu sein, dem Gegner keine Chance zu lassen.

»Also, morgen nachmittag kommst du noch mal vorbei«, sagte er beinahe freundlich, »dann werden wir weiter sehen.«

Er zögerte: »Hast du Geld?«

»Es reicht.«

Schon in der Tür, fragte er plötzlich: »Du schreibst doch. Kennst du den Genossen Walter Schoenstedt?«

»Ja, vom Verband proletarisch-revolutionärer Schriftsteller.«
»Du weißt nicht, wo er ist?«
»Keine Ahnung.«
»Schade. Ein patenter Bursche und ein guter Bolschewik. Hat ein tolles Buch geschrieben, ganz in unserem Sinne. Ihr hättet vielleicht etwas zusammen machen können. Wirklich, ein patenter Bursche.«
Ich hatte das Buch von Walter Schoenstedt gelesen. Es war ein sogenannter »Eine-Mark-Roman« und handelte von irgendeinem Arbeitermädchen, das den Wirrnissen der Zeit und den bürgerlichen Versuchungen zum Trotz den Weg zu den aufgeklärten Werktätigen, also zur KPD findet. »Eine-Mark-Bücher« hieß eine Reihe, die der Malik-Verlag herausgab. Man wußte, was vor allem die Mädchen und Frauen, aber auch die Männer, die viel Zeit hatten, wenn sie ohne Arbeit waren, am liebsten lasen: Liebes-, Abenteuer- und Heimatromane. Problemloses Zeug, kleinbürgerlich, klassenfeindlich. Berühmtestes Beispiel damals ›Das Mädchen aus der Ackerstraße‹. Ein Sittenroman, den jeder kannte. Warum, sagten sich die für Kultur zuständigen Funktionäre der KPD, sollen wir dem Feind dieses Feld überlassen, warum nicht das gleiche tun, aber nicht mit kleinbürgerlicher, sondern mit proletarisch-revolutionärer Tendenz, um die Massen zu erreichen. Die »Eine-Mark-Bücher« waren aufgemacht wie die kleinbürgerlichen Bücher, vor allem waren sie in der gleichen Sprache geschrieben, nur die Tendenz war eben eine andere. Die Leute, die Leser also, würden es sowieso nicht merken und die klassenkämpferische Tendenz schlucken, wie sie die kleinbürgerliche Tendenz geschluckt hatten.
Die Diskussionen über den Wert dieses literarischen Weges hatten eine Weile gedauert, aber da sie dem Klassenkampf dienten, wurde ihre Zweckmäßigkeit zum Schluß nicht mehr bestritten.
Die Umstände, unter denen ich Walter Schoenstedt, einen der Autoren dieser Reihe, dann später in den Vereinigten Staaten als Captain wiedertraf, entsprachen nicht den Hoffnungen, die sich die Partei von ihm gemacht hatte.

»Ein patenter Kerl, ein guter Bolschewik ...«, das waren die letzten Worte, die ich in Kopenhagen von dem Reichstagsabgeordneten zu hören bekam. Als ich mich am anderen Tag wieder in der Villa meldete, war er nicht da. Aber er mußte ein zufriedenstellendes Urteil über mich abgegeben haben.
In der Villa arbeiteten in einem der großen Zimmer ein paar Hamburger, meist jüngere Leute wie ich, und ich wurde ihnen zugewiesen. Wir machten dieselbe Arbeit, wie sie die Genossen in Amsterdam gemacht hatten, und riefen in Pamphleten zum Generalstreik, zum passiven Widerstand, notfalls auch zum Selbstmord auf. Ein paar Dänen, Jungen und Mädchen, waren die Kuriere. Sie brachten die Sachen zu zuverlässigen Leuten nach Esbjerg, die transportierten sie in raffinierten Verstecken nach Deutschland. Diese jungen Menschen arbeiteten mit der gleichen Hingabe für die Partei, wie wir es getan hatten.
Ich bewunderte sie, aber ich beneidete sie nicht.

Niels hatte mir gesagt, ich müsse, wenn ich Kopenhagen wirklich erleben wollte, unbedingt Langelinie sehen: »Eine Promenade den Sund entlang, da, wo die kleine Meerjungfrau auf einem Stein sitzt«. Aber es vergingen Wochen, ehe ich hinging. Ganz warm war es plötzlich in Kopenhagen geworden, der Himmel war blau, beinahe so blau wie im Süden, und es roch nach allen möglichen Sträuchern und Blumen. Nun sind vielleicht im Verlauf der Jahrzehnte Millionen Touristen denselben Weg gegangen, sie haben die bezaubernde Skulptur auf dem Stein im Wasser sitzen sehen, sich über den herrlichen Sund mit den Schiffen und Segelbooten gefreut und in dem großen Restaurant am Ende der Promenade etwas zu sich genommen. Aber ich bin davon überzeugt, daß keiner von ihnen dort zwei solche Erlebnisse innerhalb weniger Minuten hatte wie ich.
Das erste: Da saß zwischen den Spaziergängern auf einer der Bänke, in einen dicken Mantel gehüllt und mit einer Wollmütze auf dem Kopf, ein alter weißhaariger Mann und starrte auf das Wasser. Ich blieb stehen und sah zu ihm hin. Es war

Philipp Scheidemann, der an die siebzig sein mußte, der Sozialdemokrat Scheidemann, der im Jahre 1918 die erste deutsche Republik ausgerufen hatte. Es war für mich ein schockartiges, ein atemberaubendes Erlebnis, ihn zu sehen. In mir kämpften zwei Gefühle: »Da sitzt er«, dachte ich, »der Arbeiterverräter, der Sozialfaschist, der Mann, der mitverantwortlich war für den Tod ungezählter Genossen, die 1919 im Kampf gegen die Nosketruppen und die Freicorps für Spartakus gefallen waren – jene Banden, die Karl Liebknecht und Rosa Luxemburg heimtückisch umgebracht hatten. Der Mann, dem es mit seinen Henkersknechten gelungen war, die deutsche, die wahre Revolution blutig niederzuschlagen, der vielleicht sogar ein Wegbereiter Hitlers war, da sitzt er, ein Greis, der, auch wenn er es gewollt hätte, das Rad der Geschichte nicht mehr zurückdrehen konnte. Es war zu spät, die deutschen Arbeiter waren geschlagen und, zum Teil, zum Feind übergelaufen.«

Dann überkam mich so etwas wie Mitleid: »Auch er also, der einst so mächtige Mann mußte, wie viele tausend andere, sein Land verlassen, um den neuen Henkersknechten zu entgehen. Es war ihm gelungen. Er hatte Glück gehabt, der Philipp Scheidemann. *Er hat Glück gehabt!* Da sitzt er nun, starrt auf das Wasser. Armer alter Mann. Denkt er über sein Leben nach? Gibt er sich Rechenschaft darüber, was er in seinem Leben falsch gemacht hat? Glaubt er immer noch, daß der Weg, den er 1918 eingeschlagen hat, der richtige war?« Ich mochte nicht in seiner Haut stecken. Mich überfiel eine große Traurigkeit.

Ich schlich um seine Bank, ich sah nicht mehr hin zu ihm, als ich ging. Im Jahre 1919, als er auf den Stufen des Alten Museums stand und die Republik ausrief, war ich elf Jahre alt gewesen. Als die Genossen aus unseren Straßen fielen, kaum älter. Dennoch haßte und verachtete ich diesen Mann nicht mehr, der dort auf der Bank saß. Uns verband in dieser Stunde das gleiche Schicksal.

Wenige Augenblicke später, kaum zweihundert Meter entfernt, wurde ich plötzlich angerufen. Ein Mann, der mit einer schönen blonden Frau auf einer der nächsten Bänke saß, rief:

»Mensch, Walter! Wie kommst du ausgerechnet hierher? Setz dich zu uns und erzähle!«

Es war Wilhelm Reich mit einer Freundin. Die Flucht war also auch ihm gelungen. Ich glaube, die Nazis hätten viel dafür gegeben, wenn er ihnen nicht durch die Lappen gegangen wäre. Wilhelm Reich war Jude, Kommunist, Psychoanalytiker, Schüler von Sigmund Freud. Er war also in ihren Augen dreifach »entartet«, wie sie es nannten. Damals, als wir uns trafen, ahnten wir noch nicht, daß er sich bald mit der Partei zerstreiten würde. Er, der Dogmatiker, sollte sich noch mit vielen anderen Dogmatikern zerstreiten.

Wir kannten uns von Berlin. Damals war das Buch ›Der sexuelle Kampf der Jugend‹ von ihm erschienen und hatte einen ziemlichen Wirbel verursacht. Es wurde überall, nicht nur von Intellektuellen und in der Arbeiterjugend, diskutiert. Reich hatte eine Art Gemeinde, die ihm ergeben war. Aber den älteren Mitgliedern der KPD war er suspekt, noch mehr der Parteiführung. Bei den Klassikern des Marxismus wird man vergebens nach einem Grund suchen, warum die Sexualität eine entscheidende Rolle bei der Unterdrückung der Ausgebeuteten spielt. Für Reich war die Unterdrückung der Sexualität eine der Hauptwaffen des Feindes. Die Partei bezeichnete Reichs Theorie als »ahistorische Fiktion«, als unmarxistisch, und sie war durch nichts davon zu überzeugen, daß er mit seiner Theorie möglicherweise neue Zusammenhänge aufdeckte. (»Die russischen Genossen haben uns durch ihre ruhmreiche Revolution im Jahre 1917 den Weg gewiesen, den wir zu gehen haben.«)

Noch bestand keine ausgesprochene Feindschaft zwischen Wilhelm Reich und der Partei. Es gelang ihm, durch seine Veranstaltungen einen großen Kreis von meist jungen Leuten anzuziehen, seine Veranstaltungen waren oft überfüllt. Auch ich wurde von ihm angezogen. Ich besuchte ihn häufiger, wir kamen miteinander ins Gespräch, es entwickelte sich eine kleine Freundschaft.

Und jetzt saß er hier.

Als erstes sagte ich: »Nicht weit von hier sitzt ein hohes Tier der SPD, Philipp Scheidemann.«

»Derselbe, der die Republik ausgerufen hat?«
»Derselbe.«
Und jetzt, vielleicht zum ersten Mal, wurde mir bewußt, wie Wilhelm Reich auf etwas reagierte, das ihn nicht unmittelbar interessierte: »So, Scheidemann, laß ihn sitzen«, sagte er und fuhr fort: »Welche von den Genossen hast du hier getroffen? Sind welche von der Berliner Gruppe dabei? Trefft ihr euch öfter?«
»Ich bin erst kurze Zeit hier.«
»Und wo wohnst du?«
»Ich habe noch kein festes Quartier.«
»Das bringen wir sofort in Ordnung.«
Dieser Mann war so energiegeladen, wie ich es vorher bei keinem Menschen erlebt habe. Er sprach schnell und viel, ließ kaum ein Gegenargument gelten, war auf seine Art besessen.
Wir gingen den Weg zurück, den ich allein gekommen war. Ich sah den alten Mann mit dem weißen Haar noch immer auf der Bank sitzen und auf das Wasser starren, aber ich machte Wilhelm Reich nicht auf ihn aufmerksam. Ich wußte, daß er, während er redete, keine Unterbrechung duldete.
Seine blonde Freundin ging auf der anderen Seite von mir, ihr Gesichtsausdruck war mürrisch, sie langweilte sich offensichtlich. Ich fragte mich, welche Beziehungen er wohl zu ihr hatte, und ich kam zu dem Schluß, daß es ganz einfach die zwischen einem Mann und einer Frau waren. Später erkannte ich: er hatte zum weiblichen Geschlecht von vornherein ein stark sexuelles Verhältnis, das alles andere beherrschte. Es überfiel ihn manchmal wie ein plötzlicher Hunger, man achtet dann gar nicht genau auf das, was man ißt, man will nur den Hunger stillen, man will ihn, da er lästig ist, loswerden.
Wilhelm Reich war kein schöner Mann, wenn man von seinen faszinierenden Augen absah. Seine Gesichtsfarbe war leicht gelblich, seine Kleidung oft schlampig. Aber es ging von ihm etwas aus, was freilich nur Frauen zu fühlen vermochten. Meine Freundin Erna R., die Tänzerin, die eine Nacht mit ihm verbracht hatte, erklärte es so: »Um diesen Mann ist ein zwei Meter dicker Kreis von Sexualität ähnlich einem magne-

tischen Feld. Wenn du einmal in diesen Kreis geraten bist, bist du wie verhext, du kannst nicht anders, du mußt dich ihm hingeben.« Auf meine eifersüchtigen und harten Vorwürfe antwortete sie: »Du kannst einfach nichts anderes tun, als ja zu sagen. Es ist so, als seist du hypnotisiert. Was ist schon dabei? Du gehst am Morgen danach unter die Dusche und alles ist vorbei. Warum eifersüchtig sein? Es war ein Vergnügen, nichts weiter.«

Die unterschiedlichsten Leute, Schauspieler, Architekten, Schriftsteller, lernte ich durch Wilhelm Reich in Kopenhagen kennen. Die Türen zu einflußreichen Intellektuellen öffneten sich mir, weil er mich mitnahm zu ihren Parties. Einmal, es war ein reiner Glückstreffer, lernte ich ein höheres Tier vom Rundfunk kennen, der mir sofort ein Angebot machte: »Schreiben Sie irgend etwas, wir werden es unterbringen.«

»Aber ich kann kein Wort Dänisch.«

»Macht nichts, wir werden es übersetzen lassen.«

»Und über was soll ich schreiben?«

»Schreiben Sie zum Beispiel über die Geschichte des Papiers oder über antike Münzen. Oder über Blumenpflege. Denken Sie sich etwas aus. Wir brauchen dauernd Stoff für den Schulfunk oder für die Stunde der Hausfrau. Wir werden es schon hinkriegen, wenn etwas nicht ganz hörfunkgerecht ist, wozu haben wir die Lektoren und Redakteure. Sie wollen doch als Emigrant auch ein paar Kronen verdienen, oder?«

Reich selbst wohnte in einer großen, von Plüsch beherrschten Wohnung, die ihm eine Verehrerin überlassen hatte. Sie selbst zählte zu jenen linken »Bourgeoisern«, für die das gelegentliche Zusammensein mit ihm das Allerhöchste bedeutete. Die Wohnung war ein Alptraum an Pomp. Allerdings war Reich so besessen von seiner Arbeit, daß er sie gar nicht wahrnahm, und für Gespräche, die nicht sein Fachgebiet, die Psychoanalyse oder Politik betrafen, hatte er kaum Zeit.

Wenn er doch unter die Leute ging, dann hatte das meistens zwei Gründe: er hoffte Förderer für seine Arbeit zu treffen oder menschliche Studienobjekte zu finden. Oft bildete sich dann ein Kreis um ihn, und er dozierte beispielsweise über die Aufhebung der sexuellen Tabus, Voraussetzung für eine

freie Gesellschaft. Er war ein unausgeglichener, zuweilen aufbrausender und leicht erregbarer Mensch, der schnell ungeduldig wurde, wenig Humor besaß und nicht einmal Neckereien oder gar Ironie duldete.
Das machte ihn nicht gerade beliebt, und Teile der dänischen Intellektuellen, die eigentlich absolut liberal waren, waren gegen ihn eingenommen, noch ehe sie ihn richtig kennengelernt hatten. Diese großen, gutmütigen und hilfsbereiten Menschen waren mißtrauisch gegen den zwar blitzschnell denkenden, doch keinen Widerspruch duldenden Mann. Er hatte außer einem praktischen Arzt mit sozialen Ambitionen und einem jungen Psychoanalytiker, der zugleich sein Schüler war, keine engeren Freunde. Auch mit den beiden war er eher kollegial verbunden. Ich nehme fast an, daß Reich auch mich deshalb gerne um sich hatte, weil ich der einzige Nicht-Intellektuelle war, weil er mich über Proletarier ausfragen konnte und er auf meine Reaktionen gespannt war.

Ich begann, mich in Kopenhagen einzurichten. Die paar Kronen, die ich im Rundfunk verdiente, reichten, um mir im Studentenviertel eine Dachkammer zu mieten. Möbel kaufte ich billig beim Trödler, und es gelang einem meiner Freunde, mich mit einem Professor bekannt zu machen, der dafür sorgte, daß ich genug Essensmarken für die Mensa der Universität gratis erhielt. Sehr oft wurde ich auch von meinem ersten Kopenhagener Freund Niels oder von seinen Kameraden eingeladen.
Die dänischen Arbeiter unterschieden sich in nichts von den deutschen. Natürlich hatten sie in jener Zeit, als in Deutschland die tödliche Krise herrschte, einen höheren Lebensstandard, aber ihre Wohnungen waren genauso spießig eingerichtet wie die der Deutschen. Ihre Lebensgewohnheiten, ihre Anschauungen von Anstand und Sitte waren genauso konservativ. Doch sie hatten uns eines voraus: sie waren von einer zu Herzen gehenden Gastfreundschaft. Und wenn sie mich einluden, wollten sie sich natürlich von ihrer besten Seite zeigen. Die Frauen hatten etwas extra Gutes gekocht, die Männer boten mir schon in der Tür eine Zigarre an.

Der Himmel verhüte, daß ich sentimental werde – vielleicht habe ich es einfach mit dem Land Dänemark besonders gut getroffen –, auf jeden Fall begann ich dieses Land und seine Bewohner nach kurzer Zeit zu lieben. Ich machte meine Arbeit in der Partei, lernte fleißig Dänisch und auch Englisch an der Volkshochschule und las viel. Bald versuchte ich auch, Dänisch zu schreiben.

Meine Freunde unter den dänischen Arbeitern kannten Wilhelm Reich natürlich nicht. Damals gehörte er noch der Partei an, aber jeder Eingeweihte wußte, daß es nicht mehr lange dauern würde. Auch als Emigranten waren die kommunistischen Funktionäre nicht gewillt, seine Thesen von der »Sexual-Ökonomie« zu akzeptieren, für sie war das alles ganz einfach unmarxistisch. Und Reich zögerte nicht, die Partei der Starrheit, ja, der Dummheit zu zeihen.
Es zeichnete sich für mich immer deutlicher ab, daß er ein ewig gehetzter und gejagter Mann gewesen ist. Gehetzt von seiner Arbeit, den Terminen mit seinen Patienten, von seiner Mission, andere von der Richtigkeit seines Denkens zu überzeugen. Gejagt von seinen Feinden, unter ihnen auch Psychiater und Psychoanalytiker, die andere Theorien vertraten, die ihn beruflich vernichten wollten, weil er in ihren Augen ein Scharlatan war. Das war er sicher nicht. Er gehörte als Wissenschaftler zu jenen Außenseitern, die auf ihrer fanatischen Suche nach neuen Erkenntnissen jeden Rahmen sprengen.
Auch für die Partei war er ein Ketzer, und sie schloß ihn schließlich aus. Soweit ich es miterlebt habe, hat er mit einem Wutanfall reagiert, es dann aber mit Ruhe hingenommen. Sehr viel tiefer traf ihn sein Ausschluß aus der Internationalen Psychoanalytischen Vereinigung, der damals Sigmund Freud, sein Lehrer, noch angehörte.
Wilhelm Reich leitete zu jener Zeit mit wenigen deutschen Helfern den Verlag für Sexualpolitik, der schon in Wien bestanden und bei dem er die ›Massenpsychologie des Faschismus‹ herausgegeben hatte. Er schrieb ungezählte Artikel, Bücher, Briefe und gab dazu noch eine Zeitschrift heraus. Bis zum Ausschluß aus der Partei ließ er einen Teil der ›Massenpsycho-

logie des Faschismus‹ mit neutralen Umschlägen und Titeln versehen, etwa ›Wir und die Natur‹, und so nach Deutschland bringen. Ganz selten nur gönnte er sich eine Pause, am Abend etwa, unter Künstlern und Intellektuellen. Aber die Pausen bestanden darin, daß er redete und wir zuhörten.
An so einem Abend sagte Reich plötzlich zu mir: »Du hast so viel erlebt, du kommst aus dem Milieu, und auch du bist der Meinung, daß die Partei keinen Sieg, sondern eine Niederlage erlitten hat. Warum schreibst du nicht ein Buch darüber?«
Seine Frage kam so überraschend für mich, daß ich darauf nichts antworten konnte. Aber er war ohnehin schon viel weiter. »Wir gründen einen neuen Verlag«, sagte er, »Der Verlag für Sexualpolitik wäre nicht das Richtige für so ein Buch. Wir müssen einen neuen Namen finden.«
Wir Freunde berieten eine Weile miteinander. Dann kam einer auf den Namen Trobriander-Verlag. Natürlich hatten wir alle auf Vorschlag von Reich Malinowskis Buch über die Trobriander ›Das Geschlechtsleben der Wilden‹ gelesen.
»Zu lang, zu lang«, sagte Reich ungeduldig.
Ich mischte mich nicht in die Diskussion ein. Ich wußte ja noch gar nicht, ob und was ich schreiben sollte.
Dann sagte jemand: »Und wie wäre es mit einem Kürzel? Mit Trobris-Verlag zum Beispiel?«
»Ausgezeichnet«, sagte Reich und damit war die Sache für ihn erledigt.
Aber keineswegs für mich. Reich fragte mich: »Wie lange wirst du an dem Buch arbeiten? Zwei Wochen, drei Wochen?«
Ach, das Buch ist entsprechend geworden! Ich hatte noch nicht einmal ein Konzept. Aber ich mußte ran, Reich trieb mich dazu. Zwanzig Seiten am Tag, zwanzig Seiten! Mir kam es ungeheuerlich vor, aber Reich war so unerbittlich, daß ich das Buch mit seiner Tendenz von der Niederlage der Arbeiterklasse fertigschrieb. Beinahe jeden zweiten Tag fragte er mich: »Wie weit bist du? Geht es vorwärts?«
Diese verdammten zwanzig Seiten (es waren oft weniger) wurden jeden Abend von einem Setzerlehrling abgeholt. Ich besaß nicht die Kraft und den Eifer dieses Mannes, der mir sozusagen den Befehl zum Schreiben eines Buches erteilt

hatte. Seinen fanatischen Eifer konnte er zwar nicht auf mich übertragen, aber ich schrieb das Buch schließlich doch in drei Wochen.

Wilhelm Reich wußte bestimmt nicht, was er unter den jungen Leuten Kopenhagens anrichtete. War sein Buch ›Der sexuelle Kampf der Jugend‹ eines der Kampfmittel der jungen deutschen Linken, vor allem unter den Bürgerlichen gewesen, so wirkte es hier wie ein Brandsatz. Schüler und Studenten verschlangen es, und in den dreißiger Jahren fand in Kopenhagen eine Revolution statt, die ihresgleichen suchte. Plötzlich fanden es sechzehnjährige Mädchen blamabel, noch Jungfrau zu sein, wohlerzogene Jungen redeten über Masturbation und Samenergüsse wie über Zigaretten oder harte Getränke.

Es gab in dieser Zeit in Kopenhagen einen Studenten, der ein glühender Anhänger Wilhelm Reichs war. Er hieß Jörgen de Neergaard, kam aus einer uralten, adeligen Offiziersfamilie, aber er hatte mit seinen Eltern gleich zu Anfang seines Studiums gebrochen und nannte sich schlicht Neergaard. Während seiner Schulzeit schon galt er als Genie und hatte das beste Abitur seines Jahrgangs in Dänemark gemacht. Er litt an der schrecklichen Krankheit Polio und ging auf Krücken. Es dauerte nicht lange, und wir waren befreundet. Sein Deutsch war akzentfrei, sein Englisch und Französich ebenso makellos. Jörgen Neergaard hielt jede Woche einmal »Aaben Hus«, und zu ihm kamen fast alle jungen Leute, die unter den Intellektuellen dieser Stadt etwas zu sagen hatten.

Was mich betraf, so interessierte ihn an mir anfangs, daß ich als Siebzehnjähriger von zu Hause ausgerückt und ein Arbeiterkind war, daß er mit mir – obwohl ich weder ein Gymnasium besucht noch studiert hatte – reden konnte. In dieser Zeit galt es unter Studenten als ungeheuer schick, mit solchen Leuten bekannt zu sein und sie vielleicht sogar Freunde nennen zu dürfen. Am tollsten fanden sie es, deren Sprache nachzuahmen. Je kräftiger die Flüche waren, je gemeiner sie Fäkalien in ihrer Rede gebrauchten, desto entzückter waren sie. Proletkult? Nein, es war nichts anderes als eine Art Flucht aus dem satten ereignislosen Leben, das sie zu Hause umgab.

Sie rebellierten, sie waren zwar keine Kommunisten, aber sie waren aufsässig.
In jenen Jahren brach ein Damm, der aus der stillschweigenden Übereinkunft der Gesellschaft bestanden hatte, die bisher auch von den jungen Leuten akzeptiert worden war. Wilhelm Reich lieferte den theoretischen Unterbau dazu, daß die jungen Leute begannen, sich ihrer kleinbürgerlichen Schamhaftigkeit zu schämen, und das führte dazu, daß Tabus, die vorher nicht angetastet wurden, keine Bedeutung mehr für sie hatten.
Da ich aus einem ganz anderen Milieu als sie kam, erheiterte mich ihr Bemühen, sich proletarisch zu geben. Ich hatte ihre Sprache inzwischen so gut gelernt, daß ich ihren Wortschatz an Obszönitäten ebenfalls fleißig anwandte, was wiederum sie erheiterte. Sie raspelten Arsch und Scheiße genauso herunter wie Poesie und Philosophie und es war beinahe so, als würde für sie mit dem allen zusammen ein neues Zeitalter anbrechen.

Mein Buch war in Wilhelm Reichs Trobris-Verlag erschienen, und ich sollte die Partei bald zu spüren bekommen. Aber vorher gab es noch eine kleine Episode am Rande. Wilhelm Reich wollte eine Pressemeldung in die Zeitungen bringen, um auf das »demnächst erscheinende Buch« schon aufmerksam zu machen. Aus diesem Anlaß erklärte er mir: »Walter Hoffmann (das ist mein bürgerlicher Name) geht nicht. Er klingt trivial, wir müssen einen anderen Namen erfinden.« Wir saßen im kleinen Kreis mit Reich zusammen und diskutierten über ein Pseudonym. Mir war es peinlich, da mitzureden. Ich schlich mich in die Küche, fand eine Flasche Wein und wartete ab.
Erst am nächsten Morgen las ich in einer Zeitung, daß ich Walter Kolbenhoff hieß. Der Name gefiel mir. Unter diesem Namen wurde ich in Dänemark bekannt. Niemand wußte mehr, daß ich eigentlich anders hieß. Das sollte noch eine wichtige Rolle für mich spielen.

12. April 1946 In den letzten Wochen ist eine zunehmende Rattenplage festzustellen. Ursache der Plage sind die zahlreichen günstigen Nistgelegenheiten im Schutt und in den Trümmern und viel überall herumliegender Unrat.

15. Dezember 1946 Die Stadtverwaltung eröffnet in Zusammenarbeit mit dem Caritasverband und dem Verein für Innere Mission im Stadtgebiet 68 Wärmestuben.

13. Dezember 1946 Thornton Wilder, ein Amerikaner, ruft mit seinem Stück ›Wir sind noch einmal davongekommen‹ der Welt diese aufrüttelnde Wahrheit zu. Wer hat gesagt, die Amerikaner verstünden die europäische Seele nicht? Wer hat gesagt, das Stück Kultur sei verwirrend und unverständlich? Es ist Zeit, Vorurteile zu revidieren.

An die unbarmherzige Landschaft der Münchner Straßen hätten sich die Menschen vielleicht gewöhnt, an den Hunger und an die ausgehöhlten Gesichter, der anderen wie ihrer eigenen, gewöhnten sie sich nicht. Die Männer sahen einander in die unrasierten Gesichter, wenn sie sich begegneten und blickten dann wieder schnell weg, als hätten sie sich selbst bei einem Mordgedanken ertappt. Die Frauen blickten starr vor sich hin, in ihren Augen war nichts als die quälende Angst, nicht überleben zu können. Nur die wenigen Kinder, die hier und da zu sehen waren, lachten. Ein Lachen, das oft jäh erstickte, das klang, als bäten sie um etwas um Verzeihung, das sie nicht verstanden.
Den meisten, die die Jahre 1946/47 erlebt haben, werden, davon bin ich überzeugt, diese Jahre als die schlimmsten der Nachkriegszeit erschienen sein. Selbst bei den Unbelehrbaren

hatte sich die Erkenntnis durchgesetzt, daß Deutschland endgültig am Boden lag.
Die Besiegten bückten sich, um die Zigarettenkippen der Sieger von der Straße aufzulesen. Die Herren Soldaten, weiß oder schwarz, die die Kippen lässig wegwarfen, grinsten. Das waren also die heldenhaften Deutschen, vor denen sie im Krieg Angst gehabt hatten. Ganz gewöhnliche Menschen, jetzt in windige Klamotten gekleidet, abgemagert, ausgemergelt. Das erstaunliche war, daß die Männer die Kippen ohne Scham, ohne sich scheu umzublicken, auflasen, um zu Hause dann das Papier zu entfernen und sich mit irgendeinem anderen Papier aus den Resten eine neue Zigarette zu drehen.
Sie hatten den Krieg überlebt, das war das Entscheidende.

Und das war der Geruch dieser Jahre: Ganz München, oder das, was von ihm übrig geblieben war, stank nach aufgewärmtem Sauerkraut. Ging man von der Briennerstraße kommend auf der rechten Seite der Türkenstraße – die linke war von Mauerresten, von Sand und Dreck verschüttet, hier standen etwas weiter zurück auf dem löcherigen Gelände die Reste einer Kaserne –, kam es einem wie eine Wolke entgegen. Die meisten Gaststätten hatten nur ein Stammgericht, wie es genannt wurde. Es bestand aus aufgewärmtem Sauerkraut, ein wenig fader Blutwurst und ein paar blauen Kartoffeln. Für diese Mahlzeit brauchte man keine Lebensmittelmarken abzugeben. Alles andere war markenpflichtig: Marken für Fett, Marken für ein winziges Stück Fleisch, Marken für das, was man Nährmittel nannte. Man mußte sich selber seinen Teller von der Theke holen. Die Kellnerin hatte vor der Schürze eine Schere hängen, womit sie die entsprechenden Marken von der Lebensmittelkarte abschnitt. Dann gab man seinen Paß, sein Soldbuch, seine Uhr oder einen Fünzigmarkschein als Pfand ab. Die Kellnerin legte diese wertvollen Dinge in eine Schublade und reichte einem dafür einen Löffel oder eine Aluminiumgabel und vielleicht noch ein Messer. Es gab außer meist kaltem Wasser höchstens Soda, mit dem man Bestecke und Teller spülte. Sie sahen entsprechend aus und waren doch fast genauso wichtig wie die ganze Fresserei;

denn es gab sie nicht zu kaufen. Die Erfahrungen der Wirtsleute waren trübe. Mancher verließ die Gaststätte mit den kostbaren Bestecken im Mantel oder unter dem Rock verborgen, ohne sich das Pfandgeld wiedergeben zu lassen. Hatte man den Fraß heruntergewürgt, brachte man seine Eßgeräte, auf die schon andere warteten, zurück. Man bezahlte und bekam seinen Fünziger, oder was auch immer man als Pfand gegeben hatte, zurück. So hatte alles seine Ordnung. Auf der mit Pappe vernagelten Tür hing meistens ein Schild: »Bierausgabe wegen Rohstoffmangels eingestellt.« Wenn man Glück hatte, gab es das sogenannte Molkebier.

Auch als wir in der Schellingstraße wohnten, ging ich manchmal zum Essen ins »Allotria« in der Türkenstraße, weil mir die Kellnerin gefiel.

Isolde war dann in Dietramszell und versuchte, etwas zum Essen bei ihren bäuerlichen Verwandten zu bekommen. Sie war eigentlich immer erfolgreich und brachte etwas Butter und Mehl mit. Manchmal hatte sie ihren Rucksack auch mit Buchenscheiten vollgepackt. Das reichte dann für zwei warme Abende.

Diese Kellnerin im »Allotria« war ungeheuer groß, fast einen Kopf größer als ich, hatte einen Busen wie ein ausgestopftes Kissen, und sie war, wie die meisten Menschen in dieser Zeit, äußerst grob und unfreundlich zu ihren Gästen. Sie blickte mich und die anderen Gäste, die sie bedienen mußte, meist beleidigt an, knallte einem das Essen, ohne einen Ton zu sagen, auf den Tisch. Dann, eines Tages, als ich ihr meine Lebensmittelkarte reichte, damit sie die verlangten Marken abschneiden konnte, fing sie unerwartet an zu lachen und sagte: »Habt ihr so etwas schon gesehen? Er hat mir die Marken bereits gegeben und will es jetzt ein zweites Mal tun!« Das war, glaube ich, ihre Art einer Liebeserklärung. Von da ab brauchte ich kaum noch Marken abzugeben. Manchmal bekam ich heimlich einen in Zeitungspapier eingewickelten Hering und aus irgendwelchen, für mich nicht erkennbaren Anlässen einen Schnaps mit, der in einer kleinen, ebenfalls eingewickelten Medizinflasche war. Die Wirtsleute merkten es nicht. Sie saßen die meiste Zeit in der nach Sauerkraut stin-

kenden Küche, wenn sie nicht gerade Essen ausgaben, und träumten von besseren Zeiten, als es noch richtiges Bier gab, so viel man wollte, einen richtigen Schweinsbraten mit Knödeln, und von einer Virginia mit einem Kaffee danach.
In der Gaststube hing ein dicker Mief. Nachmittags wurde sie von der Stadtverwaltung Münchens als Wärmestube für die ganz Elenden, die einsamen, überlebt habenden Alten gemietet. Der Wirt bekam dafür im Winter ein paar Kohlen mehr und im Sommer eine kleine Summe in Reichsmark. An der Wand hingen Ludwig der Zweite und ein paar vergilbte Fotos von irgendwelchen Vereinen, die hier ihr Stammlokal gehabt hatten. Wo waren die Männer? Vielleicht lagen ihre Gebeine in russischer Erde, oder sie waren gefangen irgendwo in der Welt, in Nordafrika, England, Frankreich, Jugoslawien, Rußland oder noch in den Vereinigten Staaten. Manchmal sangen der Wirt und seine Frau in der Küche alte bayerische Weisen. Es hörte sich an, als weinten sie beim Singen.
Zu dieser Zeit lernte ich im »Allotria« einen Mann kennen, der einen abgewetzten deutschen Militärrock trug und mit einer seltsam hohen und fast heiseren Stimme sprach. Er sagte: »Nennen Sie mich einfach Paul«, und erzählte mir, daß er vor dem Krieg einen Theaterverlag gehabt habe und viel nach Paris, London und Berlin gereist sei, um neue Stücke einzukaufen. Er spreche jetzt so heiser, weil er Kehlkopfkrebs habe und eigentlich nur rohe Eier und Honig essen solle – aber wo bekam man das her? Er gab fast sein ganzes Geld für Schnaps aus, weil er sonst keinen Bissen hinunter bekam. Seine Speiseröhre wachse langsam zu. Wenn er trotzdem versuchte, das verdammte Sauerkraut in den Magen zu bekommen, gelang es ihm oft nicht, er spie es in sein Taschentuch und flüsterte: »Verzeihen Sie, bitte –«, zeigte auf seine Kehle.
»Und wo war Ihr Verlag?« fragte ich.
Er zeigte in irgendeine Richtung. »In einer der Nebenstraßen.«
Mit diesem Mann freundete ich mich langsam an. Das mit seiner Krankheit war im letzten Kriegsjahr an der Front akut geworden, man hatte ihn, so gut es ging, im Lazarett versorgt, schließlich hatte man ihn nach Hause geschickt.

Sieh zu, wie du weiterkommst, Kamerad. Genieße den Krieg, der Frieden wird schrecklich sein. Und doch war er froh. Er hatte es immerhin noch bis jetzt geschafft und saß gern mit mir zusammen im »Allotria«. Zu mir nach Hause wollte er nicht kommen und mit niemand sonst sprechen, auch mit meiner Frau Isolde nicht. Er erzählte von seinen Freunden Erich Mühsam, Oscar Maria Graf, Ringelnatz und Frank Wedekind. »Dieses verdammte verzauberte Schwabing«, flüsterte er, »wird es nie mehr geben. Es ist aus, vorbei. Hitler und sein Krieg haben nicht nur unser Land zerstört. Dieser zweite Krieg – die ganze Nazizeit – waren unmenschlich. Sie haben die Seelen zerstört. Es wird keine Poesie mehr geben. Nach alledem, was geschehen ist, wird keiner mehr zu einem Vers inspiriert werden. Die Musik ist verschwunden. Niemand wird nach Auschwitz mehr ein Bild malen können.«

Alles das, was meine Freunde und ich als Aufbruch erlebten, nahm er nicht mehr wahr. Ich sah ihm an, daß er bald sterben würde. Er hatte mir nie erzählt, wo er wohnte. Vielleicht war ich der einzige, der an seinem Grabe stehen würde.

Dann, nachdem ich ihn ein paar Wochen nicht gesehen hatte, erzählte mir die Kellnerin, sie habe gehört, daß man ihn in ein Krankenhaus gebracht hätte, und daß er gleich darauf gestorben sei. Er war wie ein Hund verreckt. Ich hatte nicht an seinem Grabe gestanden und fühlte mich, als hätte ich ihn verraten.

Im Frühherbst desselben Jahres, als dieser Mann, der mir gesagt hatte, es würde keine Poesie mehr geben, gestorben war, entstand die *Gruppe 47*, zu der ich von Anfang an gehört habe.

Sie ist – im wahrsten Sinne des Wortes – das Werk von Hans Werner Richter. Deshalb möchte ich es auch hier ihm überlassen, über die Anfänge der *Gruppe 47* mit seinen eigenen Worten zu berichten, wie er es in Sendungen des Bayerischen und Norddeutschen Rundfunks 1974 getan hat:

September 1947

Der Personenzug, der uns von München nach Füssen im Allgäu bringen soll, fährt nur bis Weilheim in Oberbayern. Das ist die halbe Strecke. Niemand weiß, wie wir von dort aus weiterkommen. Die Verkehrsverbindungen sind immer noch so schlecht wie kurz nach dem Ende des Krieges. Es ist ein schöner Septembertag, Altweibersommer. In den Dritte-Klasse-Abteilen des Personenzugs drängen sich die ehemaligen Mitarbeiter des verbotenen *Ruf.* Nur Alfred Andersch fehlt. Er ist meiner Einladung nicht gefolgt, vielleicht, weil er dieses Treffen für sinnlos hält, vielleicht auch aus Mangel an Zeit – er arbeitet inzwischen im Hessischen Rundfunk.

Die Fahrt mit dem Personenzug ist beschwerlich. Auf dem Bahnhof in Weilheim erfahren wir, daß ein fahrplanmäßiger Omnibus nach Füssen geht, aber er ist bereits dicht besetzt. Auch ein Sonderomnibus, der kommen soll, bleibt aus. Wir sitzen vor dem Bahnhof auf den Bordsteinen und Bänken mit unseren schäbigen Koffern, zerkratzten Aktentaschen und Rucksäcken. Zwei von uns gehen in die Stadt, um irgendein Fahrzeug zu organisieren und kommen nach Stunden mit einem stinkenden Holzgas-LKW zurück. Die Fahrt nach Füssen beginnt, eine staubige Fahrt in einem offenen Lastwagen, hügelauf, hügelab durch das Alpenvorland, mit rauchendem Holzgas-Schornstein, mehr geschaukelt als gefahren.

Am Bannwaldsee empfängt uns die Schriftstellerin Ilse Schneider-Lengyel. Sie hat uns ihr kleines Haus zur Verfügung gestellt. Ihr gehört auch der kleine See, der Bannwaldsee, in dem sie Hechte gefangen hat, damit wir, die Empfänger von tausendfünfhundert Kalorien, die Stadtverhungerten, etwas zu essen haben.

Nach der beschwerlichen Fahrt springen die meisten nackt in den See, um den Staub, den Dreck des Holzgasgenerators abzuwaschen, die Anstrengungen des Tages abzuschütteln. Das Haus der Ilse Schneider-Lengyel ist eng. Es hat nur wenige kleine Stuben, die voller Möbel stehen. Es ist ein Lagerleben, gewohnt für die meisten aus Krieg und Gefangenschaft, ein Lagerleben mit siebzehn Teilnehmern unter der Allgäuer Septembersonne. Was alles erträglich macht, ist die nach den Jahren der Unterdrückung wiedergewonnene Freiheit. Niemand empfindet die Entbehrungen. Die Zukunft ist trotz allem hoffnungsvoll. Am Spätnachmittag beginnt die erste Besprechung. Es ist eine Art Redaktionssitzung. Im Mittelpunkt steht die in Vorbereitung befindliche literarische Zeitschrift *Der Skorpion,* für die ich noch keine Lizenz besitze. Die Besprechung wird von mir geleitet. Ich bin der Einlader zu diesem Treffen und für die ehemaligen Mitarbeiter des *Ruf* auch immer noch dessen Herausgeber.

Ich hatte auf meinen handgeschriebenen Postkarten gebeten, noch nicht veröffentlichte Manuskripte mitzubringen. Fast alle sind dieser Aufforderung gefolgt. Da sie fast alle literarische Anfänger, Neulinge in der Kunst des Schreibens sind, gibt es auch keine Meisterwerke zu entdecken. Es sind Versuche, Anfänge, dilettantisch oft, aber hin und wieder auch Talent, ja Begabung verratend. Anfang ist alles in dieser Zeit und in diesen Tagen. Worauf es ankommt, ist die Mitteilung, ist dem anderen, Nächsten, zu zeigen, was man denkt und was man kann. Ersatz für eine literarische Kommunikation, die noch nicht besteht.

So hocken wir im Kreis herum auf dem Fußboden in Ilse Schneider-Lengyels Wohnstube, manche mehr liegend als sitzend, hören zu, angestrengt, konzentriert, und nur selten geben wir unserer Zustimmung oder unserem Mißfallen durch Kopfnicken, Lachen oder irgendwelche Gesten Ausdruck. Es gibt keine Zwischenrufe, keine Zwischenbemerkungen. Neben mir auf dem Stuhl nimmt der jeweils Vorlesende Platz. Es ist selbstverständlich, hat sich so ergeben. Nach der ersten Lesung – es ist Wolfdietrich Schnurre – sage ich: »Ja, bitte zur Kritik. Was habt ihr zu sagen?« Und nun beginnt etwas, was keiner in dieser Form erwartet hatte: Der Ton der kritischen Äußerungen ist rauh, die Sätze kurz, knapp, unmißverständlich. Niemand nimmt ein Blatt vor den Mund. Jedes vorgelesene Wort wird gewogen, ob es noch verwendbar ist, oder vielleicht veraltet, verbraucht in den Jahren der Diktatur, der Zeit der großen Sprachabnutzung. Jeder Satz wird, wie man sagt, abgeklopft. Jeder unnötige Schnörkel wird gerügt. Verworfen werden die großen Worte, die nichts besagen und nach Ansicht der Kritisierenden ihren Inhalt verloren haben: Herz, Schmerz, Lust, Leid. Was Bestand hat vor den Ohren der Teilnehmer sind die knappen Aussagesätze. Gertrude Stein und Ernest Hemingway sind gleichsam unbemerkt im Raum. Der Dialog, der Sprechstil dominiert ...

Was bei allen ebenfalls unbemerkt zum Ausdruck kommt, ist die nur auf die Aussage zielende Sprache der »Landser«, die Redu-

zierung der Sprache auf das Notwendige, eine Abkehr vom Leerlauf der schönen Worte und eine Hinwendung zu ihrem unmittelbaren Realitätsbezug. Sie haben es alle gelernt in der Masse des Volkes, in der sie gelebt haben, jahrelang, tagaus, tagein, in den Kompanien, in den Lagern und Gefangenenlagern. Sie haben in dieser Zeit immer am Rand der menschlichen Existenz gelebt. Das hat sie mißtrauisch und hellhörig gemacht.
Ich empfinde es so in diesen Tagen. Aber es wird nicht darüber gesprochen. Es gibt kein Theoretisieren, nur Kritik am Gegenstand, an dem gerade Vorgelesenen. Und die Freude an der Kritik, an der alle teilnehmen, der gelesen hat, wie der, der noch lesen will ... Es gibt keinen Streit. Das Zusammengehörigkeitsgefühl ist auch nach dem härtesten Wort stärker als jeder aufkommende Mißmut. Oft genügt dann ein Wort von mir, aber es ist nur selten notwendig. Ich habe diese Radikalität im *Ruf* gefördert als Reaktion auf die kritiklose Zeit der Diktatur. Aber es ist noch etwas anderes: es ist die Begeisterung über den Aufbruch in eine neue Zeit, die so ganz und gar anders sein soll als die vergangene, verhaßte. Es ist das Erlebnis der neugewonnenen Freiheit, die alles möglich macht.
Um zehn Uhr vormittags werden am nächsten Tag die Lesungen fortgesetzt. Jeder wünscht es so, als hätte er einen unersättlichen Appetit auf Worte, Sätze, Aussagen, Formulierungen. Und wieder beginnt es mit der gleichen Spannung, mit der gleichen Intensität. Alles wird fortgesetzt, wie es am Abend zuvor begonnen hat, und was ich zur Eröffnung des neuen Tages sage, ist nicht mehr als dies: »Fangen wir wieder an.« ... Mir fällt die Entscheidung über die Reihenfolge zu, niemand nimmt daran Anstoß. Und auch etwas anderes wird nicht besprochen, sondern ergibt sich als etwas ganz Selbstverständliches. Der Autor, der gerade gelesen hat und der Kritik zuhört, darf sich nicht verteidigen. Er muß die Kritik der anderen über sich ergehen lassen. Der Grund dafür: Der Autor, der seine Arbeiten der Öffentlichkeit vorlegt, setzt sich der Kritik aus, ohne antworten zu können. Ist dies eine Selbsterziehung der Teilnehmer: freimütig Kritik zu üben und ebenso freimütig Kritik hinzunehmen? Es ist wohl so. Nur, in diesen Tagen am Bannwaldsee ist es mir noch nicht bewußt. Spielregeln und Methoden, die sich hier entwickeln, entstehen spontan. Sie werden nicht formuliert, nicht debattiert.

So vergehen drei Tage, und vom frühen Vormittag bis zum späten Abend, ja, bis in die Nacht hinein, nur unterbrochen von kargen Mahlzeiten, die Ilse Schneider-Lengyel organisiert. Sie fährt auf einem alten Motorrad einen Sack Kartoffeln heran, schwarz in Füssen besorgt, fängt immer wieder Fische aus dem See und versucht, uns, so gut es in dieser Zeit geht, zu ernähren. Es lesen Walter Kolbenhoff, Wolfgang Bächler, Wolfdietrich Schnurre, Heinz Ulrich, Walter Hilsbecher, Heinz Friedrich, Nikolaus Sombart und andere. In der Nacht vom Sonntag zum Montag liest noch einmal Wolfdietrich Schnurre. Er liest aus einem dicken Romanmanuskript, und seine Vorlesung nimmt kein Ende. Es ist vier Uhr morgens, als Walter Kolbenhoff ihn unterbricht: »Nun hör man auf, Wolfdietrich. Jetzt ist es genug.« Und so kann ich diese drei Tage Bannwaldsee ohne viele Worte abschließen. Ich sage: »Ja, es ist genug. Hören wir auf.«

Neben Wolfdietrich Schnurre aber steht Walter Maria Guggenheimer, der nach Frankfurt zurück muß und noch einen Frühzug in Füssen erreichen will. Er, Redakteur der *Frankfurter Hefte,* trägt noch immer den verschlissenen Uniformrock der gaullistischen Armee, in der er in Italien gegen das Dritte Reich gekämpft hat ... Jetzt steht er hier, in jeder Hand eine prall gefüllte Aktentasche, in der er seine halbe Redaktion mit sich herumschleppt, und sagt zu mir: »Das müssen Sie wieder machen. Das müssen Sie unbedingt wieder machen.« Und mit diesem Satz, der mich beeindruckt und beflügelt, wird er, ohne es zu wissen, zum eigentlichen Gründer der *Gruppe 47,* von deren kommender Entwicklung er in diesem Augenblick so wenig ahnen kann wie ich.

1955 Wilhelm Reich:
Wer gegen die Pest kämpft, wird zwangsläufig selbst daran erkranken.

Wilhelm Reich war noch nicht lange aus der Kommunistischen Partei ausgeschlossen, da wurde ich vor ein Parteigericht zitiert. Es bestand aus fünf mir unbekannten deutschen Funktionären. Ich hatte noch nie vor so einem Gericht gestanden und mir wurde etwas mulmig, als sich die Tür hinter mir schloß.
Die Verhandlung fand in der Wohnung eines dänischen Genossen statt, eines Arbeiters, mit den mir vertrauten Möbeln in der guten Stube: Deckchen auf jedem Sessel und Tisch, Schrankwand, künstliche Blumen in der Vase. Die Einrichtung war mir also vertraut, aber die Atmosphäre erschreckte mich: Finstere Gesichter, Aktendeckel, eisiges Schweigen. Dann begann der in der Mitte Sitzende: »Seit wann bist du in der Partei?«
»Seit dem 1. Mai 1929.«
»Was ist dein Vater?«
»Einfacher Arbeiter.«
»Warum bist du in die Partei eingetreten?«
»Es war der Blutmai. Zörgiebel, der sozialdemokratische Polizeipräsident von Berlin, ließ auf Arbeiter schießen.«
Die fünf Männer blickten sich an. Es waren alles gestandene Männer aus der alten Garde, man sah es ihnen an. Bolschewiken, harte und treue Bolschewiken. (›Bei Leuna sind viele gefallen, bei Leuna floß Arbeiterblut ...‹) Ihre Gesichter verrieten keine Anteilnahme.
Plötzlich überfiel mich eine Angst: »Vielleicht schließen sie auch dich aus, wie sie Wilhelm Reich ausgeschlossen haben! Aber das konnten sie doch nicht tun. Ich war kein Intellek-

tueller wie Reich. Ich war kein Ketzer.« Natürlich, das mit der Parteilinie ... für mich war die Machtergreifung Hitlers eine große Niederlage für die Arbeiterklasse und keineswegs nur eine Station auf dem Weg zum endgültigen Sieg ... Ich bezweifelte das, und das war auch die Tendenz in meinem Buch. Sollte man denn nicht wenigstens darüber diskutieren können?

Dann kamen die Fragen, vor denen ich mich fürchtete:

»Was hast du mit diesem Reich zu tun?«

»Ich bin mit ihm befreundet«, antwortete ich, und ich fühlte, wie mir das Blut in die Wangen schoß.

»Du bist mit ihm befreundet? Mit diesem Klassenfeind, der sich lustig macht über die Partei?«

Ich wagte eine ungeheure Frage: »Habt ihr sein Buch ›Die Massenpsychologie des Faschismus‹ gelesen?«

Es trafen mich weder vernichtende Blicke, noch wurde gelacht. Einer der fünf Genossen sagte mit gleichgültiger Stimme: »Wir brauchen den Quatsch gar nicht zu lesen. Erzähl' uns lieber etwas von deinem Buch.«

»Das hat nichts mit euch zu tun«, sagte ich. »Es heißt ›Untermenschen‹ und beschreibt die Asozialen, die Landstreicher und das Lumpenproletariat ...«

»Hast du nicht auch den Oberbanditen, diesen Hitler, den geborenen Feind der Arbeiterklasse, verherrlichen wollen?«

Das war zuviel. Ich sprang auf. »Ihr habt dieses Buch also auch nicht gelesen!« schrie ich. »Ihr urteilt über Dinge, die ihr gar nicht kennt.«

»Aber du sagst darin, daß die Mehrheit der Deutschen für Hitler ist und daß die Arbeiterklasse eine Niederlage erlitten hat«, sagte der in der Mitte ruhig. »Das ist die Unwahrheit! Die KPD hatte bei der letzten freien Reichstagswahl hundert Abgeordnete im Parlament. Rechne die von der SPD hinzu, und du mußt einsehen, daß wir gar nicht so schlecht gestanden haben. Was heißt da Niederlage? Wir werden uns erheben und den ganzen Spuk hinwegfegen, das ist es. Du vergißt auch die Gewerkschaften.«

Ich wußte darauf nichts zu antworten; ich wußte nur, daß unsere Funktionäre zum großen Teil verhaftet waren und daß

von seiten der Gewerkschaften nichts geschehen war, kein Aufruf zum Generalstreik, nichts. War ich aus Feigheit ins Ausland geflohen? Wie viele waren noch geflohen? Wie viele hielten sich versteckt und fürchteten sich, verhaftet zu werden? Und was machten diese Funktionäre überhaupt hier?
Ich hätte dem in der Mitte noch viel sagen können, aber mich hielt noch immer der Respekt vor ihm davon ab. Wie viele Jahre stand er in der vordersten Front? Was hatte er alles erlebt? Bestimmt war er schon einer der Spartakisten gewesen, die gegen Noske gekämpft hatten. War er mit dabei gewesen, bei den Kämpfen im Mansfelder Land, an der brennenden Ruhr ... Ich sagte also nichts, und er fuhr nach einer Weile fort: »Du bist noch ein recht junger Bursche und kannst nicht bis zu Ende denken. Wohin hat dich dieser Reich gebracht, den wir endlich ausgeschlossen haben, daß du seine Theorien ernster nimmst als die der Partei? Meinst du, daß dieser aufgeblasene Bourgeois den Verlauf der Geschichte besser erkennt als wir?« Und dann plötzlich: »Was hast du mit diesem Buch aussagen wollen?«
»Nichts«, antwortete ich, »ich habe nur über das Leben der untersten Schicht schreiben wollen.«
»Und die Unwahrheit über die Partei?«
»In dem Buch steht kein Satz über die Partei.«
Er warf einen kurzen Blick auf die Genossen, die neben ihm saßen, und wandte sich wieder mir zu. »Um es kurz zu machen: das beste ist, daß du dein Buch aus dem Verkehr ziehst und den Inhalt widerrufst. Die Partei erteilt dir dann nur eine Rüge.«
Das war's. Ich habe die fünf Männer nie wieder gesehen. Ich weiß heute noch nicht, wer sie waren, oder was aus ihnen geworden ist.
Eine Rüge, was sollte das? Ich werde mein Buch nicht zurückziehen, ich kann den Inhalt nicht widerrufen. Das, was ich beschrieben hatte, war wahr.
Ich bekam es schon bald zu spüren. Genossen, die mir auf der Straße begegneten, drehten den Kopf weg oder redeten nur ein paar belanglose Worte mit mir, wenn es nicht anders ging, und sie verabschiedeten sich hastig.

Zwei Wochen nach dem Parteigericht wurde ich erneut vorgeladen, diesmal in eine andere Wohnung. Die Genossen, die mit mir reden wollten, waren andere als die, die mich zuerst verhört hatten. Jünger, besser gekleidet. Sie sahen nicht so aus, als gehörten sie zu uns. Auch ihr Ton, mit dem sie mit mir redeten, war ein anderer.

Auch die drei saßen am runden Tisch in der guten Stube. Der in der Mitte war ein blonder hochgewachsener Mann. Er fragte, kaum daß wir uns gesetzt hatten, als erstes: »Hast du dein Buch ›Untermenschen‹ alleine geschrieben?«

»Wer denn sonst?« fragte ich zurück.

»Hat dir dieser Wilhelm Reich dabei geholfen?«

Ich mußte lachen. »Der versteht doch gar nichts von unserem Milieu.«

Aber die drei waren nicht zum Lachen aufgelegt. Sie betrachteten mich, wie mir schien, gelangweilt. Es war, als entledigten sie sich einer lästigen Pflicht. Der in der Mitte sagte: »Du bist dir doch im klaren darüber, daß er eine parteischädigende Linie vertritt. Warum hast du dich nicht sofort von ihm getrennt, als es dir klar wurde?«

»Er ist ein anständiger Kerl, ihr versteht ihn einfach nicht.«

Die drei starrten mich eine Weile an, als hätte ich etwas Unanständiges geäußert. Dann sagte der in der Mitte: »Wir machen dir einen Vorschlag: Du sagst ihm, daß du dein Buch zurückziehst und gibst mir eine schriftliche Erklärung ab, daß du jeden Kontakt mit Reich abbrichst. Du bist es schließlich der Partei schuldig.«

»Das werde ich auf keinen Fall tun!«

»Wie du meinst. Dann mußt du uns dein Parteibuch zurückgeben.«

»Das habe ich in Berlin gelassen. Ich werde doch nicht so blöd sein, es auf der Flucht mit mir herumzutragen.«

»Bei wem?«

»Bei meinem Bruder. Dort ist es sicher aufgehoben.«

»Ist er auch in der Partei?«

»Nein, aber er steht auf unserer Seite.« Sie sagten nichts, aber ihren Augen konnte ich ansehen, wie das Urteil ausfallen würde. Der in der Mitte sagte sehr ruhig: »Du bist hiermit aus der Partei, der Partei der kämpfenden Arbeiterklasse, ausgeschlossen.«

Die drei erhoben sich. Ich konnte gehen.

Das war alles.

Es war für mich ein schwerer Schlag. Nicht nur, daß die Partei für mich, der ich noch nicht lange in dem mir fremden Land war, eine Art Ersatz für die verlorene Heimat war. Ich war fünf Jahre Mitglied gewesen, und sie bedeutete für mich dasselbe wie für einen Katholiken seine Kirche, anders kann ich es nicht erklären. Ich war sozusagen exkommuniziert worden, es gab für mich keinen Halt mehr, nichts, zu dem ich zurückfinden konnte.

Mit der Tendenz meines Buches hatte ich gegen die Parteilinie – gegen ein Dogma der kommunistischen Partei – verstoßen. Ich vertrat in ihren Augen eine Irrlehre. Wie ein Häretiker hatte ich die »gnädige« Aufforderung, meine Meinung zu widerrufen, verweigert. Ich wurde ausgestoßen von der Gemeinschaft, der ich mit ganzem Herzen angehört hatte.

Etwas in mir war zerbrochen.

Die Genossen, die so unvorsichtig waren, mit mir noch zu reden, sagten, wenn ich sie irgendwo zufällig traf: »Wie konntest du so dumm sein, dich mit so einem blöden Intellektuellen wie Wilhelm Reich einzulassen? Der sieht doch nur Schwänze und Mösen, wenn er in die Gegend blickt. Was versteht der schon von unserem Kampf? Er hat dich eingewickelt, und du bist drauf reingefallen.«

»Die Partei hat nicht die geringste Ahnung, sie versteht ihn überhaupt nicht.«

»Die Partei sieht in ihm einen Klassenfeind.«

Zu der Zeit sangen sie noch nicht das Lied ›Die Partei, die Partei, die hat immer recht‹, aber sie dachten und handelten so.

Das geschah im Spätsommer des Jahres 1933, sechs Jahre bevor Hitler und Stalin ihren Nichtangriffspakt schlossen und Stalin seine mörderischen Säuberungsprozesse hinter sich hatte.

Wilhelm Reich, der meinen Bruch mit der Partei ausgelöst hat – bestimmt nicht absichtlich –, wurde im polnischen Galizien geboren, studierte in Wien Medizin, war ein Schüler Sigmund Freuds, ging nach Berlin, wo er unter anderen mit Arthur Köstler und Alfred Kantorowicz befreundet war, emigrierte nach Dänemark – und mußte nicht lange darauf auch Dänemark wieder verlassen. Ein Gejagter also, Ahasver, der oft seine Heimat wechseln mußte; nach Dänemark kam Schweden, dann Norwegen und schließlich die Vereinigten Staaten von Amerika. Obendrein war er polnischer Jude, so ziemlich das unglücklichste, was man in diesen Jahren sein konnte. Die Dänen verboten ihm nicht die Einreise, aber sie verweigerten ihm nach einigen Monaten die Aufenthaltsgenehmigung. (Natürlich nicht aus antisemitischen Gründen.)

Die größte konservative Zeitung Dänemarks *Berlingske Tidende* schrieb, er solle das Land verlassen, damit »einer dieser deutschen sogenannten Sexualwissenschaftler sich nicht mit unseren Männern und Frauen abgibt und sie zu dieser perversen Pseudowissenschaft (der Psychoanalyse) bekehrt«.

Reich ging also nach Schweden, davon überzeugt, daß er verfolgt wurde des Verfolgens wegen. Trotzdem fuhr er häufiger von Malmö, wo er sich niedergelassen hatte, über den Sund nach Kopenhagen, um dort mit seinen Freunden zu sprechen und sich auch weiterhin um einige seiner Patienten zu kümmern.

Schon damals sah er sich überall von Agenten und Spitzeln umgeben. Alle, die die Kühnheit seiner Ideen nicht zu begreifen vermochten und ihn aus diesem Grunde für einen Scharlatan hielten, waren für ihn einfach Reaktionäre.

Als er 1957 in den USA starb, nach einem erbärmlichen Prozeß zu zwei Jahren Gefängnis verurteilt, wähnend seine eigentlichen Feinde seien Eisenhower und Stalin, war er ein Gefangener seines paranoiden Wahns, zwischen kreativen und destruktiven Gedanken hin- und hergerissen.

Sicher ist, daß er den leidenschaftlichen Wunsch hatte, den Menschen zu helfen, das drückte er mit den Worten aus: »Das

Zentrum der Psychologie bleibt, was es immer war: das Rätsel des Lebens, dem wir Sein und Werden verdanken.«
Ich sah ihn immer als Genie von der Art eines van Gogh und wage nicht zu entscheiden, ob ich sein Freund war oder nur sein proletarisches Versuchsobjekt – wie ein Kaninchen.
Aber er hat mir einiges mitgegeben für mein Leben.

Es mag für die meisten seltsam erscheinen, aber über den Krieg kann ich nicht viel berichten. Die Kämpfe in Jugoslawien, Nettuno und Monte Cassino, die ich mitgemacht hatte, waren fürchterlich. Ich glaube, ich habe nichts anderes mitgemacht als Millionen Soldaten auch. Von Bedeutung für mich waren eigentlich nur die Tage des Einmarsches der Deutschen in Dänemark, danach als Schlimmstes meine Rekrutenzeit in Rendsburg, Schleswig-Holstein. Die Deutschen kamen wie die Strauchdiebe über Nacht und besetzten das kleine Land, mit dem sie vier Jahre vorher einen Nichtangriffspakt geschlossen hatten. Ich erfuhr es am 9. April 1940 in der Frühe. Ein Freund, Professor Alf Ross von der Universität Kopenhagen, benachrichtigte mich und riet mir, zu seiner Schwester zu ziehen, die ein Schokoladengeschäft auf Amager besaß und in deren Wohnung ich sicher sein würde. Amager ist ein Stadtteil Kopenhagens auf der gleichnamigen Insel.
Es geschah mir nichts. Ich war in Dänemark allgemein unter dem Namen Kolbenhoff bekannt und hatte vor nicht langer Zeit meinen Paß auf den Namen Hoffmann verlängern lassen – ein Name, von dem es Tausende in Deutschland gibt. Nach meinem Ausschluß aus der Partei hatte ich mich auch innerlich allmählich von ihr entfernt, und wenn ich mal Genossen traf, war unser Verhältnis kühl.
Mein Freund Alf Ross riet mir, in das nahe gelegene neutrale Schweden überzusiedeln, wie es viele taten. Es hätte überhaupt keine Schwierigkeiten bereitet: Die Pfadfinder, die Kirche, ja, selbst die dänische Polizei waren unermüdlich im Einsatz, gefährdete Ausländer, meist Juden, über den Sund zu schaffen. Sie hatten einen regelrechten Dienst eingerichtet, um allen Gefährdeten helfen zu können. Mit Fischerboo-

ten und anderen kleinen Schiffen wurden die Fliehenden des Nachts nach Helsingborg oder Malmö geschafft. Die Deutschen merkten nichts von alledem – vielleicht wollten sie es nicht merken. Warum also floh ich nicht mit ihnen?
Ich kann es mir nicht anders erklären, als daß ich dieses kleine Land Dänemark und seine wunderbare Stadt Kopenhagen so sehr liebte. Zudem war ich davon überzeugt, daß mir nichts passieren könnte. Die Gassen, die Häfen waren mir so vertraut, als wäre ich hier geboren. Die Sprache, die mir zu Anfang komisch vorkam, klang mir inzwischen wie meine Muttersprache. Und von hier sollte ich weg? Noch einmal in ein anderes Land? Meine Unlust wurde bei diesem Gedanken so stark, daß sie über aufkommende Bedenken siegte. Ich blieb und schrieb weiter harmlose Feuilletons und Features für das Radio.
Dann kam eines Tages ein dänischer Arbeiter, er hieß Ole Rasmussen, zu mir. Ich kannte ihn schon seit meinen ersten Tagen in Kopenhagen. Er sagte: »Da ist ein Genosse bei mir, der dich sprechen will.«
»Kennst du ihn?« fragte ich.
»Nein. Er spricht dänisch, aber du hörst sofort, daß er aus Deutschland kommt. Er nennt sich Hans. Weiter weiß ich nichts.«
Ich überlegte lange, ob ich dieser Aufforderung folgen sollte. Von der ziemlich starken deutschen Zelle der Partei hatte ich nach dem Einmarsch der deutschen Truppen kaum noch jemanden auf der Straße oder sonstwo gesehen, und wenn, so gingen wir grußlos aneinander vorbei.
Nach längerem Bedenken bin ich schließlich hingegangen. Ich wurde von Ole Rasmussen in die gute Stube geführt, und dann ließ er mich mit Hans allein. Der Genosse war ein fast elegant gekleideter Mann in den dreißiger Jahren, seine Sprache war so gepflegt wie sein Äußeres, vielleicht hatte sie einen kaum bemerkbaren Hamburger Akzent. Wir betrachteten uns eine Weile. Ich wußte nicht, was er wollte, und er zögerte. Also begann ich: »Sie wollten mich sprechen ...«
»Laß bitte das Sie weg, Genosse«, unterbrach er mich.
»Wir haben etwas zu besprechen.«

»Ich bin nicht mehr in der Partei ...«
»Ich kenne deinen Fall. Genossen sind auch Menschen, sie können sich irren. Vergessen wir den ganzen Quatsch, kommen wir zur Sache.«
Er zündete sich eine Zigarette an, erhob sich und ging in Rasmussens guter Stube hin und her, als befände er sich in der Halle eines teuren Hotels. Niemand hätte je geglaubt, daß das ein Kommunist sei.
Ich gebe zu, daß ich Angst hatte und frage mich, warum das so war. Die Partei konnte mir nichts mehr tun, wenn ich ihren Befehlen nicht gehorchte. Aber jetzt war Krieg, die Deutschen waren in Dänemark einmarschiert ... Ich war schon als Kind sozialistisch erzogen und später Kommunist geworden. Die Partei war für mich untrennbar mit dem Kampf gegen Hitler verbunden. »Was wollt ihr von mir?«
Er sagte: »Welcher Jahrgang bist du?«
»Neunzehnhundertundacht!«
»Und dein Paß ist noch gültig?«
»Sie haben ihn mir verlängert.«
Er machte eine Pause, bevor er weitersprach.
»Dein Jahrgang wird noch in diesem Jahr zur Musterung aufgerufen«, sagte er. »Du wirst hingehen und dich mustern lassen. Wahrscheinlich nehmen sie dich, es sind zu viele gefallen, und sie brauchen neues Kanonenfutter. Also, du stellst dich. Du wirst in Deutschland deine Rekrutenausbildung haben.«
Meine Angst und meine Unsicherheit wurden stärker. Er zog eine kleine Karte aus seiner Brieftasche. »Nach etwa zwei Wochen in der Kaserne schreibst du an diese Adresse eine Ansichtskarte. Du schreibst nichts anderes darauf als ›Beste Grüße aus meiner Rekrutenzeit‹. Nichts anderes. Es wird sich dann nach wenigen Tagen eine Frau bei dir melden. Du gehst mit ihr zum Kaffeetrinken und wirst von ihr alles weitere erfahren. Am besten lernst du diese Adresse hier auswendig und verbrennst den Zettel dann. Das wär's.«
»Hör mal ...«, begann ich, aber er ließ mich nicht weiter reden. »Bist du nun gegen Hitler oder bist du es nicht?« sagte er scharf. »Die Faschisten haben Abertausende ihrer Gegner in

ihren Lagern oder sonstwo umgebracht. Alle, die gegen Hitler sind, müssen jetzt zusammenstehen. Oder willst du dich drücken, wenn es um den Kampf gegen Hitler geht?«

»Und was machst du?«

Er verzog sein Gesicht, es sah jetzt alt aus. »Ich bin jeden Monat einmal in Deutschland«, sagte er. »Ich bin unterwegs in Paris, Prag, in London, oder hier in Kopenhagen. Willst du noch mehr wissen. Ich werde dir nichts weiter erzählen. Sag niemandem, auch deinen besten Freunden nicht, daß ich mit dir zusammen war. Der Genosse Ole Rasmussen ist ein guter Genosse. Sollte irgend etwas dazwischenkommen, dann wende dich an ihn, nicht an die deutschen Genossen. Auf Wiedersehen.«

Ich war gegen Hitler, den Mörder von Millionen unschuldiger Menschen, der mein Land ins Unglück gestürzt hatte. Ich wußte, daß ich mich wieder in die Partei verstrickte, aber ich wollte gegen Hitler kämpfen ...

Er ging, ich hörte, wie er noch ein paar Worte mit Ole Rasmussen wechselte. Dann kam Ole in die gute Stube, hüstelte und murmelte: »Das ist ein toller Mann des Widerstands. Alle haben Respekt vor ihm, und ich bilde mir was drauf ein, daß er unsere Wohnung zum Treffpunkt gemacht hat.« Er drehte sich in der Tür um und rief seiner Frau zu: »Bodil, bring uns doch die Aquavit-Flasche. Darauf müssen wir einen trinken.«

»Mit Vergnügen«, antwortete sie, als handle es sich um einen freudigen Anlaß, und kam mit der Flasche und zwei Gläsern herein. Sie hatte wohl schon darauf gewartet.

Ich weiß bis heute nicht, wer Hans war, oder wer Hans ist.

Über meine Rekrutenzeit ist nichts weiter zu erzählen, ich wurde geschliffen und schikaniert wie jeder andere auch, und sie machten aus mir einen neuen Menschen, wie die Ausbilder zu sagen pflegten. Das war in Rendsburg, Schleswig-Holstein, direkt neben dem Kaiser-Wilhelm-Kanal.

Zum ersten Mal seit zehn Jahren war ich wieder in Deutschland. Ich gehörte zunächst zu einer Einheit, in der überwiegend sogenannte Auslandsdeutsche geschliffen wurden. Von

Brasilien bis Chile, von Südafrika, ja selbst aus der Schweiz, waren sie gekommen, um, wie sie sagten, Krieg gegen die asiatischen Horden zu führen. Freiwillig waren sie gekommen, sie waren bereit, ihren Eid auf Adolf Hitler zu leisten und für ihn zu sterben. Diese Leute, die es doch hätten besser wissen müssen, erschütterten mich zutiefst.

Aber ich war ja auch gekommen – wenn auch aus anderen Motiven.

Auf meiner Stube – sechzehn Mann und ein Stubenältester – waren die meisten Rekruten Abiturienten und um die achtzehn Jahre alt, auch ein paar Lehrlinge waren dabei. Sie kamen nicht aus dem Ausland, sondern aus der Gegend um Hamburg und Bremen. Stalingrad war verloren und die Rote Armee auf ihrem langen Weg nach Berlin.

Einmal sah ich in der Stadt eine Gruppe kahlköpfiger, in gestreifte Anzüge gekleidete Männer, die einen Lastwagen entluden. Es waren die ersten KZler, die ich sah, bisher hatte ich nur in Dänemark von ihnen gelesen. Ich war erschüttert, aber meine Kameraden, die mit mir marschierten, sagten nur spöttisch: »Das sind alles Verbrecher, Mörder und Diebe.« Ich ließ mich nicht auf eine Diskussion mit ihnen ein, auch deshalb nicht, weil ich das ungute Gefühl hatte, ich könnte mich verraten.

Einmal, in Lübeck, kam uns eine Gruppe russischer Kriegsgefangener entgegen. Sie waren in Lumpen gekleidet, auch sie kahlköpfig; ihre hohlwangigen Gesichter, ihre knochigen, erbarmungswürdigen Körper bedrückten mich so stark, daß ich alle Vorsicht vergaß und eine Packung Zigaretten zwischen sie warf. In der Kaserne ließ mich ein Feldwebel kommen und fuhr mich an: »Wie haben Sie so etwas tun können? Man hat es mir erzählt. Eigentlich müßten Sie vor's Kriegsgericht!«

»Aber die armen Hunde ...«

»Hören Sie auf, Sie sentimentaler Idiot. Das sind genau dieselben, die Zehntausende unserer Kameraden in Rußland umgebracht haben!«

Ich wagte die Frage: »Herr Feldwebel, wer hat Ihnen das erzählt?«

Er trat nahe an mich heran und sagte leise: »Ach, so einer sind Sie. Ich habe es schon am ersten Tag vermutet. Aber diesmal machen wir es nicht wie neunzehnhundertachtzehn. Verstanden? Diesmal nehmen wir ein paar von euch mit. Machen Sie, daß Sie rauskommen, hier stinkt es!«
Nun, das war ein alter Kommißkopp, ihm widmete ich keinen Gedanken, als ich über das Phänomen nachzugrübeln begann, das mich vom ersten Tag an beschäftigte: »Wie kam es, daß dieser Maniak Hitler noch immer so viele Anhänger hatte und diese, das machte sie so gefährlich, voller Fanatismus an ihn glaubten?«
Zwei junge Rekruten hatten sich mir besonders eng angeschlossen. Der eine hieß Werner, der andere Uwe. Beide kamen aus Bremen, beide waren Schüler mit Notabitur. Hatte mich früher die Frage beschäftigt, daß SPD, KPD und die Gewerkschaften nicht vermocht hatten, den Hitlerspuk 1933 von Deutschland abzuwenden, so beschäftigte mich jetzt die Frage, was fesselte solche jungen Menschen an diesen grauenvollen Mann? Natürlich waren die beiden, ebenso wie ihre Altersgenossen, in der Hitlerjugend gewesen – aber genügte das? Bei unseren Gesprächen stellte sich heraus, daß sie sich für ihren Führer, gegebenenfalls, nicht nur erschießen lassen würden; das kleinste Wort der Kritik am Nationalsozialismus ließ sie in glühende Wut ausbrechen. Sie waren wie hypnotisiert von Hitler. Ich bin beinahe sicher, daß sie gemeldet hatten, daß ich den gefangenen Russen die Zigaretten zugeworfen hatte. Freundschaft oder Kameradschaft hielten sie hoch, höher aber Gesinnung und Parteidisziplin. Im Grunde genommen taten sie mir leid. Waren sie nicht ebenso gläubig, ebenso verrannt in ihre Ideen und das, was man ihnen eingehämmert hatte, wie ich es in ihrem Alter gewesen war?

In Rendsburg hatte ich bei der ersten Gelegenheit meine Ansichtskarte an die mir von Hans übergebene Adresse geschickt. Ich habe nie eine Antwort erhalten, warum weiß ich nicht. Je länger ich aber beim Militär war, je verlassener ich mich fühlte, je genauer ich die Maschinerie des Hitlermilitarismus zu erkennen glaubte, desto mehr gelangte ich

zu der Einsicht, daß Hans und seine Partei mich einfach verschaukelt hatten. Vielleicht wollten sie mich aus Skandinavien weghaben, weil sie fürchteten, ich wüßte zu viel. Vielleicht war es auch nur die verspätete Rache dafür, daß ich mit Wilhelm Reich befreundet blieb und mein Buch nicht widerrufen hatte.
Träfe ich Hans heute, würde ich offen mit ihm darüber sprechen. Sie haben ja gesiegt und niemand kann ihnen mehr – zumindest in ihrem Teil der Welt – gefährlich werden. Wenn er noch lebt, ist er wahrscheinlich irgendein großes Tier in der DDR und könnte sich auch mit größter Mühe nicht mehr an den Nachmittag bei Ole Rasmussen in Kopenhagen erinnern. Oder auch er hat sich – schlimmer als ich – in die Fallstricke der wechselnden Parteilinien verstrickt und ist von ihnen »eliminiert« worden.

20. Oktober 1947 Zwischen München und Berlin gibt es zur Zeit drei Zugverbindungen. Die Gesamtfahrzeit beträgt über 28 Stunden.

1947 Das 100000. Carepaket ist ausgeliefert. Eines dieser amerikanischen Pakete wiegt 44 Pfund und enthält 10 amerikanische Tagesrationen (wie sie amerikanische Soldaten erhalten) einschließlich Seife, Zigaretten und Schokolade. Verteilt werden die Pakete durch den Caritasverband.

1. Januar 1948 München wartet immer noch auf die Rückkehr von rund 25000 Kriegsgefangenen, die sich in der Sowjetunion, Frankreich und England befinden.

Was auch immer die Kommunistische Partei mit mir bezweckt haben mochte, als sie mich in die Wehrmacht schickte, ich habe es überlebt. Und das machte ihnen wohl auch nichts mehr aus; denn ich erhielt vom »Schutzverband deutscher Autoren in der Gewerkschaft für Kunst und Schrifttum des FDGB« (das war der Gewerkschaftsbund in der damaligen russischen Zone) eine Einladung zum Ersten Schriftstellerkongreß im Jahre 1947 in Berlin.
Es wurde ein ziemliches Trauerspiel. In diesen Tagen wurde in Berlin der Kalte Krieg angeheizt, auch von ein paar Schriftstellern, die sich gegenseitig anblafften, als wären sie Apparatschiks ihrer jeweiligen Besatzungsmacht. Warum sie Andersch und Richter nicht eingeladen hatten, konnte ich nur vermuten. Wahrscheinlich hatten sie ein paar Nummern des *Ruf* gelesen und die ganze Richtung paßte ihnen nicht. Vielleicht war ich für sie auch als Reporter der *Neuen Zeitung* interessant.
Ich kam mir völlig fehl am Platze vor, und es war so deprimierend, daß ich es schon am nächsten Tag vorzog, am Nachmit-

tag meine Eltern in Adlershof zu besuchen. Ich fand sie, recht alt geworden, in der Küche sitzend. Sie zeigten keine Überraschung, als ich zu ihnen kam. Mein Vater sagte nur kurz: »Ich bin in meinem ganzen Leben ein anständiger Mensch gewesen. Sieh dir das an!« Er zeigte auf die beiden Zimmer. Sie waren von oben bis unten mit Radioapparten vollgestopft. Ein großes Gerät stand auf dem Bett. »Das ist sozusagen ein Geschenk der Russen an einen alten Arbeiter«, sagte er. »Alle Leute aus dieser Gegend mußten sie bei mir abliefern, der russische Offizier hat es so befohlen. Ausgerechnet bei mir. Ich habe den Nachbarn gesagt, daß das einfach ein blöder Befehl sei, daß ich nichts dafür könne. Ich glaube auch, daß die meisten es verstehen, aber die anderen ...«
»Natürlich werden sie es verstehen«, sagte ich.
»Wir sind doch keine Diebe«, murmelte meine Mutter.
»Die russischen Offiziere kommen jeden Abend in mein Haus und saufen. Das können sie ja, aber sie wollen, daß ich mithalte. Ich, in meinem Alter und in meinem Hause ...«
»Das wird sich alles geben«, sagte ich, »das ist immer noch der Siegesrausch.«
»Als ich beim Militär war, hat es so etwas nicht gegeben. Dienst ist Dienst und Schnaps ist Schnaps, hat man bei uns gesagt.«
Meine Mutter war während unseres Gesprächs eingeschlafen. Wahrscheinlich konnte sie nachts während der lärmenden Saufgelage der russischen Offiziere nicht schlafen. Sie lächelte während sie schlief. Mein Vater fuhr mit leiser Stimme fort: »Unsere Straße hat nichts abbekommen ... Und dann kommen die Russen und setzen sich hier fest. Womit habe ich das verdient? Ich bin mein Leben lang ein anständiger Mensch und Sozialdemokrat gewesen ...«
Er brabbelte noch eine Weile so weiter, bis ich mich vorsichtig erhob. »Ich muß jetzt gehen«, flüsterte ich. »Grüß Mutter schön, wenn sie ausgeschlafen hat, ich komme bald wieder.«
»Ja, komm bald wieder, mein Junge«, sagte er, und es schüttelte seinen Körper, obwohl seine Augen trocken blieben. »Komm man bald wieder, wir sind ja immer zu Hause.«
Unterwegs merkte ich, daß ich weinte.

Die Alliierten gaben anläßlich dieses Schriftstellerkongresses am Abend Empfänge: die Russen machten in einem der Schinkelgebäude »Unter den Linden« den Anfang. Natürlich strömten die deutschen Schriftsteller schon deshalb dorthin, weil es hieß, daß es reichlich zu essen gäbe.

Ich erinnere mich genau, wie wir das Gebäude betraten. Eine Welle von Licht schlug uns entgegen. Wir waren dreifach geblendet: erstens einmal von den makellos weißen Wänden, zweitens von der strahlenden Beleuchtung, drittens von den langen Tischen, die vor uns standen. Sie waren bis an den Rand beladen mit Bergen von Lachs, Kaviar, kaltem Braten, Fischen, Enten und, was weiß ich, noch mehr; dazu Wein- und Wodkaflaschen und Krimsekt. Uns quollen die Augen über. War das alles für uns vorbereitet? Ich kannte nur wenige der Anwesenden: Ernst Penzoldt, W. E. Süßkind, Gunter Groll aus München. Von den anderen kannte ich, außer Günther Weisenborn, der mich in der Schellingstraße besucht hatte, kaum jemand. Unter anderen waren auch Stefan Heym, Elisabeth Langgässer, Karl Jaspers, Stephan Hermlin, Wolfgang Harich, Johannes R. Becher und Anna Seghers anwesend. Sie sollten in den nächsten Tagen Reden halten.

Und dann erschienen die Russen, die Gastgeber.

Ich hatte vorher noch nie einen russischen Offizier so aus der Nähe gesehen. Ihr Anblick war überwältigend: ihre Uniformjacken waren nicht nur auf einer Seite der Brust mit Orden bedeckt, auch die andere Seite war mit Orden übersät. Ein paar Schriftsteller bemerkten spöttisch, warum sie nicht auch welche auf dem Rücken hätten.

Dann hielt einer mit besonders buntem Ordensschmuck eine kleine Rede und zum Schluß machte er eine einladende Geste. Wir ließen uns an festlich gedeckten Tischen nieder. Aber so schnell kamen wir nicht zu den Delikatessen. Ein neuer Redner erhob sich und hielt eine weitere kleine Ansprache, ein anderer übersetzte. Wir erfuhren, daß wir auf den Frieden trinken sollten und blitzschnell erschienen die Ober und schenkten ein. Wir leerten den Wodka auf den Frieden in einem Zug. Dann kam endlich etwas zum Essen. Doch nach einem kleinen köstlichen Happen erhoben wir uns erneut

und tranken diesmal auf die nie erlöschende Freundschaft der sowjetischen und deutschen Schriftsteller und dann noch auf den großen Jossif Wissarionowitsch Stalin, den Freund aller Völker.
Nach dem fünften Trinkspruch fühlte ich, wie der Wodka zu wirken begann. Nicht nur bei mir. Wenn ich verstohlen um mich blickte, sah ich, wie der eine oder andere unauffällig mit einer Papierserviette die eine oder andere Köstlichkeit in die Tasche schob. Manche fanden auch einen Briefumschlag, den sie zufällig bei sich hatten, um diese oder jene Delikatesse in der Tasche verschwinden zu lassen. (Sie dachten an ihre Lieben daheim.) Die Kellner gossen mit gleichgültigen Gesichtern immer wieder die Gläser voll, räumten die leeren Schüsseln weg und brachten neue.
Als die Völlerei der ausgehungerten, schlecht gekleideten deutschen Schriftsteller beendet war, und niemand mehr auf den anderen hörte, strömten wir mit leicht glasigen Augen dem Ausgang zu. Aber wir mußten noch etwas mitnehmen. Neben dem Ausgang standen zwei russische Soldaten und drückten jedem die gesammelten Werke Stalins in die Arme. Da sie sehr schwer waren, fünf dicke Bände, rutschten sie manchen schon bei den ersten Schritten wieder weg und fielen auf die Straße. Ich verlor meine Bücher an der Stelle, an der einst Friedrich der Große auf seinem Pferd saß. Ein ganzes Straßenstück »Unter den Linden« war mit den Werken Stalins bedeckt. Wegen des ungewohnten üppigen Essens und der vielen Wodkas mußten einige sich erbrechen. Sie taumelten ohne Stalins Werke auf die wartenden Autos zu. Soviel Kotze hatte die ehemalige Prachtstraße bestimmt noch nicht gesehen. Manche rutschten darauf aus. Es war eine ziemliche Katastrophe. Die Fahrer waren so freundlich, uns beim Einsteigen zu helfen. Meiner lachte und sagte: »Ihr müßt ja ganz schön einen gehoben haben.«
»Zwei«, sagte ich und fiel auf den Sitz.
»Und ihr wollt Schriftsteller sein«, sagte er. In seiner Stimme klang plötzliche Bitterkeit auf. »Habt ihr auch auf den Weltfrieden getrunken?« fragte er, während er den Motor anließ. Aber ich war nicht mehr zum Reden aufgelegt.

Der Erste deutsche Schriftsteller-Kongreß ging am nächsten Tag im Hebbeltheater weiter.
Ich hatte das Glück, die große alte Dame Ricarda Huch als Ehrenpräsidentin des Kongresses zu erleben. Sie gedachte der Opfer des Faschismus, und es war ganz still, während sie sprach. Auch Günther Weisenborn, bei Kriegsende aus dem Zuchthaus befreit, sprach über den Kampf gegen den Nationalsozialismus und gedachte der Toten. Die beiden hatten kaum geendet, als die beginnenden Auseinandersetzungen zwischen den westlichen und den östlichen Besatzungsmächten wieder zum Hauptthema wurden. Ein Teil der deutschen Schriftsteller war in zwei Parteien gespalten, die jeweils ihren Favoriten zujubelten oder die anderen ausbuhten. Doch während sich Boxer im Ring strikt an ihre Regeln halten, war hier etwas ganz anderes zu beobachten: die moskautreuen Sätze waren mit vielen Adjektiven und Adverbien angereichert, die neu und scheinbar logisch schienen und die Gegner verblüfften. Aber warum überhaupt Gegner? Warum diese beiden Fronten, die sich da zwischen deutschen Schriftstellern auftaten? Es muß auf die anwesenden ausländischen Gäste erschreckend und peinlich zugleich gewirkt haben. Die deutschen Schriftsteller schienen in verschiedenen Sprachen zu reden und schrien sich an, als würden sie sich im Kriegszustand befinden. Was hieß hier »faustisches Wahrheitssuchen« einerseits und »politische These« andererseits? Zu gut kannte ich solche Schlagworte, und mich überfiel eine tiefe Verzweiflung.
Ich ging in die Stadt. Aber Berlin, meine Heimatstadt, war dermaßen entstellt, daß es mir auch hier grauste. Das hätte ich in München auch haben können. Nein, in München war es anders, weil ich diese Stadt vorher nicht so genau gekannt habe. Deprimiert kehrte ich wieder an den Tagungsort des Ersten deutschen Schriftsteller-Kongresses zurück.
Von den Empfängen der anderen Alliierten – Amerikaner, Engländer und Franzosen – an den folgenden Abenden gab es nichts Besonderes zu berichten. Sie waren auf ihre Art auch gelungen – wenn man davon absieht, daß es den Engländern und Franzosen selbst nicht gut ging und die angebo-

tenen Speisen entsprechend frugal waren. Aber diese Abende waren nicht von der absurden Mischung aus üppigster Gastfreundschaft, Prunk und Propaganda wie der Abend bei den Russen geprägt.
Schließlich schaffte es der Berliner Bürgermeister und Vorsitzende des Kulturbundes, Dr. Friedensburg, mit seiner Schlußrede, in der er noch einmal das Thema seiner Begrüßungsansprache »vom heiligen Wert der Freiheit und des Geistes« aufgriff, den Kongreß noch zu einem versöhnlicheren Ende zu bringen.
Aber den Kalten Krieg, dessen Anfänge hier bitter sichtbar wurden, konnte auch er nicht verhindern.

Ohne Groll, aber mit vielen Ängsten, verließ ich Berlin. Aus irgendeinem Grunde verpaßte ich den Zug, mit dem meine Münchner Kollegen nach Hause fuhren, und nahm einen anderen. Erst mit dem Interzonenzug nach Hannover, dann eine lange, lange Fahrt nach Bayern. Es war eine Fahrt, wie ich sie kannte: keine Scheiben in den Abteilfenstern, bedrükkende Enge, Gestank, Geschrei von Säuglingen und kleinen Kindern, Stimme des Volkes (»Bei Hitler hat es das nicht gegeben!«), verschlossene Klotüren, Ausländer, viele Juden, die Fleischkonserven aßen, gierige Blicke der Hungrigen, scharfer Geruch nach Lucky Strike, Angst, Elend.
Es war spät, als ich in München ankam. Ich schleppte meinen Koffer zum Stachus, zwei, drei Straßenbahnen der Linie acht waren dermaßen überfüllt, daß ich nicht hineinkam. Bei der vierten erkämpfte ich mir einen Platz auf dem Trittbrett. Ich hielt mich mit der Linken an irgendeiner Stange fest, die Rechte hielt den Koffer draußen in der Luft. Ecke Schelling-/Barerstraße gab es wie immer ein wildes Geraufe der Ein- und Aussteigenden, ich entkam, und da stand ich auf der gegenüberliegenden Seite der Schellingstraße. Die Trümmerlok fuhr so spät nicht mehr, und es herrschte fast eine Ruhe wie auf dem Lande. Nur das dumpfe Dröhnen der Rotationsmaschinen von der *Neuen Zeitung* war zu hören.
Oben war noch Licht bei uns. Isolde wartet auf mich. Ich war wieder zu Hause.

Als ich im Februar 1946 als Kriegsgefangener von den Amerikanern wieder nach Europa verschifft wurde, war der Ozean ruhig. Aber als wir uns der bretonischen Küste näherten, kam ein rauher Wind auf, der durch Sturmböen verschärft wurde. Die Stimmung der Kriegsgefangenen im riesigen Bauch des Schiffes veränderte sich von einem Tag zum anderen. Sie hockten auf ihren Lagern unter Deck, hielten sich an den Streben fest und warteten auf das Ende der Reise.

Dann aber geschah etwas, das alles auf einen Schlag veränderte.

Wenn ein Gerücht erst einmal Gestalt annimmt, weiß niemand mehr zu sagen, wer begonnen hat, es auszustreuen. Es geht von Mund zu Mund und wird Wirklichkeit.

Ich ging über Deck wie jeden Nachmittag und wurde plötzlich von einem Mann, den ich von drüben noch kannte, aufgehalten. Er stellte sich herausfordernd vor mich hin und sagte: »Ist es wahr, was man sich erzählt?« Sofort hatten sich andere um uns versammelt, schnell waren es an die zwanzig Mann. Wütend fuhr der Kamerad fort: »Ist es wahr, daß uns die Franzosen unsere in der Lagerkantine gekauften Sachen abnehmen werden?«

»Welche Franzosen?« fragte ich.

»Die Zivilisten. Sie nehmen uns alles einfach auf der Straße ab. Niemand hindert sie daran.«

»Davon weiß ich nichts.«

»Jeder an Bord weiß es, und ausgerechnet du willst von nichts gehört haben.«

»Ich habe wirklich nichts gehört.«

Er unterbrach mich: »Hör auf mit deinem Quatsch. Du gehst heute noch zum Ami und fragst. Sollten sie es dir nicht sagen, bilden wir ein Komitee und gehen selber hin.«

»Ihr seid wohl total verrückt? Die Amis werden euch rausschmeißen, ehe ihr überhaupt ein Wort gesagt habt. Wir sind immer noch Kriegsgefangene, und sie sind das Militär. Sie werden höchstens sagen, sie seien für die Reise verantwortlich. Was gehen sie die Franzosen an?« Inzwischen hatten sich an die drei Dutzend Männer um uns versammelt. Einer rief:

»Kollaborateur!« und die anderen brummten nicht gerade Freundliches. »Unsere Sachen wollen sie uns klauen!« – »Jahrelang haben wir dafür gearbeitet!« – »Gauner, Banditen!« – »Das waren sie doch schon immer!«
Der Posten, ein Schwarzer, ein Deck über uns, grinste. Er hatte kein Wort verstanden.
Ich war in einer heiklen Situation und entschloß mich, zu einem der amerikanischen Offiziere zu gehen, um ihn zu fragen, wie er darüber dächte.
Ich dachte an Lieutenant Walsh, der im Privatleben Rechtsanwalt in Washington gewesen war und bei uns als Kulturoffizier mitfuhr. Ein Mann, mit dem man reden konnte.
Nachdem ich ihm erzählt hatte, was mit den Gefangenen los war, lachte er. »Das ist völliger Unsinn. Sie kommen mit den Franzosen kaum in Berührung. Vom Hafen in Le Havre werden sie in unseren Trucks in das Gefangenenlager nach Bolbec gebracht, dort müssen sie ein paar Tage warten, ehe man sie endgültig in ihre Heimat befördert. Die Leute brauchen sich wirklich keine Sorgen machen, es ist wirklich nur ein Gerücht.«
Ich gab meinen Kameraden diese Auskunft weiter, sie blieben mißtrauisch, und einer brummte: »Abwarten und Tee trinken«.
Es geschah nichts, als wir an Land gingen. Wir wurden in große Lastwagen verladen und kamen gegen Abend nach Bolbec. Ein eisiger Regen hatte eingesetzt, und wir freuten uns, bald unter Dach zu sein.
Bolbec, was war das für ein Lager!
Wir merkten es schon, noch ehe wir abgeladen wurden. Scharfe Kommandos kamen von allen Seiten, aber die, die sie brüllten, waren – Deutsche.
Wir mußten uns mit unseren Koffern und Armysäcken zu je hundert Mann aufstellen und blieben eine Weile in dem kalten Regen stehen. Was wir sahen, war nicht gerade ermutigend. Der Boden dort oben ist ziemlich lehmig, und der Regen hatte ihn glitschig gemacht. Nicht weit von uns standen reihenweise Zelte im trüben Licht der Laternen, aber die Zeltwände waren nicht ausreichend befestigt und flatterten

im feuchten Wind. Ein paar großgewachsene Männer in Drillichanzügen stellten sich vor uns auf, einer von ihnen hielt eine kurze Ansprache. »Na, ihr Amerikaner, ihr kommt also vollgefressen und in feiner Uniform zu euren Kameraden nach Bolbec. Ich kann euch gleich eines sagen: wie lange ihr auch immer in diesem Drecknest bleibt, ihr sollt es nicht vergessen!« Er zeigte auf die flatternden Zelte und sagte spöttisch: »Da sind eure Quartiere. Sechzehn Mann je Zelt, ihr werdet euch wohl vertragen.« Und er fügte grinsend hinzu: »Kaffee, wie bei euch im feinen Amerika, gibt es hier nicht. Mittagessen morgen pünktlich zwölf Uhr. Die Eßnäpfe könnt ihr euch vorher bei uns abholen.«

Vor unserem Zelt standen zwei alte unrasierte Landser und bettelten uns an. »Vielleicht ein Zigarettchen, Kameraden?« Wir gaben ihnen welche, und einer von uns fragte: »Ist das hier so üblich, daß man im Dreck schlafen muß?« Die beiden lachten nur. Sie hatten keine Mäntel an, mir begann, auch mit Mantel, kalt zu werden.

»Was ist mit den Heinis von vorhin?« fragte ich.

»Das sind alles ehemalige SS-Leute, die sorgen hier für Ordnung.«

»Aber die Franzosen ...«

»Ich habe, so lange ich hier bin, keinen Franzosen gesehen. Die hocken in ihren eigenen warmen Baracken und überlassen es den SS-Leuten, den Laden zu schmeißen. Und weil die Angst haben, daß sie, wenn es im Lager nicht klappt, in die Bergwerke müssen, Kohle rausholen, strengen sie sich besonders an.«

»Und die Kameraden hier?«

Einer von ihnen zeigte vage in eine Richtung. »Da hinten ist der Friedhof. Ich weiß nicht, wieviele von denen da schon liegen.«

Der Regen am nächsten Tag, der sowieso schon alles aufgeweicht hatte, ließ alles noch trüber erscheinen. Das Lager selbst war merkwürdig angelegt. Inmitten des riesigen von Stacheldraht umzäunten Geländes waren viereckige, ebenfalls mit Stacheldraht umzäunte Bereiche, in denen jeweils ein Haufen Gefangener untergebracht war. Hinter der großen Umzäunung war nichts, kein Baum, kein Strauch, es gab nichts als die verregnete, eintönige Ebene, die sich im Dunst verlor. Vielleicht war das ganze nur ein Durchgangslager.

Vor der Essensausgabe hatten die Gefangenen einen der großen »Canteens« bekommen, jene voluminösen, becherartigen Gefäße der amerikanischen Army. Franzosen sahen wir noch immer nicht, alles wurde von der SS geregelt. Sie hatten am Anfang der Lagerstraße ein Seil gespannt, und gleich davor standen schon eine Stunde vor der Essensausgabe die verdreckten deutschen Landser. Sie wurden von den SS-Leuten zusammengestaucht, wenn sie versuchten, die Lagerstraße zu verlassen. Gegen zwölf Uhr standen sie zu Hunderten auf der Lagerstraße, hohlwangige Gesichter über den teils zerrissenen Uniformen, wortlos, mit gierigen Augen.

Wenn das Seil gelöst wurde, stürmten an die hundert zu den Eßkübeln. Es gab Maisbrei, wie man mir sagte, jeden Tag ein Gefäß voll Maisbrei, immer dasselbe. Die SS-Leute zogen das Seil bald wieder stramm. Es ging alles sehr schnell. Wenn die ersten ihren Schlag mit Maisbrei bekommen hatten, stürmte die nächste Gruppe heran. Es war erbärmlich zu sehen, wie sie ihren Brei hineinmampften. Kaum waren sie fertig, rannten sie ans Ende der Wartenden. Sie leckten ihre Gefäße aus und warteten mit hungrigen Augen, bis alle ihren Brei erhalten hatten. Dann rief einer der SS-Leute lachend: »Und jetzt der Nachschlag!« und sie rasten auf die leeren Kübel zu, sie stießen die Köpfe in die leeren Kübel und leckten und leckten. Sie begannen sich zu prügeln, wenn sie durch einen anderen verdrängt wurden. Ihre Gesichter waren verschmiert, ihre Uniformen wurden noch schmutziger und speckiger. Mir drehte sich der Magen um.

Länger als ein paar Tage hätte ich es in diesem Lager nur schwer ausgehalten. Allein die elenden Gestalten in ihrem nassen Zeug und mit den unrasierten, hohlwangigen Gesichtern machten mich krank. Wie lange mußten die armen Kerle noch bleiben? Ich dachte, haben die denn hier kein Lazarett? Können die Gefangenen nicht einmal trockenes Zeug kriegen? Gibt es hier kein Rotes Kreuz?

Davon war nichts zu sehen. Aber sie hatten einen Friedhof. Jemand sagte mir, daß dort keineswegs nur Deutsche lagen. Bolbec war vorher ein deutsches Gefangenenlager für die Franzosen gewesen.

Zum Glück für uns »Amerikaner« ging es nach wenigen Tagen weiter in Richtung Deutschland.
Wir mußten vor dem Lagertor antreten, unsere Namen wurden noch einmal verlesen, und dann ging es hinaus. Zwei Kilometer sollten es bis zum Bahnhof sein, eine schöne Strecke für Leute mit Gepäck.
Und dann erlebten wir eine Überraschung. Die ersten Franzosen, die wir zu sehen bekamen, tauchten auf, standen da mit Wägelchen und Schubkarren und wollten unser Gepäck zum Bahnhof fahren: gegen amerikanische Zigaretten oder Schokolade. Sie lächelten uns zu, als seien wir alte Freunde.
»Da hast du deine Franzosen«, sagte ich zu jenem Kameraden, der auf dem Schiff diese Gerüchte über sie verbreitet hatte. Zuerst war er nicht in der Lage zu antworten. Dann lachte er laut und sagte: »Da soll mich doch der Affe lausen«, während sie sein Gepäck verluden.
Wir brauchten zwei Tage und zwei Nächte für die Reise von Bolbec nach Bad Aibling in Oberbayern. Die Böden der Güterwagen waren gut mit Stroh bedeckt. Verpflegt wurden wir von irgendwelchen karitativen Verbänden. Über die deutsche Grenze fuhren wir bei Nacht. Zu fliehen versuchte niemand, auch nicht, als wir in Deutschland waren.
Die Freiheit war uns ja sicher.

Ausblick

Das erste Mal seit vielen Jahren hatte ich in der Schellingstraße 48 wieder ein Zuhause in Deutschland gefunden, mit vielen Freunden und Bekannten, die dort ein- und ausgingen. Während ich schreibend in die Schellingstraße zurückblickte, wurden auch andere Menschen und weiter zurückliegende Ereignisse wieder lebendig in mir. So wurde »Schellingstraße 48« zu einer Art Kaleidoskop, in dem sich die Erinnerungen wie bunte Glassplitter zu immer neuen Bildern ordnen.

So, wie ich durch die *Neue Zeitung* meine Wohnung in der Schellingstraße 48 bekommen hatte, verlor ich sie auch wieder durch die *Neue Zeitung.*

Es nahm seinen Anfang bereits im September 1947 mit der Entlassung des von uns allen sehr verehrten Hans Wallenberg, der bisher im Auftrag der amerikanischen Militärregierung die *Neue Zeitung* in alleiniger Verantwortung geleitet und herausgegeben hatte. Er hat die Redaktion, deren Mitglieder »phantasievolle Individualisten waren, mit so viel Gerechtigkeitssinn, mit so wenig Intrigenlust, mit so viel Sinn für Genauigkeit« geleitet, daß sie zu einer einmaligen Zeitung mit Weltniveau wurde. Ihre Auflage: 2, 5 Millionen. Täglich rund 600 Leserbriefe bewiesen, mit welch großem Interesse sie gelesen wurde.

In dem vehement einsetzenden Kalten Krieg hatten die amerikanischen Militärbehörden begonnen, sich näher mit der *Neuen Zeitung* zu befassen. Dieses weltoffene, tolerante Blatt paßte nicht mehr zu der neuen Politik, die zunehmend vom Kalten Krieg bestimmt wurde. Hans Wallenberg gefiel ihnen nicht mehr. Aber sie konnten den genialen, leidenschaftlichen Journalisten, der keinerlei ideologische Scheuklappen hatte, nicht in den Griff bekommen. Mit Hilfe perfider Intrigen, und weil er plötzlich angeblich zu »rot« war, wurde er zu einem schmählichen Rücktritt gezwungen, der einer Entlassung gleichkam.

Seinem Nachfolger Fleischer fehlte es nicht nur an journalistischem Gespür, er handelte nur auf »höheren Befehl«.

So wurden die deutschen Redakteure und Journalisten der *Neuen Zeitung* immer stärkeren Zensurmaßnahmen unterworfen. Es vergingen noch anderthalb Jahre, bis der Zustand für eine Reihe von Redaktionsmitgliedern völlig unerträglich wurde. Gustav René Hocke, damals zuständig für die Außenpolitik, schildert das in dem 1984 von Friedrich Prinz herausgegebenen Buch ›Trümmerzeit in München‹ so:

Immer eindeutigere ›repressive‹ Maßnahmen führten die Wendung herbei. Nicht nur ich hatte von Maulkörben genug. Die Besatzungsmächte, alle, hatten enorme Fehler gemacht. Kann man einen physischen Terrorismus durch einen psychischen Terrorismus bekämpfen? ...

Sieben deutsche Redakteure der *Neuen Zeitung* schieden am 31. März 1949 mit regelrechten Kündigungsschreiben aus der Redaktion aus. Ihre Namen sind: P.H. Boehnisch, Dr. Hildegard Brücher, C.H. Ebbinghaus, G.R. Hocke, W. Kolbenhoff, F. Steppat und Lotte Stuart. Dazu gaben Boehnisch und Ebbinghaus der Presse folgende Erklärung ab:

»Die *Neue Zeitung* soll auf Befehl der Informationsabteilung von OMGUS [Office of Military Government for Germany, United States] in Zukunft ausschließlich ein Hausorgan der amerikanischen Militärregierung sein. Dieser Befehl – die Militärregierung ist natürlich berechtigt, sich ein Hausorgan zu schaffen – bedeutet, daß die *NZ* nicht mehr Zeitung, sondern nur noch Mitteilungsblatt sein kann. Dem Blatt ist von nun an verboten, ein Forum für deutsche Meinungen zu sein. Deutsche Auffassungen, die sich von den offiziellen amerikanischen unterscheiden, dürfen nicht mehr wiedergegeben werden. Diese Direktiven – eine scharfe Zensur durch amerikanische Beamte kommt noch hinzu – sind mit unserer Auffassung von fairem Journalismus nicht zu vereinbaren. Sie stellen einen Zustand her, wie er selbst im Jahr 1945 nicht bestand.

Wir bedauern, daß der Weg der *Neuen Zeitung*, der zu einer amerikanisch-deutschen Verständigung führen sollte, damit unterbrochen ist. Der neue Zustand scheint unserer Ansicht nach das Ergebnis einer extremen Skepsis gegenüber Deutschland zu sein, die sich in jüngster Zeit in einer planmäßigen antideutschen Kampagne geäußert hat. Von dieser Haltung haben sich offensichtlich auch maßgebliche Beamte der US-Militärregierung irreführen lassen. Der daraufhin erfolgte Rückfall in die schärfste Zensur ist den offiziell verkündeten außenpolitischen Zielen der USA konträr entgegengesetzt.«

Wir bekamen Hausverbot und durften die Redaktionsräume nur noch einmal betreten, um unsere privaten Sachen aus den Schreibtischen zu holen.
Mir wurde die Wohnung in der Schellingstraße 48 gekündigt.

Dieses Buch habe ich in den Jahren 1981 bis 1983 in Germering bei München geschrieben. Germering ist in meinem Leben derjenige Ort, an dem ich am längsten gelebt habe.

Beleghinweis und Danksagung

Für die Zitate auf den Seiten 103, 143 und 144:
S. 103 u. S. 143: in: Günter Eich, Gesammelte Werke, Bd. I, Die Gedichte, Maulwürfe, Suhrkamp Verlag, Frankfurt am Main 1973, S. 39 bzw. S. 166;
S. 143/144: in: Günter Eich, Gesammelte Werke, Bd. II, Die Hörspiele 1, Suhrkamp Verlag, Frankfurt am Main 1973, S. 322 und S. 296;
Wir danken dem Suhrkamp Verlag, Frankfurt am Main, für die freundliche Genehmigung dieser Zitate.

Für das Zitat auf den Seiten 157/158:
Dem Diogenes Verlag danken wir für die freundliche Genehmigung dieses Zitates aus einem Artikel von Alfred Andersch in der Frankfurter Rundschau, Radiobeilage 7. - 13.8.1948.

Für die Zitate auf den Seiten 162/163 und 202–205:
Wir danken dem Buchverlag LangenMüller für die freundliche Genehmigung dieser Zitate von Hans Werner Richter aus seinem Buch „Hans Werner Richter und die Gruppe 47“.

Für das Zitat auf den Seiten 232/233:
Dem Deutschen Kunstverlag danken wir für die freundliche Genehmigung des Zitates von Gustav René Hocke aus seinen Lebenserinnerungen „Im Schatten des Leviathan“.

Weitere Bände in der

ISBN 978-3-86615-627-2

ISBN 978-3-86615-628-9

ISBN 978-3-86615-631-9

ISBN 978-3-86615-636-4

Süddeutsche Zeitung Bibliothek

ISBN 978-3-86615-644-9

ISBN 978-3-86615-629-6

ISBN 978-3-86615-634-0

ISBN 978-3-86615-635-7

Weitere Bände in der

ISBN 978-3-86615-630-2

ISBN 978-3-86615-637-1

ISBN 978-3-86615-640-1

ISBN 978-3-86615-641-8

Süddeutsche Zeitung Bibliothek

ISBN 978-3-86615-638-8

ISBN 978-3-86615-639-5

ISBN 978-3-86615-642-5

ISBN 978-3-86615-643-2